# WARRIORS 貓戰士

首部曲之IV

# 風暴將臨

## Rising Storm

艾琳・杭特(Erin Hunter) 著
蔡梵谷 譯

晨星出版

獻給丹妮斯——這對我宛如一首歌
特別感謝凱特・卡里

**刺掌**：金棕色的公虎斑貓。導師：鼠毛。

**煤皮**：小灰貓，母貓，之前叫煤掌。導師：黃牙。

**蕨掌**：淡灰色帶暗色斑點的母貓，淡綠色眼睛。導師：暗紋。

**灰掌**：淡灰色毛帶暗色斑點的公貓，暗藍色眼睛。導師：塵皮。

## 貓后　（懷孕或照顧幼貓的母貓）

**霜毛**：一身美麗的白毛，藍眼珠。

**斑臉**：漂亮的虎斑貓。

**金花**：有淡薑黃色的毛。

**斑尾**：淺白色的虎斑貓，也是最年長的貓后。

**柳皮**：淡灰色的母貓，有特別的藍眼睛。

## 長老　（退休的戰士和退位的貓后）

**半尾**：黑棕色的大虎斑貓，少了半截尾巴。

**小耳**：灰色公貓，耳朵很小，是雷族裡最年長的公貓。

**斑皮**：小型的黑白花公貓。

**獨眼**：淺灰色母貓，是雷族裡最年長的貓，已經又盲又聾。

**花尾**：有著可愛花紋的母貓，年輕時很漂亮。

# 本集各族成員

## 雷族 *Thunderclan*

族長　**藍星**：藍灰色的母貓，口鼻處附近有銀灰色的毛。

副手　**火心**：英挺的薑黃色公貓。見習生：雲掌。

巫醫　**黃牙**：黑灰色的老母貓，有張扁平寬闊的臉，過去隸屬於影族。見習生：煤皮。

戰士　（公貓，以及沒有年幼子女的母貓）

**白風暴**：白色的大公貓。見習生：亮掌。

**暗紋**：烏亮的黑灰色公虎斑貓。見習生：蕨掌。

**長尾**：蒼白帶有暗黑色條紋的公虎斑貓。見習生：疾掌。

**追風**：動作敏捷的公虎斑貓。

**鼠毛**：黑棕色的小母貓。見習生：刺掌。

**蕨毛**：英俊的薑黃色公貓。

**沙暴**：淡薑黃色的母貓。

**塵皮**：黑棕色的公虎斑貓。見習生：灰掌。

見習生　（六個月大以上，正在接受戰士訓練的貓）

**疾掌**：黑白花相間的公貓。導師：長尾。

**雲掌**：白色的長毛公貓，本來叫雲兒。導師：火心。

**亮掌**：母貓，白毛中攙雜薑黃色的毛。導師：白風暴。

## 風族 *Windclan*

族長　**高星**：黑白花公貓，尾巴很長。

副手　**死足**：黑色公貓，一隻前掌扭曲。

巫醫　**吠臉**：棕色公貓，尾巴很短。

戰士　**泥爪**：毛色斑駁的黑棕色公貓。見習生：網掌。

**裂耳**：公虎斑貓。見習生：奔掌。

**一鬚**：年輕的棕色公虎斑貓。

**流溪**：淡灰色斑紋的母貓。

見習生

**奔掌**：公貓。導師：裂耳。

**網掌**：虎斑見習生，導師：泥爪。

貓后　**灰足**：灰色貓后。

**晨花**：玳瑁貓。

## 影族 *Shadowclan*

族長　**夜星：**年長的黑色公貓。之前叫夜皮。

副手　**煤毛：**瘦削的灰色公貓。

巫醫　**鼻涕蟲：**矮小的灰白色公貓。

戰士　**濕足：**灰色的公虎斑貓。見習生：橡掌。

**小雲：**矮小的公虎斑貓。

**白喉：**黑色公貓，腳掌和胸部有白毛。

見習生

**橡掌：**黑色棕毛，公貓。導師：濕足。

貓后　**曙雲：**個子嬌小的虎斑貓。

## 族外的貓 *cats outside clans*

**大麥**：個子小，肥胖的黑白公貓，住在靠近森林的一座農場上。

**公主**：淺棕色虎斑貓，胸口和掌上有亮白色的毛，是寵物貓。火心的妹妹。

**烏掌**：烏溜溜的黑色大貓，尾巴尖端是白色，之前是雷族貓，與大麥共住在農場上。

**史莫奇**：友善的黑白胖貓，住在森林邊緣的一棟小屋裡。

**虎爪**：暗褐色的虎斑大公貓，前爪特別長，過去屬於雷族。

## 河族 *Riverclan*

族長　**曲星**：淺色的大虎斑貓，下顎變形。

副手　**豹毛**：母虎斑貓，身上有特殊的金色斑點。

巫醫　**泥毛**：長毛的淺棕色公貓。

戰士　**黑爪**：煙黑色公貓。

**石毛**：灰色公貓，耳朵上有戰疤。見習生：影掌。

**灰紋**：長毛、穩重的灰色公貓，過去屬於雷族。

見習生

**影掌**：暗灰色母貓。導師：石毛。

貓后　**霧足**：暗灰色貓后。

**苔皮**：玳瑁貓。

長老　**灰池**：纖細的灰色母貓，有雜斑，口鼻處有疤痕。

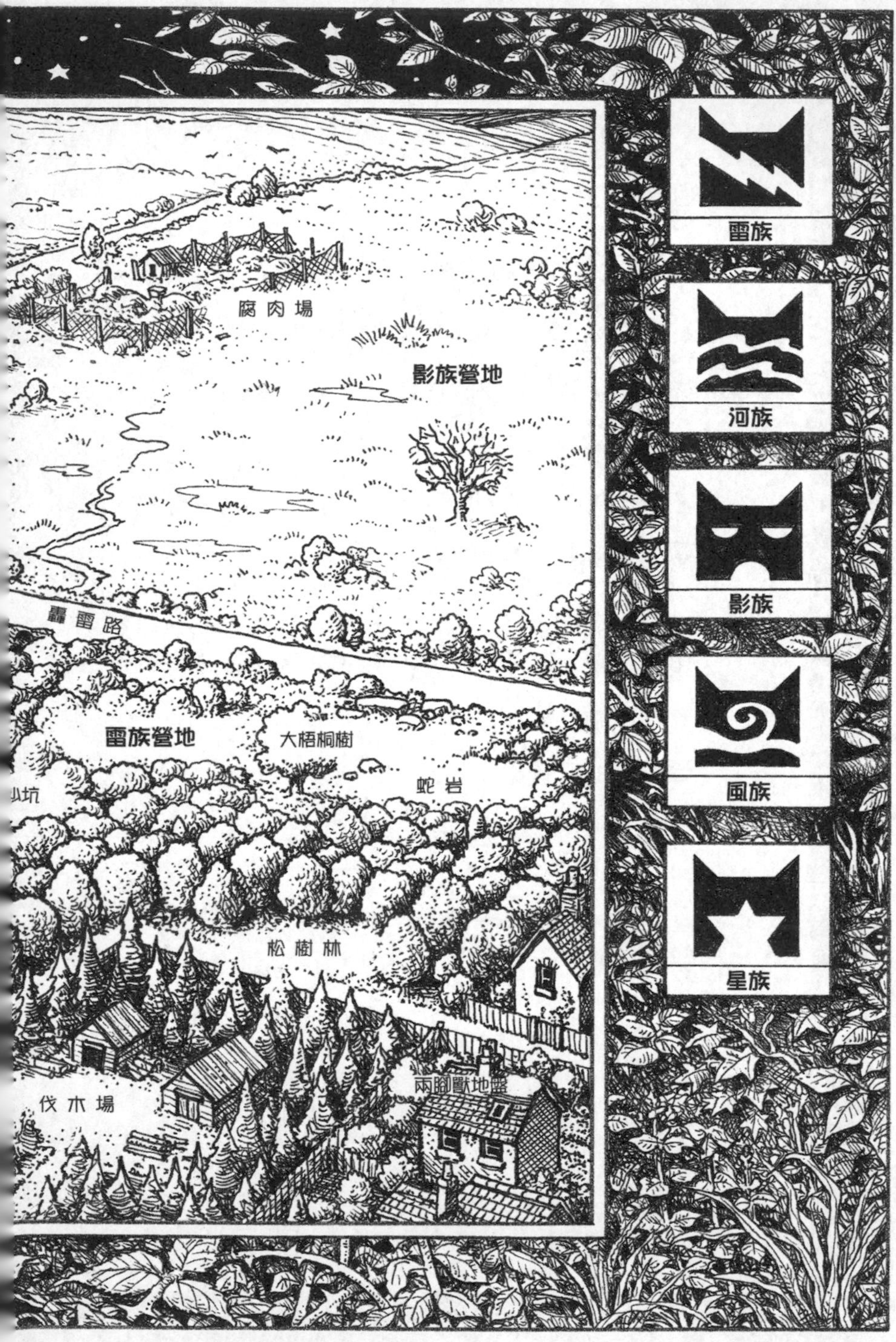
腐肉場
影族營地
轟雷路
雷族營地
大梧桐樹
蛇岩
少坑
松樹林
兩腳獸地盤
伐木場
雷族
河族
影族
風族
星族

高岩山
大麥的
農場
風族營地
四喬木
瀑布
貓頭鷹
樹
河
流
陽光岩
河族營地

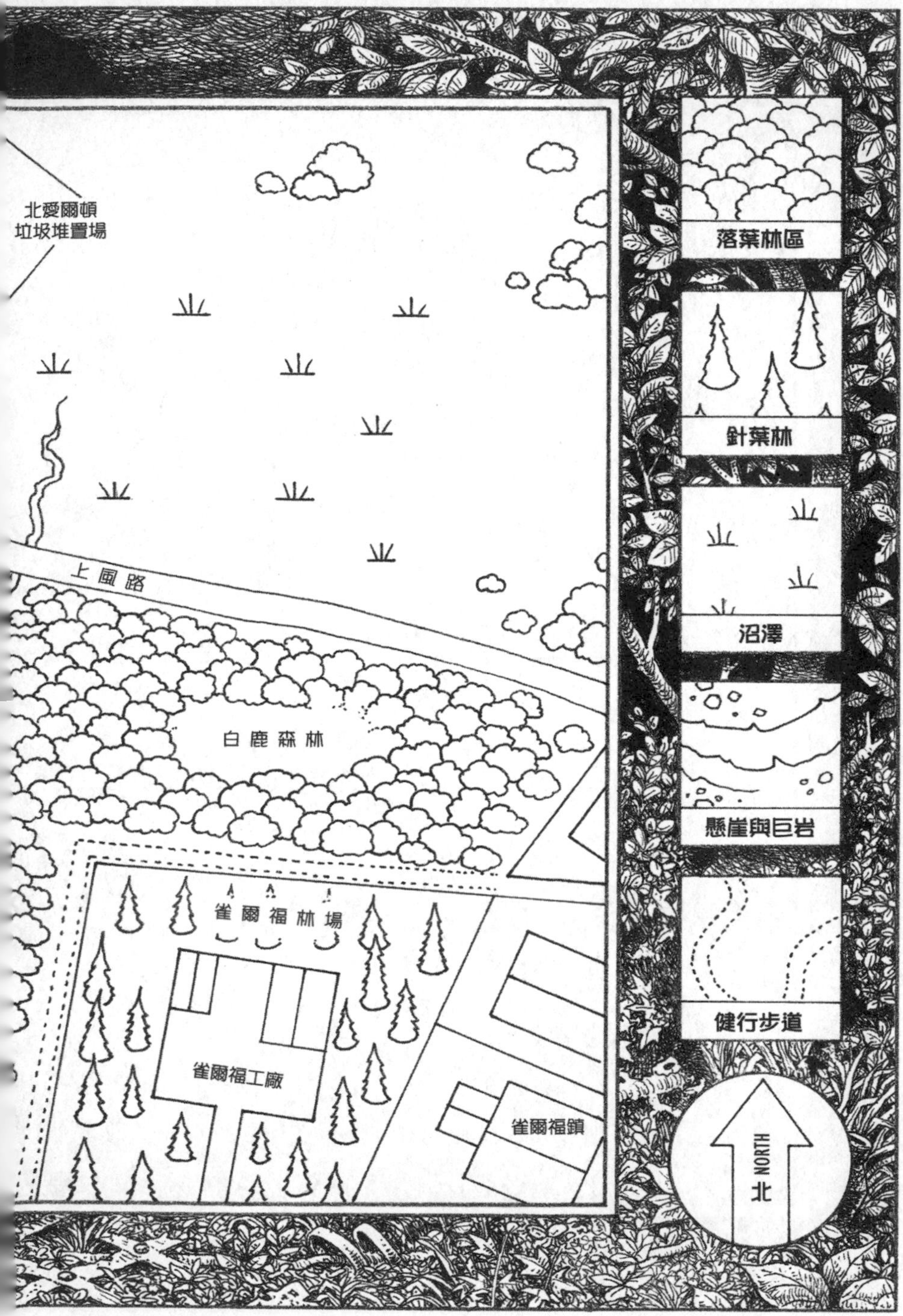
北愛爾頓
垃圾堆置場
上風路
白鹿森林
雀爾福林場
雀爾福工廠
雀爾福鎮
落葉林區
針葉林
沼澤
懸崖與巨岩
健行步道
NORTH
北

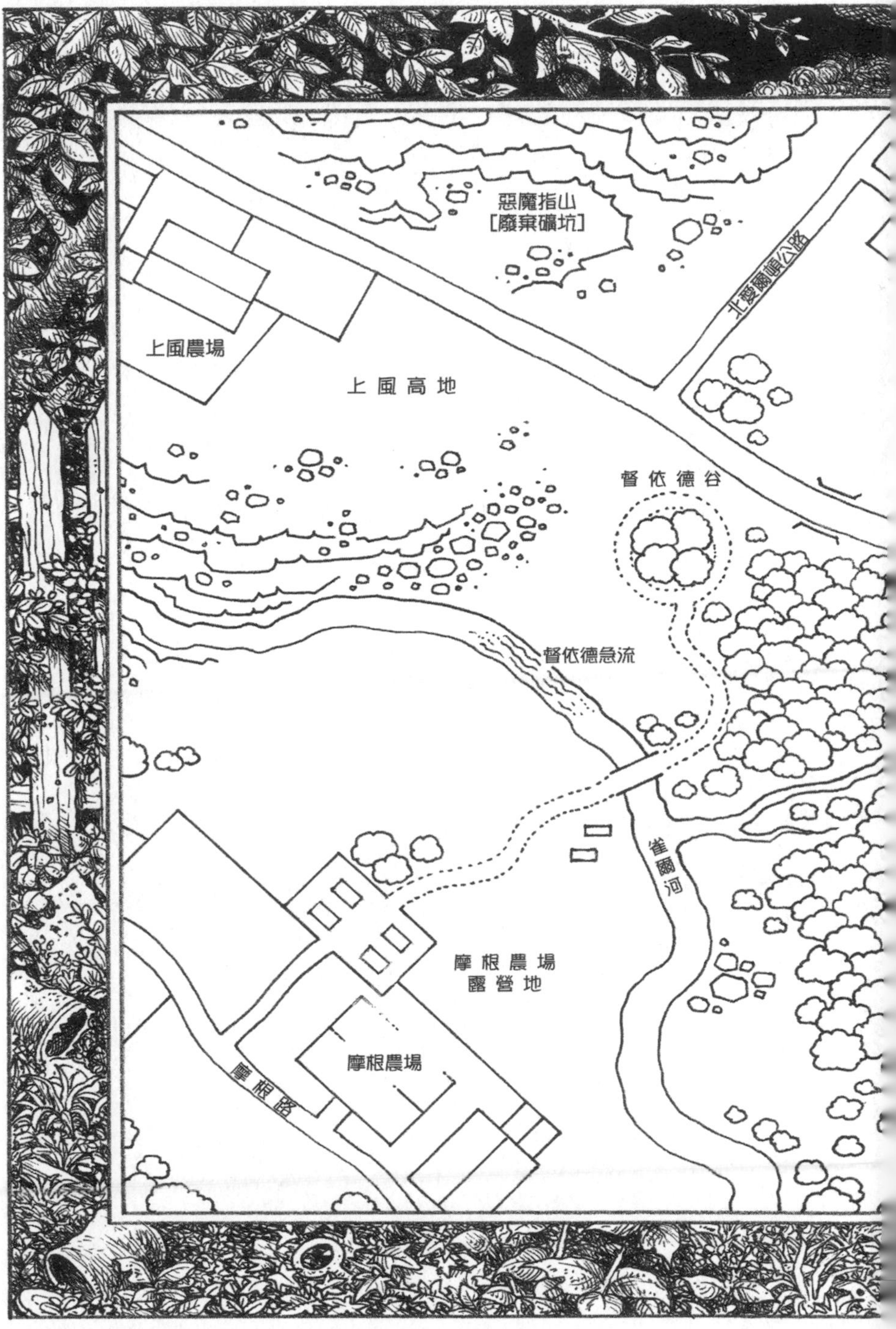
惡魔指山
[廢棄礦坑]
北麥爾頓公路
上風農場
上風高地
督依德谷
督依德急流
雀爾河
摩根農場
露營地
摩根農場
摩根路

# 序章

森林裡，一處灑滿銀白月光的空地上，傳來一陣淒厲的呻吟。兩隻貓蹲伏在森林邊緣一片樹叢的陰影下，其中一隻痛苦地扭著身體，甩動長長的尾巴；另一隻站起身，垂下頭。他雖然是經驗老到的巫醫，但是當他的族長得的是一種已經奪走許多條性命的疾病時，他也只能眼睜睜地看著，一點忙也幫不上。他不知道什麼草藥能緩解這些痙攣與發燒，看著族長再度抽搐，頹然癱倒在鋪著苔蘚的窩裡，他那身斑駁的灰毛懊惱地豎了起來。巫醫忐忑不安地上前嗅了嗅。族長還有一口氣在，不過嘴裡有一股惡臭，而且氣若游絲；只見他瘦骨嶙峋的腹部兩側，隨著喘息而不停起伏著。

一聲尖叫劃過樹林。這次不是貓，而是一隻貓頭鷹。巫醫僵住了。貓頭鷹是森林裡的死亡使者，會盜取獵物，甚至偷走離母親太遠的小貓。巫醫滿心期盼地望著天空，向他的戰士祖靈祈禱，希望貓頭鷹的鳴叫不是凶兆。他朝著充當巢穴屋頂的那些樹枝望去，在黑暗的天空中尋找銀毛星群。然而星族所在的那些星系全被雲層遮蔽了。巫醫惶恐地發抖起來。莫非戰士祖靈已經遺棄他們，任憑疾病在營地裡肆虐？

一陣風掠過樹梢，將脆弱的樹葉吹得瑟瑟作響。高空上雲朵飄動，一顆孤星在巢穴上方灑下一道若隱若現的微光。族長在陰影中深吸了悠長平穩的一口氣。巫醫內心雀躍不已。星族畢竟還是與他們同在。

巫醫鬆了一口氣，虛弱地抬起下巴，為了族長得以倖存而默默向戰士祖靈致謝。當他瞇起眼睛望向那絲星光時，聽見祖靈的聲音在他的腦海深處低語。他們低聲述說即將到來的輝煌戰役、新的地盤，以及從昔日遺跡中茁壯的一個更偉大的族群。巫醫感受到一股澎湃洶湧的喜悅，由胸口一路奔流到腳掌。這顆星所傳達的訊息，不只是得以苟延殘喘而已。

忽然間，一片寬大的灰色羽翼掠過那絲星光，整個巢穴陷入一片黑暗。貓頭鷹一邊刺耳地尖叫，一邊俯衝下來，探出爪子往巢穴屋頂一抓；巫醫縮起身體，肚子貼住地面。貓頭鷹一定是嗅到了讓族長虛弱的病氣，才急撲過來尋找唾手可得的獵物。不過，那些樹枝太濃密了，貓頭鷹進不來。

巫醫聽著貓頭鷹徐徐拍動翅膀，飛入森林的聲音，然後坐起來，心裡還是惶恐不安，再度在夜空中搜尋。只是那顆星已經和貓頭鷹一樣，消失無蹤了。原本星光閃爍的地方，只剩下一片黑暗。巫醫覺得一陣毛骨悚然。

「你有沒有聽到那個聲音？」一隻公貓在巢穴外嚷著，因為驚嚇而拉高了聲音。巫醫很快鑽進空地，他知道全族都在等他解釋這個預兆。戰士、貓后、長老——只要是身體健康、能夠走出巢穴的——全都聚集在空地另一頭的陰影下。巫醫停了片刻，聆聽憂心的族貓們竊竊私語。

「貓頭鷹跑來這裡做什麼？」一隻花斑戰士嘶嘶說著，眼睛在夜色中發光。

「牠們從來沒有離營地這麼近過。」一位長老喊著。

「牠有沒有抓走小貓？」另一名戰士追問，一面將他的大頭轉向身邊的貓。

「這次沒有。」銀色的貓后回答。她有三個孩子病死了，語氣因為痛苦而顯得呆滯。「不過牠還可能再回來。牠應該嗅得出我們有多虛弱。」

「你原本以為死亡的惡臭會讓牠躲得遠遠的。」一名虎斑戰士蹣跚地走進空地。他的腳掌沾滿污泥，渾身的毛也亂成一團。他才剛剛將一個同伴埋葬。還得再挖很多座墳墓，不過今晚他已經累得動不了了。「族長情況如何？」他問道，聲音因恐懼而緊繃。

「不曉得。」那隻花色公貓回答。

「巫醫呢？」貓后埋怨地叫道。

貓兒們在空地上四處張望，巫醫看到他們驚恐的眼睛在黑暗中閃爍著。他可以從他們的聲音聽出他們心裡有多不安，也知道他們需要安撫，確認星族沒有遺棄他們。他深吸一口氣，試著讓肩部的毛貼平，然後朝空地走去。

「不需要巫醫解釋，我們也知道貓頭鷹聒噪的叫聲代表了死亡。」一位長老發著牢騷，眼神裡滿是驚駭。

「你怎麼知道？」那位花色戰士氣呼呼地說。

「是啊，」貓后也隨聲附和，瞄了那位長老一眼。「星族又不會跟你說話！」當巫醫走到他們身邊時，她轉過身來。「貓頭鷹是個預兆嗎？」她焦慮地問。

巫醫不自在地挪動腳，想要避重就輕。「星族今晚跟我說話了，」他宣布，「妳有沒有看到雲層中間那顆閃耀的星星？」

貓后點點頭，她身旁的貓也都露出絕處逢生般的期盼眼神。「那有什麼含意？」那位長老問道。

「我們的族長熬得過去嗎？」虎斑戰士叫道。

巫醫猶豫著。

「他可不能在這時候死掉啊！」貓后高聲叫道，「他的九條命到哪裡去了？星族六個月前才應許給他的！」

「星族能賜予的就這麼多，」巫醫回答，「不過祖靈沒有忘記我們，」他繼續說下去，試著把貓頭鷹陰森森的翅膀與被遮住的微弱星光拋在腦後。「那顆星星帶來了希望的消息。」

營地一個昏暗的角落，傳來尖銳的呻吟，一隻玳瑁貓后跳了起來，匆匆朝發出聲音的地方奔去。其他貓仍帶著渴盼獲得撫慰的眼神凝視著巫醫。

「星族有沒有提到雨？」一位年輕戰士問道，「好久沒下雨了，一場雨或許就可以將營地的疾病沖刷得一乾二淨。」

巫醫搖搖頭。「沒有提到雨，只提到吾族將有光明的前程。我們的戰士祖靈在那絲星光中向我展示了未來，而且還是輝煌的未來！」

「這麼說我們得救了？」銀色貓后喵叫著。

「我們不僅得救了，」巫醫保證，「還將統治整座森林！」

貓兒們紛紛欣慰地交頭接耳，這也是將近一個月來，營地裡首次傳出振奮的呼嚕聲。不過巫醫轉過頭去，好掩飾他發顫的頰鬚。他祈禱族貓不會再問起貓頭鷹的事。他不敢告訴他們，當那隻鳥的翅膀遮住星光時，星族附加的恐怖警告——族貓得為了那輝煌的未來，付出最高的代價。

# 第一章

溫暖的陽光流過蓊鬱的樹葉，讓火心的毛閃閃發光。他蹲得更低，知道自己的毛在蒼翠的灌木叢中顯現耀眼的琥珀色。

他在一株蕨叢下方匍匐前行，他聞到一隻鴿子。他朝那股充滿誘惑的氣味緩緩前進，直到看見那隻肥嘟嘟的鳥在蕨葉間啄食。

火心收起了爪子，腳掌因為充滿期待而發癢。在率隊做黎明巡邏，並狩獵了一整個早上後，他已經餓壞了。這是獵物充裕的季節，豐饒的森林讓全族都可以吃得圓滾滾的。雖然自從上次新葉季河水氾濫以來，幾乎沒下什麼雨，樹林間的糧食也還不虞匱乏。火心把新鮮獵物搬回營地後，準備開始為自己覓食。他繃緊肌肉，準備出擊。

突然間，另一股氣味隨著乾燥的微風朝他飄來。火心轉過頭、張開嘴。那隻鴿子想必也聞到了，因為牠猛然抬起頭，準備展翅，不過已經來不及了。一道白影閃電似地從刺藤間竄了出來。火心訝異地看著那隻貓撲向受到驚嚇的鳥，用前掌將牠壓在地上，然後再朝脖子飛快咬了一下，將牠解決。

火心聞到新鮮獵物的香氣。他起身走出灌木叢，朝那隻毛茸茸的白色公貓走去。「好身手，雲掌，」他說，「我沒看到你，等到發現時已來不及了。」

「這隻笨鳥也沒看到我。」雲掌大言不慚地說，還得意洋洋地甩動尾巴。

火心繃起肩膀。雲掌是他妹妹的孩子，也是他的見習生，火心有責任要教他戰士技巧和如何遵守戰士守則。雲掌這隻年輕的公貓肯定是個狩獵高手，不過火心忍不住期望，他能學習謙虛一點。有時火心會暗自懷疑，雲掌是不是真的了解戰士守則，以及森林中貓兒們代代相傳的忠義精神，這些古老傳統的重要性。

不過雲掌是在火心的寵物貓妹妹公主居住的兩腳獸窩誕生的，從小就被火心帶進雷族。火心從自己慘痛的經驗知道，部族貓一向瞧不起寵物貓。火心在出生後曾與兩腳獸共同生活了六個月，族裡有些貓總是不肯讓他忘記自己不是在森林中出生的事實。他不耐煩地扭動耳朵。他知道自己已經盡力證明他對雷族的忠誠，不過訓練眼前這個倔強的見習生卻是另外一回事。如果雲掌想要獲得族貓的體諒，就得收斂他的傲慢才行。

「動作敏捷當然很好，」火心提醒他，「可是你在上風處。雖然我看不到你，但聞得到你。那隻鳥也一樣。」

雲掌雪白的長毛豎了起來，他反駁道：「我知道我在上風處！不過我看得出來這隻笨家鴿不管聞不聞得到我，抓起來都很簡單。」

這隻年輕的貓桀驁不馴地瞪著火心的眼睛，火心覺得一股煩躁已變成滿腔怒火。「那是野鴿，不是家鴿！」他生氣地說，「而且真正的戰士會對餵養他族貓的獵物表示敬意。」

「是啊，對啦！」雲掌回嘴，「刺掌昨天把那隻松鼠拖回營地的時候，我可沒看到他有什麼敬意。他說那隻松鼠那麼遲鈍，連小貓也抓得到。」

「刺掌只是個見習生，」火心咆哮道，「跟你一樣，要學的還多著呢。」

「反正我抓到了，不是嗎？」雲掌嘀咕著，一肚子火地用腳掌朝那隻鴿子戳了一下。

「當一個戰士，不是只會抓鴿子就行了！」

「我比亮掌快，也比刺掌強壯，」雲掌厲聲回嘴，「你還想怎樣？」

「你的同伴都知道，一個戰士絕對不會背著風發動攻擊！」火心知道自己不該跟他吵嘴，不過見到見習生如此冥頑不靈，實在叫他火冒三丈。

「有什麼關係？就算你像個優秀的戰士位於下風處，可是我還是先抓到了鴿子！」雲掌也生氣地高聲叫囂。

「別出聲。」火心突然分了神，向他噓了一聲。他抬起頭嗅著空氣。森林似乎靜得出奇，雲掌洪亮的喵聲在樹林間傳來嘹亮的回音。

「怎麼了？」雲掌環顧四周，「我什麼都沒聞到。」

「我也沒有。」火心同意。

「那你在擔心什麼？」

「虎爪。」火心脫口而出。自從一星期前藍星將虎爪逐出雷族後，那隻深色戰士就一直陰魂不散地出現在他的夢中。虎爪試圖殺死雷族族長，不過火心阻止了他，並公布他一直暗中謀反的意圖。接著虎爪就不知去向了。現在火心聽著寂靜的森林，心頭反倒生出一陣恐怖的寒意。就連森林好像也在屏氣凝神地傾聽。虎爪離開時撂下的狠話仍在火心腦中迴響：**張大眼睛，火心。豎起耳朵。隨時留意背後。因為有一天我會找到你，到時候你就死定了。**

雲掌的喵聲打破寂靜。「虎爪在這裡做什麼？」他不屑地說，「藍星已經放逐他了！」

「我知道，」火心承認，「也只有星族知道他上哪兒去了。不過虎爪也說過，他不會乖乖從我們面前消失！」

「我才不怕那個叛徒。」

「嗯，你應該要怕他！」火心責備他，「虎爪跟雷族的任何一隻貓一樣，對這片樹林一清二楚。若是逮到機會，他會把你撕成碎片。」

雲掌不屑地哼了一聲，然後不耐煩地將他的獵物轉來轉去。「自從藍星任命你當副族長以後，你就一直這麼嚴肅。如果你想浪費整個早上、拿些童話故事來嚇我，我可不想再待下去了。我打算為長老們捕一些獵物。」說完他便竄入刺藤叢，將那隻沒了氣息的鴿子留在地上。

「雲掌，給我回來！」火心怒吼著，然後搖了搖頭。「就讓虎爪抓走這個老鼠腦的小白痴吧！」他喃喃自語。

他甩甩尾巴，叼起那隻鴿子，不知道該不該幫雲掌帶回營地。戰士應該為他自己的獵物負責，他做出結論，然後將那隻鴿子丟進濃密的草叢裡。他走過去將綠色的草莖壓平，蓋住那隻肥嘟嘟的鴿子，暗自期盼雲掌會回來取走，連同其他獵物一起帶回去給飢餓的長老們。如果他沒把鴿子帶回去，就罰他挨餓直到他帶回去為止，火心下定決心。他的見習生必須學會：即使在綠葉季，也不可以糟蹋獵物。

太陽升得更高了，將大地曬得一片焦熱，也讓樹葉的水分蒸發。火心豎起耳朵。森林仍沉靜得可怕，林中的小動物似乎都藏起來了，等待傍晚不再燠熱時才現身。這股死寂令他不安，也憂心忡忡。或許他應該去找雲掌。

**你有警告過他要提防虎爪的！**火心幾乎聽得到好友灰紋熟悉的聲音在腦袋裡迴響，苦樂參半的往事湧上心頭，讓他畏縮了一下。那位雷族的前任戰士很可能會這麼對他說。他們曾一起當見習生，也曾並肩作戰，直到愛情與悲劇讓他們分開。灰紋愛上了異族的母貓，如果銀流不是在分娩時死去，或許灰紋仍會待在雷族。火心再度回想起灰紋領著他的兩隻小貓咪進入河族，帶他們加入亡母部族的事。火心的肩膀垮了下來。他很懷念與灰紋的友誼，也幾乎每天都默默與他分享心事。他很清楚他的老朋友，很容易想像灰紋會有什麼反應。

火心扭動一下耳朵，把那些回憶給拋開。他該回營地了。如今他已是雷族的副族長，必須規劃狩獵及巡邏的事。雲掌得自求多福。

火心快步經過林地，前往營地所在的峽谷頂端，一路上腳底的地都是乾的。他佇足片刻，享受著每次走近家園時都會感受到的自豪與愛意。雖然他小時候待過兩腳獸的地盤，不過當他首度勇闖森林時，他就知道森林才是他真正的家。

在他下方是雷族的營地，隱密地藏在茂密的刺藤叢間。火心連跑帶跳地躍下陡峭的斜坡，沿著古道進入通往營地的金雀花隧道。

淡灰色的貓后，柳皮，躺在育兒室的入口，利用上午的陽光曬暖她圓鼓鼓的肚子。之前她都住在戰士窩，最近才與其他貓后住進了育兒室，等著生下她的頭一胎。

她身旁的斑臉慈祥地看著自己的兩隻小貓咪在堅硬的地面上嬉鬧，揚起一小團塵土。斑臉是雲掌的養母，斑臉的小孩等於是雲掌的同窩手足，當火心將他妹妹的長子帶進族裡時，斑臉同意為這隻無依無靠的小貓咪哺乳。雲掌最近已經當上見習生了，不久斑臉自己的小貓也要準備離開育兒室了。

一陣低語引得火心望向空地前方的那座高聳岩。一群戰士聚集在岩石下方的陰影處，雷族族長藍星通常會站在岩石上，向她的族貓致詞。火心在貓群中認出暗紋那一身斑紋、追風柔軟的身型，以及白風暴雪白的頭。

火心默默走過炙熱的地面時，暗紋滿腹牢騷的喵聲蓋過了其他聲音。「那麼正午的巡邏要由誰帶隊？」

「火心狩獵回來後會決定。」白風暴平靜地回答。這位年邁的戰士顯然不想因為暗紋語帶敵意而心浮氣躁。

「他也該回來了。」塵皮發著牢騷，他是隻黑棕色的虎斑貓，曾和火心同時當見習生。

「我是回來了。」火心宣布。他擠過那群戰士，坐在白風暴旁邊。

「唔，既然你回來了，你是不是要告訴我們，正午的巡邏要由誰帶隊？」暗紋說。那隻黑灰色的公虎斑貓冷冷地瞪著火心。

儘管有高聳岩的遮蔭，火心仍覺得全身一陣燥熱。暗紋和虎爪的交情比其他貓更親密，雖然暗紋在他的前盟友遭到放逐時選擇留下來，火心仍忍不住懷疑他的忠誠。「長尾會帶隊巡邏。」火心說。

暗紋緩緩將目光由火心移向白風暴，他的頰鬚抖動著，眼裡閃過輕蔑的寒光。火心緊張地嚥了口口水，不知道自己是不是說了什麼蠢話。

「呃，長尾和他的見習生出去了，」追風解釋，一臉尷尬。「他和疾掌要到傍晚才會回來，記得嗎？」他身旁的塵皮鄙夷地悶哼了聲。

火心咬緊牙關。我該記得的！「那就由追風帶隊吧。你可以帶蕨毛及塵皮同行。」

「蕨毛絕對跟不上我們的，」塵皮說，「他和那群無賴貓打架後，現在還一跛一跛的。」

「好啦，好啦。」火心試著掩飾內心不斷高漲的煩躁，不過他不禁在想，自己只是在胡亂點名充數，「蕨毛可以和鼠毛一起去狩獵，還有……還有……」

「我可以跟他們一起去。」沙暴自告奮勇。

火心感激地朝那隻淡薑黃色的母貓眨了眨眼，繼續說，「……還有沙暴。」

「巡邏呢？我們如果不快點決定，正午就要過了！」暗紋說。

「你可以和追風一起去巡邏。」火心生氣說道。

「那傍晚的巡邏呢？」鼠毛溫和地發問。火心轉頭望向那隻黑棕色的母貓，腦中忽然一片空白。

白風暴沙啞的喵聲在火心身旁響起。「傍晚的巡邏就由我帶隊吧，」他說，「你想疾掌和長尾回來後，會不會想和我一起去？」

「會的，當然。」火心環顧四周，欣慰地看到大家似乎都滿意了。貓群散開，只留下火心與白風暴。「謝了，」他說，朝那位老戰士點頭致意，「我想我應該先將巡邏的事規劃好才對。」

「會愈來愈順手的。」白風暴安慰他，「我們以前都習慣虎爪告訴我們該做什麼，以及什麼時候去做。」

火心移開目光，心往下沉。

「他們也一定會比以前更焦慮，」白風暴繼續說，「全族都不敢相信虎爪會背叛我們。」

火心看著眼前這位白毛戰士，知道白風暴是想替自己打氣。火心一不小心就會忘了，虎爪的行為對其他族貓而言是一大打擊。火心很早就知道，虎爪對權力的渴望已驅使他不擇手段、以謀殺與謊言來達到目的，不過其他族貓則很難相信，那個天不怕地不怕的戰士，會背叛自己的部族。白風暴這席話提醒火心，即使他尚未擁有虎爪那種信心十足的權威，也絕對不會像虎爪那樣背叛自己的部族。

白風暴的聲音打斷了他的思緒。「我得去找斑臉了。她說有事要跟我說。」他點頭致意。這位戰士恭敬的神情讓火心吃了一驚，他尷尬地也點頭回禮。

火心看著白風暴離去，肚子咕嚕作響。他想起雲掌捕到的那隻肥美多汁的鴿子。白風暴的見習生，薑黃與白色相間的亮掌，坐在見習生窩外頭，火心不知道她是不是帶了什麼新鮮獵物回來給長老們。她正在一棵老樹殘株旁整理尾巴，火心朝她走去。她抬起頭喵了聲。「哈囉，火心。」

「嗨，亮掌。狩獵回來了？」火心問。

「是啊，」亮掌回答，眼睛一亮。「這是白風暴第一次讓我獨自出獵。」

「大豐收？」

亮掌羞怯地看著她的腳掌。「兩隻麻雀和一隻松鼠。」

「做得好，」火心發出滿意的呼嚕聲，「白風暴一定相當開心。」

亮掌點點頭。

「妳把它們直接交給長老嗎？」

「是的，」亮掌露出憂慮的眼神，「那樣做對嗎？」她焦慮地問。

「很好。」火心安撫她。如果他自己的見習生也這麼可靠就好了。雲掌也該回來了。光是兩隻麻雀和一隻松鼠不足以讓長老們吃飽。他決定去探視他們，以免他們因為新葉季的炎熱而感到不適。他走近長老窩那棵倒下的橡樹，聽到光禿禿的樹枝後傳來談話聲。

「柳皮的寶寶就快出生了。」說話的是斑尾。她是育兒室裡最年長的貓后，她唯一的小貓因為罹患白咳症而身體羸弱，比同齡的貓兒都來得瘦小。

「有新生兒總是個好兆頭。」獨眼滿意地發出呼嚕聲。

「星族知道我們只要有好兆頭就行了。」小耳臉色陰沉地說。

「妳該不是為了那場儀式煩心吧？」斑皮嘶啞著說。火心可以想像那隻黑白相間的公貓不耐煩地朝小耳抖動雙耳。

「那場什麼？」獨眼問。

「就是新任副族長的任命典禮，」斑皮高聲解釋，「妳知道，就在虎爪離開時，一個星期以前。」

「問題在於我的耳朵不像以前那麼中用了，我才沒去想這些呢！」獨眼駁斥。她繼續說下去，其他貓則默默聆聽，因為獨眼雖然脾氣火爆，卻因足智多謀而頗受敬重。「我不認為星族會只為了藍星無法在月亮高升前任命新的副族長，就懲罰我們。事發突然。」

「可是那只會使情況更糟糕！」花尾焦慮地說，「星族對一個族的副族長居然背叛他們，而且在月亮高升後才任命新的副族長，會怎麼想？看起來就像我們無法維持貓族的忠誠，或是不能按規矩舉行典禮。」

火心感到背脊一陣冰涼。藍星在知道虎爪叛變並將他逐出族之後，因為太過煩躁，而沒及時舉行任命新任副族長的儀式，火心在第二天才被任命，成為虎爪的繼任者，對很多貓來說這是個凶兆。

「就我記憶所及，火心的任命是破天荒破壞了本族的常規，」小耳語氣凝重地說，「雖然我很不願意這麼說，不過我還是覺得，他擔任副族長將會使雷族進入黑暗期。」

斑皮喵了一聲附和，火心覺得心頭一陣悸動，等著獨眼以她睿智的話語來安撫其他惶恐的貓。不過她卻沒作聲。火心頭上的烈日仍繼續在萬里無雲的藍天中照耀著，他卻覺得冷到了骨頭裡。

火心轉身離開長老窩，不想在這時候面對他們。他急急沿著空地邊緣走開，走向育兒室，邊走邊盯著地面陷入沉思。育兒室外有個東西突然閃過，吸引他抬起頭來。他愣住了，當他發現虎爪琥珀色的眼眸就對著他閃閃發光時，他的心開始怦怦狂跳。那熟悉的眼神把火心嚇壞了，他驚慌地猛眨眼。然後他才發現眼前不是那位凶猛的戰士，而是小棘——虎爪的兒子。

# 第二章

火心看見一身鬈曲的淡琥珀色皮毛，抬頭見到金花跟在這隻深色的小虎斑貓身後，安靜地走出育兒室。她叼著一隻淡薑黃色的小貓，溫柔地將他放在小棘身旁。火心知道金花已經看到他的反應了，因為那隻淡薑黃色的貓后用她的尾巴緊纏在小貓身上保護他們，並揚起她的下巴，彷彿要逼迫火心有所表示。

火心感到一絲愧疚。他在想什麼？天啊，他可是副族長呢！他知道他必須向金花保證，這些小貓就如雷族的其他成員一樣，會受到照顧與尊重。「妳的……妳的寶寶看起來很健康。」他結結巴巴地說。不過當那隻深色小虎斑貓抬起頭，用琥珀色的眼睛凝望著他時，感覺就像虎爪兇惡瞪視的翻版，令他有芒刺在背的感覺。

恐懼與憤怒讓火心本能地將爪子彈出，緊抓住堅硬的地面，他試著甩掉這種情緒。背叛雷族的是虎爪，他告訴自己。不是這隻小貓。

「這是小褐第一次離開育兒室。」金花告訴他。她焦慮地低頭看著那隻小貓。

「他們長得很快。」火心喃喃說著。

金花彎下身在兩隻小貓的頭上舔了舔，然後朝火心走過去。「我了解你的感受，」她心平氣和地說，「只是你的眼神總會洩露你的心事。不過他們是我的寶寶，如果有必要，我會拼命保護他們。」她看著火心的眼睛，而他則在她深邃的黃眼睛裡看出她的堅定。

「我擔心他們，火心，」她繼續說下去，「族民們永遠不會原諒虎爪——他們也不應該原諒他。不過小棘和小褐並沒有做錯什麼，我不會讓他們因為虎爪而受到懲罰。我甚至不會告訴他們父親是誰，只會說他是個勇敢強壯的戰士。」

火心很同情這位心煩意亂的貓后。「他們在這裡很安全。」他承諾，不過當金花轉身離開時，小棘琥珀色的眼睛仍令火心渾身不自在。

白風暴從他們身後鑽出育兒室。「斑臉覺得她的另外兩隻小貓已經準備好接受訓練了。」他告訴火心。

「藍星知道嗎？」火心問。

白風暴搖搖頭。「斑臉想親自告訴藍星，不過她已經好幾天沒進育兒室探視了。」

火心皺起眉。族長通常對族裡生活的各個層面都很關注，尤其是育兒室。每隻貓都知道，哺育出優秀、健康的小貓對雷族有多重要。

「我想那也沒什麼，」白風暴繼續說，「自從她與那群無賴貓戰鬥之後，到現在都還在療傷。」

「我該不該去告訴她？」火心自告奮勇地說。

「好。好消息或許可以讓她打起精神。」白風暴表示。

火心吃了一驚，發覺白風暴和他一樣為族長感到憂心。「我相信會有幫助，」他同意，「雷族好久沒有這麼多見習生了。」

「這倒提醒了我一件事，」白風暴說，眼睛突然一亮，「雲掌呢？我以為他去替長老抓獵物了。」

火心尷尬地將眼睛別開。「呃，對，他是去狩獵。我不知道他怎麼去了那麼久。」

白風暴抬起一隻巨掌舔了舔。「林子已經不像以前那麼安全了。」他喃喃說著，彷彿可以看穿火心不安的思緒。「別忘了風族與影族，仍因為我們庇護碎尾而懷恨在心。他們還不知道碎尾已經死了，或許會再度發動攻擊。」

碎尾曾是影族的族長。他因為野心勃勃，不斷想擴張地盤，幾乎將森林裡的其他貓族都毀了。雷族曾出手協助不堪其擾的影族驅逐碎尾，不過在碎尾淪為一個又瞎、又無依無靠的囚犯時庇護他——對他昔日的敵人來說可不是值得歡迎的慈悲之舉。

火心知道白風暴是在委婉地警告他——那位戰士甚至沒提到虎爪仍在附近的可能性——他因為讓雲掌獨自離開而感到愧疚，但也忍不住想為自己辯駁。「你今天早上，不也讓亮掌獨自狩獵嗎？」他反駁。

「沒錯。可是我叫她待在峽谷裡，而且要在正午前回來。」白風暴語氣溫和，不過他不再舔腳掌，而是帶著關懷的眼神望向火心。「我希望雲掌沒有離營地太遠。」

火心將眼光移開，喃喃地說：「我得去告訴藍星，小貓們已準備好了。」

「好主意，」白風暴回答，「我可以帶亮掌出去做些訓練。她的狩獵技巧不錯，不過打鬥技巧還有待加強。」

火心一面在心裡罵雲掌，一面轉身走向高聳岩。他在藍星的窩外匆匆清理了一下雙耳，不再想雲掌的事，直接走到地衣簾幕請安。窩內傳來一聲輕柔的「進來」，於是火心推開簾幕，慢慢走了進去。

小小的洞穴很涼爽，那是昔日一條溪流沖刷高聳岩底部所形成的凹洞。透過地衣灑進來的陽光，使牆壁散發出溫暖的亮光。藍星弓著身坐在她的窩裡，像隻在孵蛋的鴨子。她灰色的長毛髒亂不堪。**或許她的傷口還在痛，沒辦法好好梳洗一番**，火心想。他盡量不去想其他可能：族長不再想好好照顧自己了。

不過他在白風暴眼中看到的憂慮令他心痛。火心注意到，藍星看起來很瘦弱，他也記得昨晚她只吃了半隻鳥就不吃了，獨自回到窩裡，沒像以前一樣，留下來與資深戰士們聊天。

火心進門時族長抬眼看他，他很欣慰看到她眼中隱約閃過一絲關心。

「火心。」她和他打招呼，坐直身體，揚起下巴。她挺高寬大的灰頭，與火心在他兩腳獸老家附近樹林裡首度見到她時一樣威嚴。當初就是藍星邀他加入雷族的，而她對他的信賴也使彼此迅速建立起特殊的情誼來。

「藍星，」他開口，並恭敬地點頭致意，「白風暴今天到過育兒室。斑臉告訴他，她的小貓已經準備好要當見習生了。」

藍星緩緩張大眼睛。「準備好了？」她喃喃說著。

火心等待藍星下令舉行見習生儀式，不過那隻母貓只是目不轉睛地看著他。

「呃……妳要指派誰當他們的導師？」他提醒她。

「導師。」藍星輕聲複述。

火心開始覺得渾身不自在。

她的藍眼睛突然閃出一絲嚴峻的寒光。「有哪隻貓我們信得過，能訓練這些天真無邪的小貓？」她忿怒地說。

火心畏縮了一下，震驚得無法回答。族長的眼光再度迸現寒光。「你可以帶他們嗎？」她質問，「或是灰紋？」

火心搖頭，試著拋開如毒蛇般朝他襲來的那股惶恐。莫非藍星已經忘了，灰紋已離開雷族了？「我——我已經在帶雲掌了，而灰紋……」他說不下去了，倉促吸了一小口氣才又開口，「藍星，唯一不適合訓練這些小貓的戰士就是虎爪，而他已經被放逐了，記得嗎？雷族每一位戰士都可以擔任斑臉小貓的好導師。」他仔細觀察藍星的表情，想看她的反應，不過她只是茫然盯著地面。「斑臉希望盡快舉行任命典禮，」他再說下去，「她的小貓已經準備好了。雲掌是他們的同窩手足，而他成為見習生都已經半個月了。」

火心傾身向前，期待藍星回答。那隻母貓終於匆匆點點頭，再度抬眼望向火心。他看到她的肩頭不再緊繃，總算鬆了口氣。雖然她的眼神似乎仍遙遠且冰冷，不過平靜多了。「晚餐前舉行任命典禮。」她喵了聲，彷彿她不曾懷疑過。

「那妳想任命誰擔任他們的導師？」火心小心翼翼地問。藍星又愣住了，焦慮地看著窩裡，讓火心渾身一陣冷顫。

「給你決定吧。」

她的回答幾乎聽不見，火心決定不再給她壓力。他點頭說：「好的，藍星。」然後退到族長窩外。

他在高聳岩的陰影下靜坐片刻，整理思緒。如果族長現在連一位戰士都無法信任，顯然虎爪的背叛對她造成的影響，應該遠超過他所能理解的。火心低頭舔胸口安撫自己。距離那群無賴貓發動攻擊，到今天還不滿一個星期。藍星會復原的，他告訴自己。這期間，他不能讓其他貓知道她的焦慮。如果全族都已經惶恐不安了，就如白風暴說的，知道藍星的狀況只會使他們更加驚慌。

火心繃緊了肩，朝育兒室走去。「嗨，柳皮。」他走近那隻貓后時喵了一聲。那隻淡灰色的母貓正側身躺在庇護那些小貓的刺藤叢外，享受溫暖的陽光。

火心停在她身旁時，她抬起頭。「嗨，火心。副族長的日子還好過吧？」她的眼神略帶好奇，聲音很友善，沒有挑釁的味道。

「還不錯。」火心告訴她。或是說應該還不錯，**如果我沒有一個令我頭痛的見習生的話**，他洩氣地想著，**或是如果長老們不因為星族的憤怒而發牢騷、族長不會連該任命誰當斑臉小貓的導師都無法決定的話。**

「很高興聽到你這麼說。」柳皮滿意地呼嚕作響，轉頭舔自己的背。

「斑臉在這附近嗎？」火心問。

「她在裡頭。」柳皮邊舔邊說。

「謝了。」火心擠身進入刺藤叢內。裡面出奇的明亮。陽光從那些糾結的樹枝縫隙潑灑下來，火心告訴自己，他得在落葉季的冷風颳起前將那些洞補好。

「嗨，斑臉，」他喵了聲，「好消息！藍星說會在今天傍晚為妳的小貓舉行任命典禮。」

斑臉正側躺著，她那兩隻淡灰色的小貓在她身上爬來爬去。「感謝星族！」這時兩隻小貓中較重、帶著暗色斑點的那一隻，從他母親的腰腹處躍下，朝他妹妹撲過去，斑臉不禁悶哼了聲。「這兩個愈來愈大，不能再待在育兒室了。」

兩隻小貓靠著他們母親的背翻滾嬉鬧，腳掌與尾巴打在一起。斑臉溫柔地將他們推開，然後問道：「你知道誰會擔任他們的導師？」

火心對這個問題早就有備而來。「藍星還沒決定，」他解釋，「妳有沒有任何較中意的戰士？」

斑臉顯得有點詫異。「藍星最清楚，應該由她決定。」

火心和其他的貓一樣，知道依照傳統應由族長挑選導師。「沒錯，妳說得對。」他心情沉重地說。

一陣微風將虎爪的小虎斑貓的氣味吹向火心，令他渾身不自在。「金花呢？」他問斑臉，語氣比他預期的更尖銳了一點。

她張大眼睛。「她帶她的小貓去見長老們了，」她回答，瞇起眼看著火心，「你在虎爪兒子身上看到他的影子，對吧？」

火心不自在地點點頭。

「他長得像他父親，但也僅此而已，」斑臉安慰他，「他對其他小貓很溫柔，而且他的姊姊也很能夠教他守規矩！」

「嗯，那很好。」火心轉過身，「待會兒典禮上見了。」他喵了聲，轉身從入口處出去。

「你是說藍星已經決定要舉行見習生任命典禮了？」柳皮在火心走到外頭時朝他叫道。

「是的。」火心回答。

「誰會擔任他們的導……」

沒等柳皮的問題問完，火心就已快步離開。任命典禮的消息會像森林野火般傳遍整個營地，每隻貓都想問同樣的問題。火心必須及早做決定，不過他的鼻孔內仍充滿了小棘的氣味，不祥的思緒在腦海中翻騰不已。

他本能地走向通往巫醫那片空地的蕨葉隧道。黃牙的見習生，煤皮，應該會在那邊。灰紋已經投靠河族了，現在煤皮成了火心最親密的朋友。火心知道那隻溫和的灰色母貓可以幫他把這些紊亂的思緒理出一個頭緒來。

他加快腳步走過那些涼爽的蕨叢，進入陽光下的空地。空地的一端隱約可見一塊高大岩石的扁平岩面，岩石從中間往下裂開，中間那個凹洞剛好夠黃牙棲身，以及存放她的草藥。

火心正要呼喚，煤皮就從岩石的陰暗裂隙中一跛一跛地走了出來。她的後腿扭曲變形，使她無法成為戰士。火心和往常一樣，為她那隻瘸腿心痛不已，也很難真的因為看到朋友就開心得起來。好久以前，這隻年輕的母貓在奔過轟雷路時受了重傷。火心很自責，因為那場意外發生時，煤皮還是他的見習生。不過她在巫醫黃牙細心的照料下日漸痊癒，黃牙還開始教她如何看護病貓，並在一個半月前收她為見習生。煤皮終於在族裡找到她的位置。

煤皮一跛一跛地走入空地，一大捆草藥在口中晃來晃去。她一臉憂愁，甚至沒注意到火心就站在隧道口。她將那捆草藥丟在被陽光烤得炙熱的地面，開始心煩意亂地用前掌為那些葉子分類。

「煤皮？」火心喵了一聲。

煤皮抬眼一望，吃了一驚。「火心！你來這裡做什麼？你病了嗎？」

火心搖頭。「沒有。你沒事吧？」

煤皮氣餒地看著她眼前那堆草葉，火心走過去用鼻子撫摩她。「怎麼了？難不成妳又將黃牙窩裡的那罐老鼠膽汁給打翻了？」

「才沒有！」煤皮氣鼓鼓地回嘴，然後將眼睛垂下。「我真不該答應要受訓成為巫醫的。我真是掃把星。在我找到那隻腐爛的鳥時，就應該看出預兆了！」

火心也記得在他任命典禮後發生的那件事。煤皮從一堆獵物中挑了一隻鵲鳥要獻給藍星，卻發現那隻鳥柔軟的羽毛下，竟爬滿了蛆。

「黃牙認為那是與妳有關的預兆嗎？」火心問。

「唔，不是。」煤皮承認。

「那妳何必自認為不是當巫醫的料？」他試著不去想那隻腐爛的鵲鳥可能是另一隻貓——

他的族長藍星——的預兆。

煤皮垂頭喪氣地甩了甩尾巴。「黃牙要我替她調製一份敷藥糊。只是用來清理傷口的簡單藥糊。那是她一開始就教我的幾件事之一，可是我竟然忘了要加什麼草藥。她會認為我是個笨蛋！」她拉高聲調，好像在哀嚎似的，瞪大的藍色眼眸眼神煩亂。

「妳不是笨蛋，黃牙也知道。」火心堅定地告訴她。

「可是那不是我最近做的第一件蠢事。昨天我必須問她如何分辨毛地黃與罌粟籽。」煤皮的頭垂得更低了，「黃牙說我會危害到全族。」

「噢，妳也知道黃牙的，」火心安撫她，「她說起話來一向如此。」黃牙原本是影族的巫醫，雖然他們殘暴的族長碎尾驅逐她後，她成了雷族的一員，但仍不時流露出影族戰士凶暴的性情。不過她和煤皮之所以能相處融洽，原因之一就是煤皮很能夠容忍黃牙的火爆脾氣。

煤皮嘆了口氣。「我想我不是當巫醫的料。我還以為我成為黃牙的見習生是明智之舉，看來不是。我就是學不來我該要知道的那些東西。」

火心蹲下來，直到他的眼睛和煤皮一樣高。「這和銀流有關，對吧？」他激動地問。他記得灰紋深愛的河族貓后在陽光岩早產的那一天。煤皮竭盡所能想救她，可是銀流失血過多。那隻美麗的銀色虎斑貓就這樣過世了，即便她的寶寶活了下來。

煤皮沒有回答，火心知道他說對了。「妳救了她的孩子啊！」他指出。

「可是我沒能救活她。」

「妳已經盡力了。」火心趨前舔了舔煤皮柔軟的灰色額頭。「聽著，只要去問問黃牙那種藥糊要用什麼草藥調製就行了。她不會介意的。」

「希望如此。」煤皮的語氣仍然存疑。然後她打起精神。「我不能再這麼自怨自艾了，對吧？」

「沒錯。」火心回答，朝她甩甩尾巴。

「對不起。」煤皮對著他裝出愁眉苦臉的神情，又露出一點她原來的幽默感。「你應該沒帶任何新鮮獵物來吧？」

火心搖搖頭。「抱歉。我只是來找妳聊聊。黃牙讓妳挨餓了？」

「沒有，不過學當巫醫比你想像的難多了，」煤皮回答，「我今天沒有機會吃東西。」她露出好奇的眼神。「你想跟我聊什麼？」

「虎爪的孩子。」火心又感到一股寒意襲來。「特別是小棘。」

「因為他長得像他爸爸？」

火心畏縮了一下。他的心事真的那麼容易被看穿？「我知道我不應該評斷他，他只是隻小貓。不過每次我看到他時，總覺得像是虎爪在盯著我看……我動彈不得。」火心搖搖頭，對自己的坦白感到羞愧，不過也很高興能有機會和朋友說實話。「我不知道自己能不能信任他。」

「如果你每次看到他都會想到虎爪，當然會有那種感覺，」煤皮溫和地喵了聲，「不過你必須超越他的外表，看到他的內心。記住，他不只是虎爪的孩子，他也帶有一些金花的個性。而且他永遠不會知道父親是誰。他會是由族裡撫養長大的。」她補上一句，「所有貓中你應該最清楚，不能依出身來論斷其他貓。」

煤皮的話很有道理。火心不曾因為自己曾是寵物貓，就對族裡有一絲一毫的不忠誠。「星族有沒有和妳談起小棘的事？」他問，知道煤皮和黃牙在小棘出生時，一定研究過銀毛星群的態度。

那隻灰貓將眼光移開，低聲說道：「星族不是什麼事都會跟我說。」火心聽了感到一陣不自在。

火心很了解煤皮，知道她有話沒說。「不過他們還是跟妳說了某件事，對吧？」

煤皮用堅定的藍色眼眸望著他。「他的命運會和在雷族誕生的任何一隻小貓一樣重要。」她肯定地說。

火心知道如果煤皮不想說，他也無法追問出星族到底跟她洩露了什麼天機。他決定告訴煤皮令他困惑的另一個問題。「我還想問妳另一件事，」他坦承，「我必須決定由誰來擔任斑臉小貓的導師。」

「那不是該由藍星決定嗎？」

「她要我替她挑。」

煤皮訝異地抬起頭。「那你幹嘛愁眉苦臉的？你應該覺得受寵若驚才對。」

**受寵若驚？**火心默默想著，回想起藍星眼中的敵意與困惑。他聳聳肩。「或許吧。不過我不確定應該挑誰。」

「你一定有點主意吧？」煤皮鼓勵他。

「一點也沒有。」

煤皮皺著眉頭，思索起來。「當我被指派為你的見習生時，你有什麼感覺？」

火心沒料到她會這樣問。「自豪。也很惶恐。想力求表現。」他說得很慢。

「你認為哪一個戰士最想力求表現？」煤皮問。

火心瞇起眼睛，腦海中閃過一個黑棕色斑紋的身影。「塵皮。」煤皮若有所思地點點頭，火心繼續說下去：「他一定恨不得立刻就擁有第一個見習生。他和虎爪曾經很親近，所以他會想在虎爪被放逐後，證明他對本族的忠誠。他是個好戰士，我想也會是個優秀的導師。」火心口中雖然這麼說，卻也發覺挑選塵皮其實還有一個更私人的動機。藍星兩度任命火心當導師，一次是帶煤皮，然後帶雲掌，當時那隻虎斑貓就曾露出羨慕的眼神。火心歉疚地想著，**給塵皮一個見習生，或許能夠安撫那個戰士的嫉妒心，也會使他更好相處。**

「好啊，那麼，已經挑出一個來了。」煤皮喵了聲鼓勵他。

火心低頭看著眼前這隻巫醫清澈的大眼睛。她說得好簡單。

「另一個呢？」煤皮問。

「另一個什麼？」黃牙嘶啞的喵聲由蕨葉隧道傳了過來，那隻黑灰色的母貓踏著僵硬的步伐走入空地。火心轉身跟她打招呼。她的長毛與往常一樣看起來凌亂不堪，彷彿為了看顧全族使她沒空梳理毛髮。不過她橙色的眼睛閃閃發光，眼神依舊犀利。

「藍星要火心為斑臉的小貓挑選導師。」煤皮解釋。

「噢，是嗎？」黃牙訝異地張大眼睛，「你想到誰了？」

「我們已經挑出了塵皮——」火心說。

黃牙打岔。「我們？」她沙啞地問，「我們是誰？」

「煤皮幫忙出主意。」他坦承。

「我相信藍星會很欣慰，一隻才剛開始當見習生的貓，也能幫族裡做這麼重要的決定。」黃牙說道。她轉向煤皮。「那份藥糊調好了沒有？」

煤皮張開嘴巴，然後搖搖頭，默不作聲地走回空地中央的那堆藥草。

黃牙看著她的見習生一跛一跛地走開，悶哼了聲。「那隻貓已經好幾天沒有回答我的話了！」她向火心抱怨，「以前有一陣子是我無法插嘴。她愈快恢復正常，對我們兩人都愈有好處！」年邁的巫醫皺起眉，轉身望向火心。「好了，我們剛說到哪裡？」

「試著決定該由誰來擔任斑臉另一隻小貓的導師。」火心心情沉重地回答。

「誰還沒有見習生？」黃牙沙啞著說。

「唔，沙暴。」火心回答。他忍不住覺得，若給塵皮一個見習生而不給沙暴一個，好像不公平。畢竟，那兩隻貓是一起受訓的，也同時獲得戰士頭銜。

「你認為同時指派兩個年輕的導師，明智嗎？」黃牙提醒他。

火心搖搖頭。

「那麼，雷族中是否還有更見多識廣的戰士沒有見習生？」黃牙追問。

**暗紋。**火心極不情願地想著。每隻貓都知道暗紋曾是虎爪最親密的朋友，雖然那個叛徒被放逐後他選擇留在族裡。火心體認到，他若不挑選暗紋當導師，或許會讓人覺得他是在報復那位戰士在他剛來雷族時，曾經對他的不友善。畢竟，暗紋應該是要帶個見習生的。

黃牙看出火心已下定決心的神情，因為她喵了一聲。「好，就這麼解決了。現在你能不能別來打擾我和我的見習生？我們還有事要忙呢。」

火心站起身來，他原本因為總算挑出兩個導師而鬆了一口氣，隨後又忐忑不安了起來。因為即使挑中的那兩隻貓對族裡忠心耿耿，但他們對他的忠誠度如何，他則一點把握也沒有。

# 第三章

「你有沒有看到雲掌？」火心從蕨葉隧道走出來，問起剛好從前面經過的鼠毛的見習生刺掌。那隻金棕色公貓正快步走向新鮮獵物堆，口中還叼著兩隻老鼠。他搖搖頭，火心又擔心起來。雲掌早該回來了。

「好。把那些老鼠直接交給長老們。」他命令刺掌。那個見習生口齒不清地喵了一聲，迅速跑開。

火心對雲掌感到一肚子火，不過他知道這是出於恐懼。要是虎爪發現他了怎麼辦？火心愈想愈驚慌，決定趕往族長藍星的巢穴。他要告訴她他決定挑選誰當導師，然後就可以去找雲掌。

火心走到高聳岩時，沒停下腳步整理蓬亂的毛，他呼喚了一聲，一聽到藍星的回應就立刻推開地衣走了進去。雷族族長蹲伏在窩內，就是他上次離開時她所在的位置，盯著牆壁。

「藍星，」火心開口，點頭致意，「我想

塵皮與暗紋會是優秀的導師。」

這隻年長的母貓轉頭望向火心，撐高身體坐了起來。「很好。」她淡淡地回答。

火心感到一陣失望。藍星似乎不在乎他挑選誰。「我是不是該去叫他們來，讓妳告訴他們這個好消息？」他問道，「他們剛離開營地，」他補上：「不過等他們回來，我可以——」

「他們離開營地了？」藍星的頰鬚抖動著，「兩個都出去了？」

「他們去巡邏。」火心不安地解釋。

「白風暴呢？」

「出去訓練亮掌。」

「鼠毛呢？」

「帶蕨毛和沙暴去狩獵。」

「所有的戰士都離開營地了？」藍星質問。

火心看到她繃緊了肩膀，他的心震了一下。藍星在怕什麼？他的思緒又回到雲掌身上，以及他今天早晨在寂靜的森林中感受到的那股恐懼。「巡邏隊待會兒就回來了。」火心盡力保持冷靜，設法安撫他的族長，「而且我還在這裡。」

「別哄我！我可不是什麼受到驚嚇的小貓！」藍星氣憤地說。火心畏縮了一下，她繼續說下去，「你得留在營地中直到巡邏隊回來。我們這個月來已兩度遭到攻擊，我不要營地完全不設防，我要求以後至少有三位戰士隨時留在營地看守。」

火心一陣不寒而慄，此刻的他不敢直視族長，怕會看到一副不再熟悉的眼神。「好的，藍星。」他平靜地低聲回答。

「暗紋與塵皮回來時，叫他們到我這裡來。我想在典禮前和他們談談。」

「好的。」

「下去吧！」藍星朝他甩了甩尾巴，彷彿認為他在浪費她的時間，並使全族陷入險境。

火心退出族長窩。他坐在高聳岩的陰影中，轉頭整理尾巴。他該怎麼做才對？他悸動的心告訴他，應該飛奔進森林裡去找雲掌，將他帶回安全的營地來。不過藍星已經命令他必須留在營地內，直到一支巡邏隊回來。

這時他聽到營地外的灌木叢傳來貓群的聲響，也在溫暖的空氣中聞到了暗紋、追風、塵皮熟悉的氣味。他們走過金雀花叢的入口處時慢了下來，追風走在最前頭。

火心欣慰地跳起來。現在他可以離開營地去找雲掌了。他趕忙穿過空地與他們碰面。「巡邏得怎麼樣？」他叫道。

「沒有其他族的跡象。」追風回報。

「不過我們倒是聞到你的見習生的味道，」暗紋補充道，「在兩腳獸住處附近。」

「你們有沒有看到他？」火心盡量裝作若無其事的樣子。

暗紋搖搖頭。

「我看他是想在兩腳獸的花園裡找小鳥。」塵皮自以為是地笑著，「牠們或許比較合他的胃口。」

火心沒理會塵皮對寵物貓的嘲諷。「氣味新鮮嗎？」他問追風。

「還好，但是我們要回營地時就沒聞到了。」

火心點點頭。至少他知道該從哪裡開始尋找雲掌了。「暗紋以及塵皮，」他說：「藍星要你們到族長窩去找她。」兩位戰士離去時，火心在想自己該不該跟他們一起去，以免藍星仍然舉止怪異。然後他注意到追風正帶著刺掌走向營地入口處。「你要去哪裡？」他焦急地問。藍星要求營地至少要有三位戰士留守；如果追風又出去了，他就不能去找雲掌。

「我答應鼠毛，今天下午要教刺掌如何抓松鼠。」追風轉頭回答。

「可是我……」火心說不出口，那個結實的戰士好奇地看著他。他無法承認自己有多麼擔心雲掌。他搖搖頭。「沒事。」他說，看著追風與刺掌消失在金雀花隧道裡。看見鼠毛的見習生也乖順地跟著那位戰士走，火心心中一陣懊惱。他為什麼就沒辦法讓自己的見習生，也有這樣的表現？

⚡⚡⚡

後來的整個下午都很難熬。火心待在戰士窩外的蕁麻叢邊，豎起耳朵，聆聽森林中的每個聲響，尋找雲掌回來的任何跡象。不過，由於暗紋回報時說只聞到那個年輕見習生的氣味，雷族地盤上也沒發現入侵者，火心便比較不擔心會發生令藍星恐慌的情況了。

夕陽漸漸西沉，狩獵隊伍也陸續歸營了。隨後出現的是白風暴和亮掌，他們顯然是被新鮮獵物的氣味吸引而從訓練場過來的。長尾和疾掌不久後也回來了，不過仍不見雲掌的蹤影。

雖然有充裕的獵物可供大家分享，不過沒有一隻貓接近那堆獵物。任命典禮的消息已傳遍整個營地。火心可以聽到刺掌、亮掌和疾掌在他們的窩外興奮地交頭接耳，直到藍星走出她的洞穴，他們才叫其他人別作聲，充滿期待地瞪大眼睛張望。

雷族族長輕鬆地縱身一躍，跳上高聳岩。她與無賴貓打鬥時所受的傷顯然已經痊癒，不過火心不知道自己是該鬆一口氣，或者更擔心。她的心靈為何無法像她的身體一樣迅速康復？當她揚起下巴，準備集合全族時，火心的心跳加速。藍星的聲音聽起來單調又沙啞，彷彿因為久未使用而生疏，不過當她大聲說出那些熟悉的字眼時，火心覺得自己的信心又回來了。

夕陽照亮了他火紅色的毛，他想起剛加入雷族時自己的任命典禮。火心自豪地抬頭挺胸，站在高聳岩下副族長站的位置，其他貓則圍繞在空地邊緣。暗紋平靜地坐在前面，目不轉睛地注視前方。塵皮僵直地坐在他身邊，無法掩飾眼中的興奮。

「我們今天聚集在此，是要替族裡兩隻拜師成為見習生的小貓命名，」藍星中規中矩地開始宣布，俯視著斑臉的坐處，她兩旁各坐著一隻小貓。火心幾乎認不出那是稍早還在育兒室裡扭打的兩隻頑皮小貓。他們在這裡看起來小很多，毛都梳理得很整齊。其中一隻依偎在母親身上，頰鬚緊張又興奮地顫抖個不停，較大的那隻小貓則是不停用腳掌搓著地面。

全族充滿期待地安靜了下來。

「出列。」火心聽到藍星從上頭發號施令的聲音。

兩隻小貓並肩走到空地中央，雜灰色的毛充滿期待地豎起。

「塵皮，」藍星沙啞地叫道，「你將擔任灰掌的導師。」

火心看著塵皮走向較大的那隻灰色小貓，站在他身旁。

「塵皮，」藍星繼續說，「這將是你的第一個見習生。和他分享你的勇氣與果決。我知道你可以把他訓練得很好，但是也不要不敢回頭尋求資深戰士的忠告。」

塵皮眼中綻放出自豪的光采，他俯身以鼻子觸碰灰掌的鼻子。當灰掌跟著他的新導師走到圓圈邊緣時，他大聲地發出開心的呼嚕聲。

個子較小的小貓仍待在空地中央，眼睛閃閃發光，小小的胸口顫動著。火心看著她，親切地朝她眨眼。小貓回看著他，彷彿她活著就是為了這一刻。

「暗紋。」藍星叫出那位戰士的名字，然後停頓了一下。火心看到族長眼中閃過一絲恐懼，背脊一陣震顫。他屏氣凝神，不過藍星眨眨眼，揮走她心頭的疑慮繼續說下去。「你將擔任蕨掌的導師。」小貓張大眼睛，她轉身看著那位碩大的虎斑戰士朝她走來。

「暗紋，」藍星說，「你智勇雙全，盡你所能地教導這個年輕的見習生。」

「當然。」暗紋一口答應，俯身以鼻子觸碰蕨掌，她似乎畏縮了一下，然後才挺身接受他的問候。這位新見習生跟著暗紋走到空地邊緣，邊走邊轉頭，焦慮地望向火心。火心朝她點點頭，替她打氣。

大家開始向兩位新見習生道賀，簇擁在他們身旁，叫喚他們的新名字。火心正要加入他們時，看到一道白色身影溜進營地。雲掌回來了。

火心趕忙上前找他。「你去哪裡了？」他質問。

雲掌放下叼著的田鼠。「狩獵。」

「你就只找到這個？就算在禿葉季，你能捉到的也不只這個啊！」

雲掌聳聳肩。「有總比沒有好。」

「你今天早上捉到的鴿子呢？」火心問。

「你沒有帶回來？」

「那是你的獵物！」火心生氣地說。

雲掌坐下來，將尾巴捲在前掌附近。「我想今天早上應該把牠帶回來的。」他說。

「沒錯。」火心同意，被雲掌滿不在乎的態度搞得火冒三丈。「在你將牠帶回來以前，你得餓肚子。去，把獵物放好！」他用鼻子指向那隻田鼠，「放在新鮮獵物堆裡。」

雲掌再度聳聳肩，將田鼠叼起來，走開了。

火心轉過身，仍然滿腔怒火，他看到白風暴站在他身後。

「時候到了他自然會學乖。」這位白毛戰士親切地說。

「但願如此。」火心喃喃說道。

「你已經決定由誰率領黎明的巡邏隊嗎？」白風暴問道，有技巧地轉移話題。

火心還沒決定。其實他根本沒想到這件事，或是隔天的其他巡邏隊及狩獵隊。他一直在為雲掌的事操心。

「花點心思想想。」白風暴喵了聲，轉身離去，「時間還很多。」

「我自己帶隊，」火心迅速決定，「我帶長尾及鼠毛同行。」

「好主意，」白風暴滿意地發出呼嚕聲，「我是不是該去告訴他們？」他瞄向那堆新鮮獵物，貓群已經開始圍聚在一旁了。

「好，」火心回答，「謝謝。」

他看著白毛戰士走向那堆獵物，才發現自己也餓了。他正準備跟上去時，看見另一個白色身影，潔白如初雪的長毛，混入新鮮獵物堆旁的貓群中。雲掌顯然違抗了火心不准他分享獵物的命令。火心怒火中燒，不過仍待在原地，四肢沉重得像石塊。他不想當著全族的面跟雲掌爭吵。

火心看到雲掌挑出一隻肥嘟嘟的老鼠，然後與白風暴撞了個滿懷。那位白毛戰士嚴厲地瞪了雲掌一眼，並低聲說了幾句——他聽不清楚內容，不過雲掌立刻丟下那隻老鼠，夾著尾巴溜回見習生窩。

火心匆匆將頭別開，為自己沒能趕在那位資深戰士之前去質問雲掌而感到慚愧。他忽然覺得肚子不餓了。看到藍星躺在戰士窩旁的蕨叢下，火心渴望與他的老導師分享他對這個叛逆見習生的憂心。不過當她漫不經心地拾起一隻小歌鶇鳥時，臉上再度浮現那種魂不守舍的恍惚神情。火心的心頭一陣冰涼，看著雷族族長站起身，緩緩走向族長窩，而那隻歌鶇則原封未動。

# 第四章

當晚一陣輕柔的步伐走入火心的夢境。一隻母花貓從森林中出現在他身旁，一雙琥珀色的眼睛閃閃動人。火心凝視著斑葉，心中浮起一股熟悉的痛楚。這位巫醫的死帶給他的痛苦，以及過去的回憶，仍然歷歷如昨。他熱切地期待她溫柔的問候，不過這次斑葉沒像往常一樣，用她的鼻子撫摩他的面頰，而是轉身離去。火心訝異地追上去，拔腿狂奔，在樹林中追逐那隻花貓。他在她身後大聲呼喚，雖然她的腳步似乎沒有加快，卻總是在他前頭，不理會他的吶喊。

突然間一道暗灰色的身影由樹後竄了出來。是藍星，雷族族長瞪大的雙眼裡滿是恐懼。火心轉個彎想避開她、跟住斑葉，不過雲掌卻從路另一側的蕨叢朝他撲了過來，將他撞倒。火心捲起身體倒下了一會兒，當那位白毛戰士透過枝椏間看著他時，火心感覺得到白風暴灼熱的目光。

火心踉蹌起身，再度緊追著斑葉。她仍然在他前方幾隻狐狸身長之外穩健地前進，甚至沒回頭看是誰在呼喚她。這時雷族的其他貓都已聚集在火心前方的路上。他擠過他們時，他們朝他大叫——他聽不懂他們在說什麼，不過他們的聲音形成一股震耳欲聾的喵響，質疑、批判、求助。喵聲愈來愈大，直到他的叫聲被他們淹沒，斑葉就算在聽也聽不見。

「火心！」一個聲音蓋過其他聲音。是白風暴。「鼠毛和長尾等著要出發了。醒醒，火心！」

還迷迷糊糊、睡眼惺忪的火心，勉強站起身來。「什——什麼？」他昏昏沉沉地問。

曙光已湧入戰士窩內。白風暴站在他身旁灰紋的空窩裡。「巡邏隊在等你了，」他又說了一次，「還有，藍星要你在出發前先去見她。」

火心搖搖頭讓自己清醒。那場夢把他嚇壞了。夢中的斑葉比在現實中和他更親密。她昨晚的行為讓他像遭毒蛇咬到般痛苦。溫柔的巫醫拋棄他了嗎？

火心弓身伸了個懶腰，但四肢還在顫抖。「告訴鼠毛和長尾我會盡快過去。」他迅速無聲地跨過其他酣睡的戰士。斑臉睡在窩牆附近，霜毛蜷縮在她身旁；這兩隻母貓在她們的孩子離開育兒室後，也重返她們的戰士生涯。

火心走進空地。太陽雖然尚未升過樹梢，天氣已經相當暖和，峽谷頂部的樹林看起來蔥翠怡人。火心嗅著森林熟悉的氣味，夢境中的痛楚漸漸消散，他覺得肩膀的毛放鬆多了。

長尾和鼠毛在營地入口等著。火心朝他們點點頭，往藍星的窩走去。雷族族長一大早想做什麼？她有什麼特殊任務要指派給他嗎？火心忍不住覺得那是藍星復原的跡象。他隔著地衣簾幕打了聲招呼。

「進來！」族長的聲音似乎很激動，火心心裡充滿期望。藍星在窩內的沙地上來回踱步，火心進來時她並沒有停下腳步，他必須貼著牆才不會擋到她。

「火心，」她沒看他就開口說，「我必須與星族分享夢境。我得去月亮石一趟。」月亮石是一塊閃閃發光的岩石，位於風族地盤外的地底下，在日落之處。

「妳要去高岩山？」火心詫異地大叫出聲。

「難道還有別的月亮石？」藍星不耐煩地唸了他一句。她仍在踱步，腳步聲在窩內迴響。

「可是那段路很遠，妳確定妳要這麼做？」火心結結巴巴地說。

「我必須和星族談談！」藍星堅持。她突然停下腳步，瞇起眼睛望向她的副手。「我要你跟我一起去。我們不在時由白風暴當家。」

火心立刻渾身不自在。「還有誰要跟我們去？」

「沒有了。」藍星冷冷地回答。

火心打了個寒顫。藍星語氣中的冷漠令他困惑，就像她認為自己的生命全繫於這趟旅程。

「不過我們這樣獨自前往，不是有點危險嗎？」他硬著頭皮建議。

藍星轉頭冷冰冰地盯著火心，不滿地發出嘶嘶聲，讓火心覺得口乾舌燥，「你想帶誰一起去？為什麼？」

火心試著保持鎮定。「我們如果遭到攻擊怎麼辦？」

「你會保護我，」藍星沙啞地說，「你會，對吧？」

「誓死護衛！」火心認真地保證。無論他對藍星的行為有何感想，他對族長的忠誠是堅定不移的。

這句話似乎讓藍星吃了定心丸，她坐在他面前。「好。」

火心歪著頭問：「可是風族與影族的威脅怎麼辦？」他不安地說：「妳昨天才提過的。」

藍星緩緩點頭。火心繼續說下去，「我們必須經過風族的地盤才能到達高岩山。」

藍星跳了起來。「我必須和星族談談，」她生氣地說，肩上的毛全豎了起來，「你為什麼想勸我打退堂鼓？要不就跟我同行，否則我自己過去！」

火心看著她。他別無選擇。「我跟妳去。」他同意。

「好。」藍星再次點頭，語氣稍微緩和下來。「我們需要一些旅行草藥好養足力氣。我會去找黃牙拿藥。」她從火心面前走出去。

「現在就出發？」火心叫道。

「是的。」藍星回答，沒有停下腳步。

火心跟著她跳出族長窩。「可是我得帶領黎明的巡邏隊。」他抗議。

「叫他們自己去，不用等你了。」藍星下令。

「好。」火心停下來，看著那隻母貓消失在通往黃牙那片空地的蕨叢間。他走向長尾及鼠毛等著的營地入口，愈走愈覺得不安。長尾正不耐煩地甩著尾巴，鼠毛則趴在地上，瞇著眼看火心走近。

「怎麼了？」長尾問，「藍星為什麼去找黃牙？她還好吧？」

「她去拿旅行草藥。藍星得跟星族談談，所以我們要去月亮石。」火心解釋。

「那段路很遙遠，」鼠毛說著緩緩坐了起來，「這麼做好嗎？藍星自從被那群無賴貓攻擊後，身體一直很虛弱。」火心注意到她技巧性地避免提到虎爪。

「她說星族在召喚她。」他回答。

「還有誰同行？」長尾問。

「只有我。」

「我也可以去，如果你願意的話。」鼠毛自告奮勇地說。

火心遺憾地搖搖頭。

長尾輕蔑地噘起嘴。「你覺得可以獨自保護她，是吧？你或許是副族長，不過你不是虎爪！」他斷聲說道。

「幸好他不是！」火心聽到身後傳來白風暴的聲音時，不禁鬆了一口氣。這位白毛戰士想必已經聽到他們全部的談話內容，因為他繼續說道：「如果火心與藍星這樣出發，比較不容易引起注意。事實上他們原本就獲准能安全前往高岩山的，若超過兩個戰士同行，反倒會讓風族誤以為是突襲隊。」

鼠毛點點頭，不過長尾將頭別開。火心感激地朝白風暴眨眨眼。

「黃牙！」這時藍星激動的喵聲從巫醫的巢穴傳來。

「去找她，」白風暴平靜地喵了聲，「我來帶隊巡邏。」

「可是藍星要你在我們離開時全權負責。」火心告訴他。

「既然如此，我就留下來籌組今天的狩獵隊。巡邏隊由鼠毛帶隊。」

「好，」火心同意，試著掩飾自己的手足無措。他轉向鼠毛。「帶著刺掌。」他下令。

鼠毛點頭，火心轉身往巫醫巢穴的那片空地跑去。

「我想你也需要一些旅行草藥。」黃牙在火心出現在隧道時說道。這位年邁的巫醫平靜地坐在空地上，藍星則是急躁不安地在一旁踱步，陷入沉思。

「是的，麻煩妳。」火心回答。

煤皮一跛一跛地走出岩縫間的巢穴，直接朝黃牙走去，沒停下來和火心打招呼。「哪一種是甘菊？」她在巫醫毛髮蓬亂的耳朵旁低聲地問。

「妳現在也該知道了吧！」黃牙不悅地叫道。

煤皮的耳朵扭了扭。「我以為我知道，可是又不確定，所以想再確認一下。」

黃牙氣得站起來，哼了一聲，朝岩石底部走去，那兒有一小堆一小堆排成一列的草藥。

火心瞥向藍星。她不再踱步，轉而凝視天空，謹慎地嗅聞空氣。火心跟著黃牙走過去。

「甘菊不是旅行草藥。」他低聲地說。

黃牙瞇起眼睛。「藍星需要能維持體力，也能鎮靜情緒的藥。」她嚴肅地望著煤皮再補上一句：「我希望在旅行草藥中偷偷加上有那種療效的藥，而不需要搞得全營地都知道！」她朝其中一堆草藥重重推了一把。「這就是甘菊。」

「對，我記起來了。」煤皮低聲下氣地說。

「妳根本就不該忘了的，」黃牙訓斥道，「巫醫沒有時間懷疑。將妳的精力投入今天，別再為過去而憂心。妳要對妳的族群負責。別再慌慌張張的了，快去弄吧！」

火心忍不住為眼前這隻年輕的貓感到難過。他試著看她的眼睛，不過煤皮不願望向他，只顧埋頭準備旅行草藥，從各堆草藥中抓出一些混合，黃牙則在一邊皺眉監督。

他們身後的藍星又開始在空地踱步了。「他們還沒準備好嗎？」她不耐煩地問。

火心走到藍星身旁。「就快好了，」他告訴她，「別擔心。我們會在日落前抵達高岩山的。」藍星眨了眨眼，這時煤皮叼了一捆草藥一跛一跛地走來。

「這些是妳的。」她喵了聲，將配好的草藥擺在藍星面前，然後用頭指向一塊岩石。「你的在那邊。」她告訴火心。

火心仍在猛吞口水，想去掉草藥留在嘴裡的苦味，不過此時藍星已走出空地，點頭要他跟上。他們身旁的營地開始有動靜了。柳皮剛從育兒室出來，在明亮的陽光中眨著眼，斑皮則在一根倒下的橡樹樹幹前伸展他的老骨頭。兩隻貓好奇地看了看藍星與火心，然後繼續做他們的晨間活動。

「嘿！」

火心聽到身後傳來一個熟悉的聲音，他的心不禁一沉。是雲掌，剛從窩裡跳出來，睡了一整夜的毛還亂糟糟的沒有整理。「你要去哪兒？我可以去嗎？」

火心在隧道入口停下。「你不是應該去拿那隻鴿子嗎？」

「鴿子不急。反正牠大概已經被貓頭鷹叼走了，」雲掌回答，「讓我跟你一起去啦，拜託！」

「貓頭鷹只吃活的獵物。」火心糾正他。他瞥見追風正睡眼惺忪地從戰士窩走出來，於是隔著空地朝那隻褐色公貓喊道：「追風，今天早上你帶雲掌去狩獵好不好？」追風冷漠地點點頭，火心發現那位戰士的眼中閃過一絲不快。火心記得前一天，追風還很樂意帶刺掌去捉松鼠的；顯然追風不是那麼喜歡雲掌，老實說火心也不怪他。他的見習生並沒有為了獲得族貓的尊重而力求表現。

「不公平，」雲掌嚷嚷，「我昨天就狩獵過了。我不能跟你一起去嗎？」

「不行。今天你得和追風一起去狩獵！」火心斷然拒絕，在雲掌還來不及再跟他討價還價之前，快步朝藍星跑去。

# 第五章

雷族族長在火心跟上她前，就已經登上峽谷頂端了。她停下腳步嗅聞空氣，接著走進森林。火心欣慰地注意到他們已經離開營地，藍星似乎也放鬆許多，一路沿著通往河族邊界的灌木叢聞聞嗅嗅。

火心詫異地瞄向那隻母貓。這並不是通往四喬木及遠處高地的捷徑，不過他沒有多問。想到或許可以隔著河看到灰紋，火心忍不住興奮起來。

兩隻貓在陽光岩上方接近河族的邊界，循著氣味路標往上游前進。一陣和煦的微風將沼澤石南植物微弱的氣味吹送過來。火心可以聽到蕨叢另一端傳來的潺潺流水聲。他伸長脖子，看到樹下的溪流在陽光下顯得波光粼粼。他頭上的樹葉一片綠油油，陽光穿透森林濃密的樹冠，將葉緣照得燦爛奪目。即使置身於樹蔭中，火心依然覺得很熱。他好希望自己能像河族貓一樣，跳入水中沖涼。

那條河最後轉了個彎，往河族的地盤流去。藍星繼續往前走，沿著雷族與河族的邊界前進。火心沒有停下來眺望邊界的那一頭，看遠處樹林裡是否有河族貓的身影，因為擔心被河族巡邏隊盯上。不過他還是滿心期盼能看到他的老朋友。藍星肆無忌憚地帶頭逼近邊界，當他們穿越灌木叢時，偶爾會越過邊界。火心不知道河族若發現他們在這裡出現，會有什麼反應。兩族曾經為了銀流的小貓幾乎發動戰爭，幸好灰紋將他們送回他們的母族，才化解了一場爭端。

藍星突然停下腳步，抬起口鼻，張開嘴品嘗空氣。她壓低身體蹲伏著，火心相信藍星的戰士本能，因此也跟著趴了下來，躲在一片蕁麻叢後面。

「河族戰士。」藍星低聲警告。

火心也聞到他們了。隨著氣味的接近，他也聽到他們觸碰到眼前灌木叢發出的簌簌聲，他警覺得頸毛都豎了起來。他慢慢抬起頭，隔著樹叢窺視，心怦怦狂跳，目光尋覓著一個熟悉的灰色身影。藍星在他身旁張大雙眼，呼吸淺短而安靜，腹部幾乎沒有任何起伏。難道她也期待看到灰紋？火心感到納悶。他突然想到，藍星或許也想遇見某些河族貓。這可以解釋她為什麼會選這條路走。

不過火心並不相信，藍星想見的是灰紋。昨天她精神恍惚時，連那位灰毛戰士已經離開雷族的事都忘記了，而且火心可以感受到藍星還想著別的事。然後他恍然大悟：她想見她的孩子。幾個月前，雷族族長生下兩隻小貓，交給了河族撫養。她在他們大到勉強可以離窩時，將小貓託付給他們河族的父親。藍星的雄心壯志與對雷族的忠誠，使她無法自己撫養孩子。如今那兩隻小貓都已經長大，成為河族戰士，雖然他們不知道生母是雷族貓，但藍星不曾忘記他們，而只有火心知道她的祕密。藍星沿著灌木叢搜尋的，想必就是石毛和霧足。

火心瞄到遠方閃過一個褐色斑紋的身影，趕忙再趴低身體。那不是灰紋，也不是藍星的孩子。一股似曾相識的氣味讓火心辨識出那位戰士的身分。是豹毛，河族的副族長。

火心朝藍星一瞥，她仍揚著頭，隔著樹叢窺探。蕨叢窸窣的聲響警告火心，豹毛已愈來愈靠近了。他呼吸急促起來。如果她看到雷族族長離河族邊界這麼近，會有什麼反應？

隨著樹叢間的沙瑟聲愈來愈大，火心嚇呆了。他聽到河族副族長停下腳步，像是警覺到什麼似的默不作聲。火心焦急地望向藍星，正打算揮動尾巴暗示她，她便垂下頭在他耳畔低語道：「走吧，我們最好朝我們自己的地盤移動。」

雷族族長悄悄潛行離開，火心總算鬆了一口氣。火心將雙耳壓平，腹部貼近地面，跟著藍星離開氣味路標，進入安全的雷族樹林地帶。

「豹毛的動作太大聲了，我想連影族都聽得到。」藍星在他們離開邊界後說道。火心的頰鬚因為驚訝而抖了一下。他開始懷疑藍星是不是忘了：各族為了捍衛自己的地盤，會拼得你死我活，特別是在這種不尋常的時刻。

「她是個優秀的戰士，不過太容易分心，」藍星平靜地說，「她對上風處那隻兔子的興趣，高過搜尋敵族的戰士。」

火心忍不住為自己族長的膽識喝采。直到這時他才想到，微風中確實有兔子的氣味，只不過自己一心提防豹毛而沒去留意。

「這讓我想起以前帶你出外訓練的日子。」藍星走過曬出點點陽光的樹林時說道。

火心快步跟上去。「我也這麼想。」他回答。

「你學得很快。我邀你入族算是沒看走眼。」藍星喃喃地說，轉頭看著火心；火心看到她眼裡的驕傲，感激地朝她眨眼。

「所有的貓族都要感激你，」藍星繼續說，「你把碎尾趕出影族，將被驅逐的風族帶回家園，在河族遭逢水患時助他們一臂之力，還有，也讓雷族倖免於虎爪的毒手。」聽到她的誇讚，火心覺得有點受寵若驚。她繼續說：「其他戰士都沒有你的正直、忠誠或勇敢……」

火心的毛不自在地豎了起來。「其實雷族所有的貓都和我一樣看重戰士守則，」他說，「他們每一位都會為了保護妳和全族而犧牲。」

藍星停下腳步，轉頭看著火心。「你是唯一敢挺身對抗虎爪的貓。」她提醒他。

「不過也只有我知道他殺了紅尾！」火心還在當見習生時，就發現虎爪要為藍星忠心的副手之死負責。不過一直到那個叛徒率領一群無賴貓來攻擊自己的族貓時，火心才證明了虎爪的密謀。

藍星眼中閃過一絲怒火。「灰紋也知道。但只有你出面救我！」

火心移開目光，說不出話來，兩隻耳朵侷促地扭動著。看來除了他，或許還有白風暴！藍星再也不相信任何一位戰士。火心這才發現虎爪所造成的傷害，恐怕比全族所能想像的還要嚴重。那位深色戰士已損傷了族長的判斷力，也讓她不再信賴自己的戰士。

「走吧！」藍星沒好氣地說。

火心看著這隻灰色的母貓大步走過森林，她的肩膀僵硬，尾毛蓬起。火心忍不住打了個寒顫。雖然天色依然明亮，他卻覺得彷彿有一團烏雲遮蔽住太陽，為這段旅程蒙上不祥的陰影。

當他們抵達四喬木時，陽光從樹梢的葉片間照進來，火心跟著藍星走下斜坡，進入山谷，就是那四棵巨大橡樹所在的地方，四棵樹守護著各族在滿月時休戰一天舉行大集會的地點。兩隻貓走過各族族長在大集會發表演講時站立的巨岩，朝山谷的另一頭走去。

遍地青草的山坡愈來愈陡，岩石也愈來愈多，火心注意到藍星吃力地想維持同樣的速度。每次躍到下一塊石頭前，她都會哼一聲，火心必須放慢腳步，才不會超過她。

到了坡頂，藍星停下腳步坐下，氣喘吁吁。

「妳還好吧？」火心問。

「老了……」藍星喘著氣。

火心感到一陣憂心。他原以為藍星打鬥時受的傷已經痊癒。為什麼她會突然感到虛弱的症狀？這使她看來更老邁、也更脆弱。或許只是因為在這種高溫下爬坡吧，他抱著一絲希望。畢竟她的毛比我的還厚。

當藍星喘著大氣時，火心趁機小心翼翼地隔著高地上的矮金雀花叢及石南叢窺探。這裡是風族的地盤，在萬里無雲的天空下，風族的領土沿著他們目前所在的位置往前延伸。他在這裡比在河族邊界時感到更不自在。風族仍然對雷族懷恨在心，因為雷族庇護影族的前任族長碎尾，而且是藍星親自決定要收容這位已經瞎眼的惡棍。如果風族巡邏隊發現雷族族長在他們的地盤上，而且只有一位戰士護衛，會採取什麼行動？火心不確定自己是不是對付得了一整支巡邏隊，成功保護他的族長。

「我們得小心點，不要被發現了。」他低聲說。

「你說什麼？」藍星叫道。高處風勢比較強勁，但那對減輕陽光的灼熱沒什麼幫助，反倒吹散了火心的話。

「我們得小心一點，別讓他們發現！」火心不大情願地提高音量。

「為什麼？」藍星質問，「我們是要去月亮石。星族應許我們有權安全前往！」

火心發現爭論只是浪費時間，沒再多作解釋。「我來帶路。」他自告奮勇地說。

他對這片高地瞭若指掌，比雷族大部分的貓都熟。他來過這裡很多次，不過不曾像現在這麼感到毫無遮蔽又危機重重。他帶著藍星很快走進一望無際的石南叢裡，祈禱著星族和藍星一樣，深信他們有權路過此地，也祈盼戰士祖靈能庇佑他們避開任何路過的風族巡邏隊。他也期望藍星神智夠清楚，能將耳朵及尾巴壓低一點。

當他們接近風族地盤中央的金雀花叢時，已是日正當中，四喬木被他們遠遠拋在後頭，不過要到沼澤邊緣通往兩腳獸農場的那座斜坡，還有很長一段路。火心停下腳步，一陣熱風朝他吹來，類似病貓的氣息令他喘不過氣，他知道他們的氣味也會隨風飄送進風族的地盤。他只希望石南充滿花蜜的香氣能夠蓋過他們的氣味。在他身旁的藍星甩動尾巴做了個訊號，一閃，消逝在金雀花叢裡。

他們身後傳來一聲憤怒的咆哮。火心猛然轉身，往後退開，臀部被金雀花叢刺得縮了一下。三隻風族的貓面向他，毛全都豎了起來，耳朵往後貼平。

「入侵者！你們在這裡做什麼？」一隻帶著黑棕色斑紋的貓嘶聲問道。火心認出那是泥爪，資深戰士之一。他身旁站著一隻叫裂耳的灰色虎斑戰士，他弓起背，亮出爪子。火心在風族被放逐到兩腳獸地盤後護送他們回去時，認識了這幾隻貓，也很敬重他們，不過他們並肩作戰的盟友關係已成過眼雲煙。他不認得最小的那隻貓——或許是見習生，不過看起來和他的同伴們一樣凶猛強悍。

火心脊背的毛全豎了起來，他的心跳加速，不過仍試著保持冷靜。「我們只是路過——」他開口。

「這是我們的地盤。」泥爪生氣地說，兇狠地瞪著火心。

藍星去哪兒了？火心著急地想，一方面他需要她的支援，另一方面又期盼她沒聽到泥爪的咆哮，已安然穿過金雀花叢，往兩腳獸的地盤走去。

突然身旁傳來一陣怒吼，火心知道藍星回來支援他了。他迅速瞄了一眼，看到藍星站在金雀花叢邊，高揚起頭，眼中閃著怒火。「我們要去高岩山。星族應許我們可以平安經過這裡，你們沒有權利阻擋我們！」

泥爪沒有退讓。「妳在收容碎尾時，就放棄星族保護的權利了。」他反駁。

火心可以理解風族貓的憤怒。他曾親眼目睹他們被碎尾的戰士驅逐時的悲慘遭遇。他也想起自己協助送回家的那隻風族小貓，不禁同情起風族來——那是唯一一隻逃過一劫的小貓。那個窮凶極惡的影族前任族長幾乎將他們滅族。

火心迎向泥爪凶惡的目光。「碎尾已經死了。」火心說。

泥爪眼睛一亮。「你殺了他？」他追問。

火心正遲疑著，一旁的藍星凶狠地咆哮起來：「我們當然沒有殺他。雷族不是凶手。」

「的確不是，」泥爪也厲聲回嘴，「你們只是保護凶手！」這位風族的戰士挑釁地弓起背來。

火心非常洩氣，想找出其他辦法說服風族戰士，心裡卻亂成一團。

「你得讓我們通過！」藍星氣呼呼地說。火心愣住了：他看到族長露出爪子、豎起頸毛，準備發動攻擊。

# 第六章

「星族應許我們可以平安通過這裡的。」藍星倔強地重申。

「回去你們族裡！」泥爪咆哮。

火心打量著他們的對手，四肢忍不住打起哆嗦。三隻強悍的貓正面挑戰他和身體不適的雷族族長。只要開打，難免要遍體鱗傷，他不能冒讓藍星喪失一條命的危險——並不是因為他知道她的九條命只剩下一條；星族應許所有的族長都擁有九條命。

「我們還是回去吧。」火心對藍星低聲說道。那隻母貓猛然轉頭，難以置信地瞪著他。「我們的安全堪慮，要打的話，我們也沒有勝算。」他勸藍星。

「可是我必須請示星族！」藍星說。

「改天吧。」火心堅持。藍星的眼神猶豫不決，於是他又補上一句：「這場仗我們打不贏的。」

看到藍星收回爪子，肩上的毛鬆垂了下

來，火心總算鬆了一口氣。雷族族長轉身對泥爪說：「好吧，我們回去。不過我們會再來的。你們無法永遠阻止我們去找星族！」

泥爪不再弓起背，回答：「妳做了明智的決定。」

火心朝泥爪咆哮，「你有沒有聽到藍星說的話？」泥爪面帶威脅地瞇起眼睛，不過火心繼續說：「我們這次會離開，但是你以後不能再阻止我們前往月亮石。」

泥爪轉過身。「我們護送你們回四喬木。」

火心神經緊繃，擔心風族戰士這種不信任雷族貓自行離開地盤的建議，會引起藍星的激烈反彈。不過藍星沒說什麼，只是逕自往前，走過風族貓身邊，沿著原路折返。

火心走在她後面，風族貓跟在後頭，保持一段距離。他可以察覺到身後的他們擦過石南的聲響，當他回頭時，也能從紫色的花朵間瞥見他們柔軟的褐色身影。火心愈走愈懊惱。他不會再讓風族堵住他們的去路了。

他們抵達四喬木，開始爬下那片滿是岩石的斜坡，風族戰士則是留在坡頂，帶著敵意瞇起眼睛看著他們。藍星顯然很疲倦，每次跳躍時都重重著地，並哼一聲。火心很擔心她會失足跌倒，不過她總是安然落地，最後順利到達坡底的草地。火心回頭望向山嶺，廣袤耀眼的蒼穹襯托出三隻風族貓的輪廓，沒多久他們便轉身消失在自己的地盤。

當兩隻雷族貓經過巨岩時，藍星重重地發出呻吟。「妳還好吧？」火心停下腳步問。

藍星不耐煩地搖搖頭。「顯然星族不想和我分享夢境，」她喃喃地說，「他們為什麼那麼氣我們雷族呢？」

「是風族阻擋我們的去路，不是星族。」火心提醒她。不過他還是忍不住想，星族應該讓他們更好運一點。長老小耳的話在他腦中迴響：**火心的任命，是我出生以來雷族第一次打破族裡的規定。**

火心忍不住驚慌起來。戰士祖靈真的在生雷族的氣嗎？

⚡⚡⚡

火心與藍星回到營地。從他們半途折返這件事所引發的詫異和竊竊私語，火心猜想，全族都和他一樣驚慌。從來沒有一位族長在前往月亮石的途中被趕回來過。

藍星步履蹣跚地走回她的巢穴，在穿過空地時眼睛緊盯著滿是塵土的地面。火心心情沉重地看著她。太陽似乎突然發威，天氣熱得讓他厚重的皮毛難以忍受，他忍不住往空地邊的陰影走去，邊走邊注意到塵皮正從金雀花隧道朝他走來。灰掌跟在他身後。

「你提前回來了。」那位虎斑戰士邊說邊繞著他打轉，灰掌則是瞪大眼睛看著他們。

「風族不肯放我們過去。」火心解釋。

「你們沒有告訴他們，你們是要去高岩山？」塵皮問完，在他的見習生身旁坐了下來。

「當然有。」火心堅定地回應。

他看到塵皮的眼睛朝金雀花隧道閃了一下，於是轉身，看到暗紋及蕨掌進入營地。蕨掌看來筋疲力竭，一心想跟上她的導師，她的毛亂蓬蓬的，沾滿了塵土。

「你回來幹嘛？」暗紋問道，瞇起眼睛望向火心。

「風族不放我們過去。」塵皮宣布。蕨掌抬頭望向塵皮，她那雙漂亮的綠眼睛因為訝異而瞪得圓滾滾的。

「什麼？他們敢這麼做？」暗紋怒吼，尾巴的毛氣得豎了起來。

「我真搞不懂火心怎麼能容忍他們這麼囂張！」塵皮批評道。

「我沒別的辦法，」火心咆哮，「你會讓你的族長冒生命危險嗎？」

追風的喵聲從空地另一頭傳了過來。「火心！」這位結實的戰士快步走向火心，看起來很激動。暗紋與塵皮互相使了個眼色，帶著他們的見習生走開。追風走到火心身旁問道：「你有沒有看到雲掌？」

「沒有，」火心心頭一震，「我還以為他今天下午和你一起出去了。」

「我叫他等我整理完畢。」追風似乎是憤怒多於憂慮，「不過等我整理完，亮掌告訴我他已經自己跑去狩獵了。」

「對不起，」火心向他賠罪，暗自嘆了口氣。他現在最不想花心思處理的，就是雲掌的不服管教。「等他回來我會找他談談。」

追風露出煩躁的眼神，他對火心的承諾似乎不領情。火心打算再度表示歉意，卻發現追風換成一副難以置信的表情：原來雲掌突然跳入營地，口中叼著一隻松鼠。這位見習生露出對狩獵成果自豪的神情；那隻獵物幾乎和他一樣大。追風咬著牙哼了聲。

「我來處理。」火心馬上開口。他感覺得到追風想數落雲掌，不過那位戰士還是點點頭走開了。

火心看著那隻白貓將松鼠帶到新鮮獵物堆。雲掌將松鼠丟下，朝見習生窩走去，雖然獵物很多，他卻沒帶走任何食物。火心心裡一沉，揣測雲掌在外出狩獵時已經自己先吃飽了。雲掌一天要違反戰士守則幾次？他一肚子火地想。

「雲掌！」火心叫道。

雲掌抬頭看。「什麼？」他喵了聲。

「我有話要跟你說。」

雲掌朝他緩步走來，火心不自在地察覺到，追風正在戰士窩外觀看。

「你在狩獵時有沒有吃東西？」雲掌一走近，火心立刻問他。

雲掌聳聳肩。「吃了又怎樣？我餓了。」

「戰士守則對於在全族進食前擅自進食，是怎麼規定的？」

雲掌看著樹梢。「如果那是什麼類似守則的東西，應該就是說不能吃。」他喃喃說道。

火心壓下不斷升高的怒氣。「你把那隻鴿子帶回來了嗎？」

「沒有，它不見了。」

火心感到震驚，他不知道自己該不該相信雲掌，但他想沒有必要再追根究柢了。「你為什麼不和追風一起去狩獵？」他改口問。

「他花太多時間準備了。反正，我比較喜歡自己去狩獵！」

「你還只是個見習生，」火心繃起臉提醒他，「和戰士一起出獵，可以學到更多東西。」

雲掌嘆氣點頭。「是的，火心。」

火心不知道雲掌到底聽進去了多少。「你再這樣下去，永遠都當不上戰士！你會眼睜睜看著灰掌與蕨掌舉行戰士命名典禮，自己卻還只是個見習生。到時你會怎麼想？」

「怎麼可能發生這種事。」雲掌回嘴。

「唔，有一點可以確定，」火心告訴他，「下次他們參加大集會時，你必須待在營地。」火心總算引起雲掌的注意了。那位白毛見習生疑惑地望著他。「可是——」他又想爭辯。

「等我跟藍星報告過這件事，我想她也會認同我的作法，」火心不給他機會反駁。「好了，下去吧！」

雲掌垂著尾巴，朝其他見習生走去，他們就在窩外旁觀。火心懶得去查看追風是否目睹這一幕。此刻，他並不在乎其他族貓對他的見習生有什麼想法。他愈來愈擔心雲掌永遠無法成為一名真正的戰士。相較之下，其他貓的想法似乎也沒什麼重要的了。

# 第七章

「藍星，我們從高地回來已經一個星期了。」火心謹慎地避免提起月亮石。雖然只有他在族長窩裡，但他對提起上次徒勞無功的旅程仍然覺得不大自在。「目前沒有風族或影族在我們地盤出沒的跡象。」藍星懷疑地瞇起眼，不過火心繼續說下去，「有那麼多見習生在受訓，樹林裡的獵物又充裕，實在很難隨時都有三位戰士留守在營地內。我……我想兩個應該就夠了。」

「可是如果我們再度遭到攻擊呢？」藍星煩躁地說。

「如果風族真的有意傷害雷族，」火心指出，「泥爪就不會讓妳離開高地了……」活著離開，他在心中默默補了一句，沒說出口。

「好吧。」藍星點點頭，眼中顯露出一種令人摸不透的神情，「只要兩位戰士留守就好。」

「謝了，藍星。」如此一來關於守衛、狩

獵隊及見習生訓練等相關事務的安排，就容易得多了。「我去安排明天的巡邏隊。」火心恭敬地點頭致意，然後離開族長窩。

戰士們在外頭等他。「白風暴，你來率領黎明巡邏隊，」火心下令，「帶著沙暴及灰掌。蕨毛、塵皮，你們負責留守，我帶雲掌出去狩獵。」他環視其他戰士，發現自己在安排巡邏隊時已經更有自信了。這是因為最近藍星經常待在她的巢穴裡，讓他有很多機會練習。火心拋開雜念，繼續說下去：「其餘的貓要訓練見習生或帶他們出去狩獵，由你們自行決定，不過我要求今天的新鮮獵物要和往常一樣充裕。我們已經習慣擁有豐盛的食物了！」戰士群發出開心的呼嚕聲。「暗紋，明天正午的巡邏交給你帶。追風，你負責黃昏的巡邏，隊員由你決定；只要事先讓他們知道，方便他們及早準備就行。」

追風點點頭，不過暗紋的眼睛閃了一下，問道：「今晚的大集會由誰參加？」

「我不知道。」火心承認。

暗紋瞇起眼。「是藍星沒告訴你，還是她還沒決定好？」

「她還沒和我討論這件事，」火心回答，「她準備好了就會告訴我們。」

暗紋轉頭凝視著幽暗的樹林。「她最好快點決定。太陽就快下山了。」

「你也該吃東西了，」火心告訴他，「如果是派你參加大集會，你會需要力氣。」暗紋的語氣令他難受，不過他不想被激怒，或氣得毛髮豎立。他坐下來等其他戰士離去。等大家全都各自散開後，他才又回到藍星的巢穴。藍星對大集會的事隻字未提，而火心自己則忙著張羅明天的巡邏隊，根本沒想到這件事。

「噢，火心。」藍星正要推開地衣走出來，便遇上了火心。藍星看來好像剛梳洗完畢，全身上下在薄暮的餘暉中閃閃發光。火心覺得很欣慰，族長似乎又開始照顧起自己了。「你吃飽後，將要參加大集會的戰士們集合起來。」

「呃……該找誰去？」火心問。

藍星一臉訝異，脫口說出一份名單——排除雲掌，將灰掌列入，就跟他前幾天請求的一樣——這讓火心懷疑藍星是不是早就告訴過他，只是他忘記了。

「好的，藍星。」他回答，敬禮，然後穿過空地，朝新鮮獵物堆走去。他看見一隻肥嘟嘟的鴿子，決定將牠留給藍星。或許牠可以勾起她的食慾，讓她至少吃兩口。他叼起一隻田鼠，雖然並不覺得很餓。藍星喜怒無常、捉摸不定的情緒，讓他心神不寧。

火心將那隻田鼠帶回他最愛的進食地點時，背脊突然一陣顫慄。他本能地轉頭，看到小棘正在看他，突然擔心起來。他回想起煤皮的話：**他永遠不會知道自己的父親是誰**。他會是由族裡撫養長大的。火心勉為其難地朝那隻小貓點點頭，然後轉身，走到蕁麻叢那裡進食。

用完餐，火心觀察著空地。其他貓正在聊天。夜幕低垂，為營地帶來舒適的涼意。近來天氣酷熱，火心發現自己愈來愈希望能像河族貓一樣下水游泳。他望向見習生窩，不曉得雲掌是不是記得他因為在狩獵時進食而不能參加大集會。

雲掌蹲伏在窩口外的樹幹殘株上，與灰掌嬉鬧著，灰掌在樹下朝他撲抓。火心很欣慰至少雲掌和同伴們相處融洽。他不曉得今晚灰紋會不會去四喬木。可能不會，因為他加入河族還不到一個月。不過他將銀流的孩子交給他們，河族族長曲星想必很感激——畢竟，銀流是他的女兒，那些小貓咪是他的親骨肉。把他們還給河族的舉動，能確保他的朋友獲得河族的接納。不管怎麼樣，火心很希望灰紋能獲准參加大集會。

火心站起身，召集所有的巡邏隊員。他照著藍星提供的名單逐一唱名：「鼠毛、追風、沙暴、蕨毛、亮掌、灰掌，還有疾掌，」但當他發現暗紋、長尾和塵皮都不在名單裡，心裡愈來愈不安。這三位戰士曾是虎爪的親密戰友，火心不曉得藍星是不是刻意將他們排除在外。那三隻貓交換眼神，緊盯著他，看得他渾身不自在，打了個寒顫。暗紋的眼神閃現怒意。火心膽怯地轉過身，與其他貓一起等候族長藍星的出現。

藍星正在族長窩外與白風暴談話，一直到集合的戰士們開始不耐煩地拍打地面，她才起身穿過空地。

「我們不在營地時由白風暴當家。」她宣布。

「藍星，」鼠毛小心翼翼地問，「妳對風族阻止妳前往高岩山這件事，打算做什麼樣的發言？」

火心繃緊了肩膀。鼠毛顯然想知道，雷族貓是不是帶著敵意赴會。

「我什麼都不會說，」藍星堅決地回答，「風族知道他們做錯了。若在其他族面前指出這一點，會使得他們惱羞成怒，不值得冒這種風險。」

面對族長的這種反應，幾位雷族戰士不大情願地點點頭，跟著她走過金雀花隧道，進入灑滿月光的森林。火心忍不住猜測他們如何看待族長的決定：是軟弱還是明智？

現在貓群爬上峽谷側壁了，塵土與細石隨著他們的腳步滑落。久旱不雨使森林乾得像碎骨頭，太陽烘烤的地面在他們腳下似乎全化成了灰塵。一進入樹林，藍星就開始帶頭奔馳。接著貓群靜悄悄地穿過樹林，鑽入柔弱的蕨叢裡，再左彎右繞地穿越刺藤叢，火心負責殿後。

沙暴調整步伐，與火心並肩前進，兩隻貓俐落地縱身一躍，跳過一根掉落的樹枝，在著地時，沙暴轉頭對火心小聲地說：「藍星的心情似乎變好了。」

「沒錯。」火心提高警覺地附和，然後全神貫注地在多刺的藤蔓間穿梭。

沙暴繼續說，壓低聲音不想讓其他貓聽見。「不過她好像心不在焉，不像以前那麼……」她支支吾吾的，但火心並不想接她的話。他最擔心的事已經發生了。雷族其他貓已經注意到藍星的精神恍惚。

「她變了。」沙暴將話說完。

火心沒看著那隻薑黃色的母貓，而是轉身避開一叢濃密的蕁麻，不過沙暴卻是直接一躍，跳過那些帶刺的葉子，在森林另一頭著地。

火心加快腳步跟上她。「藍星還驚魂未定，」他喘著氣說，「虎爪的背叛對她的打擊很大。」

「我真搞不懂她為什麼從來沒懷疑過他。」

「妳懷疑過虎爪嗎？」火心反問。

「沒有，」沙暴承認，「沒有一隻貓懷疑過。不過其他貓都已經從這場驚嚇中恢復過來了。只有藍星似乎仍然……」她再次欲言又止。

「她正率領我們去參加大集會。」火心指出。

「是的，這是事實。」沙暴回答，心情開朗了些。

「她還是以前的藍星，沒什麼不一樣，」火心要她安心，「妳等著瞧吧。」

兩位戰士加快腳步，躍過一道溪流，那條溪在新葉季節時曾經水位暴漲而難以通行，如今溪水只沿著多石的河床涓涓流過，讓人幾乎不能想像它曾經氾濫過。

他們抵達四喬木時，其他成員已在他們前方不遠處。火心帶著沙暴沿路前行，方才貓群經過的那些灌木叢仍在抖動，彷彿與他們全族一樣，期待著這場大集會。

藍星在坡頂停下腳步，俯視山谷。火心看到貓群的身影輕巧地溜過陰暗處，彼此以呼嚕聲悄悄問候。他聞出來，雷族是最後抵達的。火心注意到藍星望向空地中央的巨岩，背脊打了個寒顫。她似乎先深吸了一口氣，才躍下斜坡。

火心與其他同伴緊跟在藍星身後。到達空地後，火心開始放慢腳步，在其他貓群中搜尋灰紋的身影。只見河族副族長豹毛正與一個火心不認識的影族戰士交談，族長曲星與石毛並肩而坐，默默地望著空地。火心嗅到另一隻河族貓在附近，不過當他轉身，才發現是一個見習生過去與亮掌打招呼。沒有灰紋的蹤影或氣息。火心並不訝異，但尾巴還是失望地垂了下來。

一隻灰色的影族見習生也去找亮掌。火心漫不經心地聽他們聊天。

「你們還有沒有看到其他無賴貓？夜星很擔心他們仍在森林裡遊蕩。」

火心聽到影族貓提出這個問題時，當場一愣。每一族都因為在自己的地盤嗅到無賴貓的氣味而提心弔膽。但其他族並不知道，雷族副族長虎爪與這些無賴貓狼狽為奸，還利用他們來攻擊自己的營地。火心朝亮掌使了個眼色，要她謹言慎行，別亂說話，不過真是多此一舉。那隻白色攙著薑黃色的母貓淡淡地回答：「我們已經有一個月沒在自己的地盤上嗅到他們的氣味了。」

火心鬆了一口氣，因為河族貓又補上一句：「我們也是。他們想必已經離開森林了。」火心希望自己能和那隻河族貓一樣有信心，不過他的直覺告訴他，只要虎爪在，那群無賴貓遲早會再回來。

上回將火心與藍星從高岩山趕走的風族戰士泥爪，就坐在大約一隻狐狸身長之外的地上。火心認得站在泥爪旁邊的那位年輕風族戰士一鬚。火心在護送遭放逐的風族貓返家途中，曾經和這隻瘦小的棕色虎斑貓結為朋友，不過現在他卻不敢走近泥爪。泥爪冷冷地盯著他，火心知道不宜在此處理他們在前往月亮石途中所引發的紛爭。

不過他忍不住繃緊爪子，仍為了那段記憶感到憤怒，當泥爪傾身在他同伴耳邊竊竊私語，並意有所指地朝火心瞄了一眼時，火心更是火冒三丈。但令火心訝異的是，一鬚同情地朝他眨眼，然後轉身離去，留下泥爪不悅地甩著尾巴。看來至少有一位風族戰士，還記得他們欠雷族的情。火心昂首闊步走過泥爪面前，朝豹毛與影族戰士走去，頰鬚忍不住得意地抖動起來。

當火心走近河族副族長時，他的信心突然沒了。雖然他們在自己族裡的地位相當，但這隻母貓卻是一副盛氣凌人、來勢洶洶的態度。自從雷族與河族在峽谷打了一架，造成河族戰士白爪墜崖而死的意外後，火心就覺得她對雷族耿耿於懷，敵意就像荊棘那樣尖銳。不過他得了解灰紋的近況。他恭敬地點點頭，豹毛也頷首回禮。

坐在豹毛身旁的影族戰士沙啞地開口問候，不過話沒說完就咳了起來。火心這才注意到，那位戰士全身亂糟糟的，彷彿有一個月沒梳理了。

當那位影族戰士踉踉蹌蹌地走入陰影時，豹毛舔了舔腳掌，然後抹抹臉。

「他還好吧？」火心問。

「他看起來好嗎？」豹毛反問一句，鄙夷地噘起嘴唇。「生病的貓不該參加大集會。」

「我們不能做點什麼嗎？」

「做什麼？」豹毛說，「影族有巫醫。」她將腳掌放下，濕潤的頰鬚在月光下微微發光，眼睛閃著好奇的光。「我聽說你是雷族的新任副族長。」火心點點頭，想必灰紋已經向他的新族貓透露了這個消息。豹毛繼續說道：「虎爪怎麼了？其他族似乎都不知道他的近況。他死了嗎？」

火心不自在地甩動尾巴。他可以想像豹毛會立刻告知其他貓族，雷族將他們大名鼎鼎的副族長換成了一隻寵物貓。「虎爪發生什麼事與河族無關。」他說，試著和她表現得一樣冷淡。他不曉得藍星在稍後宣布火心的消息時，會不會提起她的前任副族長。

豹毛瞇起眼，不過沒再追問下去。「那麼，」她說，「你是來炫耀你的新頭銜，還是打聽你的老朋友？」

火心揚起下巴，很訝異她會給自己那麼好的機會問起灰紋的事。「他最近好嗎？」他說。

「還好。」豹毛聳聳肩，「他永遠不會成為真正的河族戰士，不過至少他已經熟悉水性了，這一點倒是超乎我的預期。」她輕蔑的口氣令火心忍不住緊繃利爪。「他的小貓很聰明、強壯，」豹毛繼續說，「想必比較像母親。」

這隻貓是不是故意要激怒他？火心設法壓下想要回嘴的怒氣，看著鼠毛快步從他身後走過來。

「哈囉，豹毛，」她問候河族副族長，「石毛告訴我，你們營裡除了灰紋的小貓之外，還有新的小貓。」

「沒錯，是有別的新生兒，」豹毛說，「星族在今年的綠葉季大大祝福我們的育兒室。」

「石毛還說，霧足的小貓就要開始受訓了，」鼠毛說，「妳知道，就是火心在洪水時救起的那幾隻。」她補上這一句，並露出淘氣的眼神。火心發現豹毛身體一僵，不過他轉而把注意力放在霧足和她的哥哥石毛身上。他望向空地，看到藍星獨自坐在巨岩下。她可知道她的兒子也來了？她可聽說霧足的孩子即將成為見習生？當他將目光移回豹毛和鼠毛身上時，河族副族長已經揚起下巴走開了。

鼠毛同情地望了火心一眼。「別擔心。等你習慣她之後，就會發現她沒有那麼可怕。河族的其他成員似乎都很樂意見到我們。沒有雷族的協助，他們很難從那場洪水中活下來，而且我們沒有打一架，就把銀流的孩子送回去了。」

「不過，灰紋從來不是豹毛最喜歡的雷族貓，」火心提醒她，「特別是從白爪摔落峽谷後。」

「她應該學習寬恕與原諒。灰紋給了河族兩隻優秀、健康的小貓。」鼠毛甩甩尾巴，「她有沒有問你虎爪的事？」

「有。」

「大家都急著想知道他發生了什麼事。」

「以及為什麼由一隻寵物貓來接替他的位置。」火心沒好氣地補上一句。

「確實如此，」鼠毛迅速瞄了他一眼，「別把這事看成私人恩怨，火心。如果別族換了副族長，我們也會同樣感到好奇。」她將注意力轉移到空地片刻，然後說道：「你有沒有注意到，今晚影族的巡邏隊來的很少？」

火心點點頭。「到目前為止我只看到兩位影族戰士。其中一位還咳個不停。」

「真的？」鼠毛好奇地問。

「目前正值毛球季。」火心指出。

「我想也是。」

巨岩處傳來談話聲。火心望過去，看到河族族長曲星站在那塊巨大的岩石上，一身厚毛在月光下閃著微光。藍星坐在他旁邊，風族的族長高星則坐在另一邊。在巨岩對面，夜星坐在一棵橡樹的陰影下。

火心看到影族族長的時候嚇了一大跳。那隻黑色公貓看起來竟然比為了追逐沼澤兔子而保持纖瘦體型的風族貓還要乾癟。夜星不只看起來很瘦，還低著頭，雙肩隆起。火心懷疑他是不是病了，不過隨後想起夜星在接任影族族長時，就已經是年邁的長老了。他外表看起來衰弱，也許沒什麼好驚訝。他也許得到星族應許、族長獨有的九條命，不過即使是星族，也不能使時光倒流。

「走吧。」鼠毛低聲催促。火心跟著這隻黑棕色的母貓走到貓群前面，坐在她身旁，霧足坐在他另一側。

曲星在巨岩上喵了一聲。「藍星想先致詞。」他朝雷族族長鞠躬，藍星走上前，開始講話，跟以往一樣聲如洪鐘。

「各位或許已經聽風族說過了，如果還沒有，我要在這裡宣布：碎尾死了！」

貓群中傳出滿意的低語。火心注意到夜星的耳朵和尾巴煩躁地扭個不停。影族族長對於他的死對頭死了，似乎感到很激動。

「他怎麼死的？」夜星問。

藍星似乎沒聽到他嘶啞的嗓音。「以及，雷族有一位新任的副族長。」她把話說完。

「這麼說河族所言屬實了，」一位風族戰士從貓群中站起來，「虎爪出事了！」

「他死了？」泥爪追問。他的話引發一連串關切的叫聲，火心體認到虎爪是多麼受到其他族的敬重，忍不住感到忿忿不平。貓兒們像連珠炮似地朝藍星發問，火心焦慮地看著她。

「他是病死的嗎？」

「是不是發生什麼意外了？」

火心發現身旁的族貓全都僵住了。他們與亮掌一樣，不願透露前任副族長通敵叛族的事。

藍星發出充滿權威的吆喝，提問者靜默了下來。「虎爪的命運是雷族的事，跟別族無關！」

群貓議論紛紛，他們的好奇心顯然沒得到滿足。火心忍不住想，藍星是不是該警告其他族，虎爪仍然活著——有個危險的叛徒在森林中游蕩，不受戰士守則的約束。

不過藍星再度開口時，沒提虎爪的事，而是宣布：「我們的新任副族長是火心。」一數十顆頭全轉向火心，他被他們質疑的眼神盯得滿身燥熱。場中的靜默在他耳中有如雷鳴。他刨著地面，默默期盼各族族長繼續開大集會，但他只察覺到呼吸聲，以及一排排目不轉睛的眼睛。

# 第八章

驚慌的喵聲以及腳掌重重踩在空地上的聲音把火心給驚醒。看見從戰士窩上方樹枝間灑下的刺眼陽光，他忍不住眨眨眼。一顆金色的頭從樹葉編織成的牆壁冒了出來。是沙暴，她淺綠色的眼睛激動地閃著光。「我們捉到兩個影族戰士！」她氣喘吁吁地說。

火心一躍而起，睡意全消。「什麼？在哪裡？」

「在貓頭鷹樹旁邊，」沙暴答道，又補上一句：「他們還呼呼大睡！」聲音裡滿是對影族貓的粗心大意的不屑。

「妳告訴藍星了嗎？」

「塵皮去找她了。」她掉頭離開戰士窩，火心跟著她飛奔出去，經過追風身旁，追風猛然抬頭，也被這場騷動驚醒了。

火心從大集會回來後就睡得不大安穩，藍星在會中宣布他升任副族長時群貓的靜默，讓他心煩意亂。他的夢裡盡出現一些陌生的貓，他們似乎將他看成飛過陰暗森林、帶來凶兆的貓頭鷹，對他避之唯恐不及。他原以為自己身為局外人的日子已經過去了，但其他貓充滿挑戰意味的眼神讓他警覺到，自己仍沒有真正被森林各族所接納。他暗自期待他們不會知道那場不完美的副族長命名儀式。那只會讓他們的不安更為強烈：**一隻寵物貓竟取代了一隻備受尊敬的野生貓副族長。**

現在火心又得面對另一項挑戰：要如何處理在雷族領地上捉到的敵貓？火心發現自己很期待藍星能夠保持穩定的心情，替他指點迷津。

黎明巡邏隊圍成一圈，聚在空地中央。火心擠身穿過他們，看到兩隻影族貓蹲伏在堅硬的地面，他們的尾巴蓬亂，雙耳攤平。

他一眼就認出其中一位戰士。是小雲，一隻有褐色斑紋的公貓。他們在一次大集會時見過面，那時小雲還只比小貓咪大不了多少。他才三個月大，就被碎尾強收為見習生，現在雖然已經長大，身材仍然瘦小，看起來很落魄。他的毛一片凌亂，而且因為恐懼而發出惡臭；還有，他的後腿骨瘦如柴，彷彿無毛的鳥翅，雙眼凹陷。另一隻貓的情況也好不到哪裡去。他們根本稱不上是令人生畏的戰士，火心不自在地想。

他望著黎明巡邏隊的領隊白風暴。「發現他們時，你們有沒有戰鬥？」

「沒有。」白風暴邊說邊甩尾巴，「我們把他們叫醒，他們求我們帶他們來這裡。」

火心一陣困惑。「求你們？」他反問，「為什麼？」

「影族戰士在哪裡？」藍星咆哮著穿過圍觀的貓群，她的臉因為恐懼及憤怒而扭曲。火心感覺腹部一陣抽搐。「是另一場攻擊嗎？」她怒氣沖沖地質問那兩隻可憐的影族貓。

「白風暴在巡邏時發現他們，」火心趕忙解釋，「他們在我們的地盤裡睡覺。」

「睡覺？」藍星吼著，耳朵平貼在頭上。「那麼，我們到底有沒有遭到入侵？」

「我們只發現這兩位。」白風暴說。

「你確定？」藍星追問，「那或許是個陷阱。」

火心看著眼前這兩個可憐蟲，他的直覺告訴他，他們壓根兒沒想到要入侵。不過藍星的話也有道理。明智之舉是先確定沒有其他影族貓藏在樹林裡、待命攻擊。他叫來鼠毛與塵皮。「你們兩個，各帶一位戰士及見習生，從轟雷路開始一路往回搜查。我要你們澈底清查領土上的每個角落，看看有沒有其他影族的蹤影。」

兩位戰士二話不說開始執行命令，讓火心鬆了一口氣。塵皮找來追風和灰掌，鼠毛帶著疾掌及蕨毛，然後六隻貓飛奔出營地，進入森林。

火心轉身面對兩個渾身發抖的俘虜。「你們在雷族的地盤做什麼？」他問，「小雲，你為什麼會到這裡來？」

那隻公虎斑貓睜大眼睛，驚恐地看向火心，火心感到不忍。那隻貓和以前第一次在大集會時看到的一樣，一副茫然不知所措的樣子，當時他還只是一隻剛斷奶的小貓。

「白——白喉和我來這裡，希——希望你們提供我們食物和治病的草藥。」小雲終於結結巴巴地說出口。

雷族貓一陣譁然，難以置信。小雲蜷縮著身體，骨瘦如柴的身體趴在地上。

火心驚訝地看著這位俘虜。曾幾何時，影族竟然要向他們的死對頭求援？

「火心，等一下。」煤皮在火心的耳畔低語。她一直瞇著眼打量那兩隻影族貓。「這些貓對我們不會構成威脅。他們生病了。」她一跛一跛地走上前，用鼻子輕輕觸碰小雲的前掌。「他的肉墊溫度很高，」她說，「他發燒了。」

煤皮正要嗅另一隻貓的腳掌時，黃牙從貓群中擠身過來。「不要，煤皮！」她高聲大叫，「離開他們！」

煤皮倏然轉身。「為什麼？這些貓生病了。我們必須幫助他們！」她轉過頭，帶著懇求的眼神看看火心，再望向藍星。

大家都充滿期盼地看著藍星，不過雷族族長只是瞪大眼睛盯著兩個俘虜。火心看得出來，這隻灰色的老母貓因為迷惑與恐懼而飽受煎熬，她的眼裡充滿困惑。他認為自己必須轉移其他貓的注意，好讓思緒紛亂的族長能理出個頭緒。

「為什麼找上我們？為什麼要到我們的地盤？」他再度質問那兩個俘虜。

這次是另一隻影族貓白喉開口。他是黑毛公貓，腳掌和胸部本來是白色的，不過現在沾滿了塵垢。「你們曾幫助過影族，就是我們驅逐碎尾的那時候。」他平靜地解釋。

可是雷族也曾庇護那位影族族長，火心不自在地想：白喉難道忘了這點嗎？不過他馬上想到，碎尾在這些貓勉強可以離開母親身邊時，就強迫他們當見習生。所以他們看見殘酷的族長被驅逐，便鬆了一口氣，至於他後來的遭遇如何，他們其實並不那麼關心。何況碎尾已經死了，對影族戰士而言，除了正常的兩族對抗，雷族沒有任何威脅性。

白喉繼續說：「我們希望你們能幫助我們。夜星生病了。整個營地因為許多貓病倒而陷入一片混亂。現在已經沒有足夠的草藥或新鮮獵物可以給大家了。」

「鼻涕蟲在做什麼？他是你們的巫醫啊，應該由他來照顧你們！」火心還來不及開口，黃牙就氣呼呼地說著。

聽到她的口氣，火心嚇了一跳。黃牙原本隸屬於影族，火心知道她現在對雷族很忠心，但他還是訝異於她居然對自己以前的族貓毫無憐憫。

「夜星昨晚參加大集會時，看起來還好端端的。」暗紋咆哮。

「沒錯。」藍星附和著，疑惑地瞇起眼睛。

不過火心回想起，影族族長當時看起來似乎很虛弱，所以對小雲的解釋也不覺訝異：「夜星回到營地後病情惡化。鼻涕蟲整晚都陪著他，不肯離開。他任憑一隻小貓死在母親的肚子上，甚至沒給他吃顆罌粟籽，讓他平靜地升天！我們擔心鼻涕蟲也會讓我們自生自滅。所以，請你們幫助我們。」

火心覺得小雲的哀求是真心的。他滿懷期望地看著藍星，不過族長藍色的眼睛仍充滿疑惑。

「他們得離開這裡。」黃牙低聲咆哮，態度很堅持。

「為什麼？」火心脫口而出，「他們這個樣子根本不會對我們構成威脅！」

「他們感染了我以前在影族見過的病。」黃牙開始在兩隻影族貓身旁繞圈子，打量他們，但保持一段距離。「上次有很多貓病死。」

「不會是綠咳症吧？」火心問。火心一提起這種在禿葉季時也曾在族裡肆虐的疾病，一些雷族貓開始緩緩往後退。

「不是。那種病沒有名字，」黃牙喃喃說道，眼睛緊盯著兩個俘虜，「是從影族地盤另一側、兩腳獸垃圾場的老鼠帶來的。」她瞪著小雲，「那些長老應該知道，兩腳獸地區的老鼠有問題，不能捉來當獵物吧？」

「是一個見習生把老鼠帶回來的，」小雲解釋，「他太小了，不知道這種事。」

火心聽著這隻病貓有氣無力地訴說事情的原委，其他的雷族貓則是默默地看著。「我們該怎麼辦？」他問藍星。

藍星還沒回答，黃牙就搶先開口：「藍星，不久前綠咳症才在族裡蔓延，」她提醒藍星，「妳當時也因此損失了一條命。」巫醫瞇起眼睛，火心忍不住猜測她想說什麼。只有他和黃牙知道藍星只剩最後一條命。如果那種病在雷族裡傳開來，她或許會因感染而死，那麼雷族將會群龍無首。想到這裡，火心渾身冰涼，雖然豔陽高照，他卻忍不住發起抖來。

藍星點點頭。「你說得對，黃牙，」她平靜地說，「這兩隻貓必須盡快離開這裡。火心，把他們送走。」族長的語氣平淡，沒有任何情緒，接著便轉身走回她的巢穴。

火心百般無奈，雖然事情有了結論，讓他鬆了一口氣，但他也為那些病貓感到不忍。他說：「沙暴和我會護送影族戰士回到他們的邊界。」群貓傳來贊同的喵聲。小雲哀求地看著火心。火心強迫自己將目光移開。「回你們的窩去。」火心命令他的族貓。

大家默默溜進空地邊的灌木叢，只剩煤皮仍逗留在火心與沙暴身旁。白喉開始咳嗽，痛苦地痙攣。

「讓我幫助他們。」煤皮懇求著。

火心愛莫能助地搖搖頭，黃牙則從她的隧道裡叫著：「煤皮！過來。妳得清洗口鼻，以免感染他們身上的病菌。」

煤皮看著火心。

「快來！」黃牙氣得大吼，「除非妳要我在藥方裡摻幾片蕁麻葉！」

煤皮譴責地看了火心最後一眼，才轉身離去。其實火心也無計可施。藍星對他下達指令，而且全族都贊成她的作法。

火心偷偷看了沙暴一眼，欣慰地發現她的眼裡也滿是憐憫。火心知道她能了解自己在同情那些病貓，及保護自己的族貓免於感染的兩難間掙扎。

「走吧，」沙暴輕柔地呼喚火心，「他們愈早回到自己的營地愈好。」

「沒錯，」火心回答。他望向小雲，強迫自己忽略那隻瘦貓臉上絕望的神情。「轟雷路很亂。在綠葉季時怪獸一向比較多。我們會協助你們過去。」

「不用了，」小雲低聲回答，「我們可以自己過去。」

「我們還是會幫你們的，」火心告訴他，「走吧。」

兩位影族戰士吃力地站起來，步履蹣跚地走向營地入口。沙暴和火心默默跟上去，看著兩隻病貓痛苦地沿著峽谷攀爬而上，火心忍不住深吸了一口氣。

進入森林時，一隻老鼠從他們前面倉惶穿過。兩位影族戰士扭動了一下耳朵，不過他們實在太虛弱了，連追的力氣都沒有。火心想也沒想就越過沙暴，循著老鼠的氣味鑽入灌木叢裡，殺了那隻老鼠，將它帶回去給影族病貓，就丟在小雲的腳掌前。他們似乎病得不知道謝，一句話也沒說就蹲伏下來，開始大嚼特嚼。

火心看到沙暴一臉疑惑。「他們吃東西不會傳播疾病，」他解釋，「何況，他們也需要足夠的力氣，才能回到自己的營地。」

「可是他們似乎沒什麼胃口。」沙暴說，這時小雲與白喉突然站起來，放下吃了一半的老鼠，跌跌撞撞地衝入灌木叢裡。過了片刻，火心聽到他們在乾嘔。

「浪費獵物！」沙暴喃喃說著，邊撥土掩埋剩下的老鼠。

「或許吧。」火心失望地回答，等著兩隻貓再度現身，然後與沙暴一起跟著他們。

在怪獸的隆隆聲從濃密的樹林傳過來之前，火心已經先聞到轟雷路的嗆鼻廢氣。沙暴對兩隻影族貓說：「我知道你們不要我們幫助，不過我們會護送你們穿越轟雷路。」火心點頭表示同意。他比較關心的是他們的安全，而不是懷疑他們不肯離開雷族的地盤。

「我們自己過去，」小雲堅持，「送我們到這裡就行。」

火心凝神看著他，忽然懷疑自己是不是應該多懷疑他們一點。不過他仍然很難相信生病的戰士會對雷族有任何威脅。「好吧。」他勉為其難地讓步。沙暴朝他投來質疑的眼神，不過火心還是輕輕甩尾示意，薑黃色母貓順從地坐了下來。小雲與白喉點頭道別，消失在蕨叢中。

「我們是不是要——」沙暴開口。

「跟蹤他們？」火心猜到她想說什麼，「我想我們是應該這麼做。」

他們等了片刻，等到影族貓的聲響在樹叢間消失之後，才開始沿著森林跟蹤他們。

「這不是通往轟雷路的路。」沙暴在轉進通往四喬木的小徑時低聲地說。

「也許他們是沿著來時的路走。」火心猜測，邊用鼻子觸碰一株刺藤的莖頂。那兩隻病貓留下的臭味，讓他忍不住噘起嘴來。「走吧，」他說，「我們追上去。」他滿心焦慮。對這兩隻影族貓，他是不是看走眼了？他們雖然答應要離開，卻又折返回雷族的地盤？他加快步伐，沙暴默默地跟上。

遠方的轟雷路傳來讓人昏昏欲睡的嗡嗡聲。兩隻影族貓似乎沿著與那條惡臭不堪的石頭路平行的小徑前進。火心和沙暴順著他們的氣味離開森林的蕨叢，進入一片荒地。看到那些影族貓就在前方，越過兩族的邊界，鑽進一叢刺藤裡，完全沒發現自己被雷族跟蹤。

沙暴瞇起眼睛。「他們為什麼要進去那裡面？」

「去看看就知道了。」火心回答。他匆忙趕上前，跨過邊界時提心吊膽地吞了吞口水。轟雷路的轟隆聲愈來愈響，震耳欲聾，他的耳朵不自在地扭動了一下。

兩位雷族戰士在帶刺的葉莖間穿梭。火心很清楚他們已置身在別族的地盤，不過他必須確定那兩隻影族貓已經回到自家的營地。從聲音聽起來，轟雷路就在他們前方幾隻狐狸身長遠的地方而已，但病貓的氣味幾乎被路中的廢氣給掩蓋了。

一轉眼已經來到刺藤叢的盡頭，火心發現自己踏出了樹叢，進入轟雷路邊髒污的草地上。「小心！」當沙暴跳到他身旁時，火心出聲示警。一條堅硬的灰色道路就在他們面前，在蒸騰熱氣中發出微光；一隻怪獸呼嘯而過，薑黃色的母貓退了一步。

「那兩隻影族貓到哪去了？」她問。

火心往轟雷路的另一邊眺望，路過的怪獸愈來愈多，揚起苦苦的風，讓他的毛與頰鬚跟著拂動，他忍不住瞇起眼睛，將雙耳貼平。兩隻病貓不見蹤影，不過他們不大可能已經穿越轟雷路了。

「你看！」沙暴用鼻子指著。火心循著她瞪大的眼睛朝髒兮兮的草地望去。那裡明明什麼都沒有，卻見白喉輕甩了一下尾尖，消失在地底下，就在轟雷路發出惡臭的扁平石塊下方。

火心不敢相信地瞪大了眼睛。轟雷路彷彿張開的嘴巴，將那兩隻影族貓整個吞了進去。

# 第九章

「他們跑哪兒去了？」火心喘著氣說。

「我們靠近一點瞧瞧。」沙暴建議，其實她已經朝影族貓消失的地方快步走去。

火心緊跟在後。在走近將那片將黑尾巴吞噬掉的草地時，他注意到一處陰影，地面從那裡筆直地陷入轟雷路旁的一個凹洞中。那是轟雷路下方一座石頭隧道的入口，和他與灰紋尋找風族途中經過的一座地道很像。當他們爬下坡道，小心翼翼地嗅著昏暗的入口時，沙暴的毛拂過火心身上。上方的怪獸轟隆經過時，颳起的風掃過火心的雙耳，他不只聞到轟雷路的惡臭，也嗅出兩隻影族貓剛留下的氣味。沒錯，他們就是走這裡。

隧道很圓，由大約兩隻貓高度的淡乳白色石頭排列而成。沿著光滑側面往上生長的青苔，讓火心知道這條隧道在禿葉季時也有水流過。現在它是乾的，底部是凌亂的落葉和兩腳獸的垃圾。

「你知道這裡嗎？」沙暴問。

火心搖頭。「這應該就是影族前往四喬木的隧道。」

「走這裡比在怪獸間左躲右閃簡單多了。」沙暴評論。

「怪不得小雲他們要自己穿越轟雷路。影族不想讓別族知道這條隧道，想要據為己有。走！我們回去告訴藍星。」

火心衝上斜坡回到樹林，不時回頭查看沙暴跟上了沒有。沙暴從後方飛奔過來，兩隻貓往營地前進。他們跨過邊界了，再度置身於安全的自家地盤，火心感受到一股熟悉的欣慰感；在聽過小雲描述影族的疾病後，他懷疑對手的健康狀況是否允許他們繼續從事邊界的巡邏工作。

「藍星！」火心一路狂奔，熱得喘不過氣來，直奔藍星的巢穴。

「什麼事？」回應透過地衣簾幕傳過來。

火心推開地衣走進去，只見雷族族長躺在她的臥舖裡，腳掌平整地縮在胸下。「我們在影族地盤內不遠處，找到了一條隧道，」他跟族長報告，「可以從轟雷路下方通過。」

「我希望你沒有沿著那條路走過去。」藍星咆哮。

火心遲疑了一下。他原以為族長會因為這個發現而興奮不已；沒想到她的口氣竟然很嚴厲，而且帶有譴責意味。「沒——沒有，我們沒有走過去。」他結結巴巴地說。

「你擅闖他們的地盤，這風險太大了。我們不想激怒影族。」

「如果影族真像那兩位戰士描述的那麼虛弱，我不認為他們會採取什麼行動。」他說，不過藍星看著他沒反應，顯然沉溺在自己的思緒中。

「那兩隻貓走了嗎？」她問。

「是的。他們就是從那條隧道離開的。所以我們才會發現。」火心解釋。

藍星冷冷地點頭。「原來如此。」

火心盯著雷族族長的眼睛，搜尋悲憫的目光。難道她對影族生病一事完全無動於衷？「我們將他們送回去，這麼做對嗎？」他忍不住問道。

「當然！」藍星斷然回答，「我們不容許營地又爆發疫情。」

「沒錯。」火心心情沉重地附和。

當他轉身準備離開時，藍星補上一句：「先別透露隧道的事。」

「是的。」火心答應，然後穿過地衣簾幕離開。他不懂藍星為什麼要他保密，不想讓人知道隧道的事。畢竟，他已經發現影族邊界的一個弱點，而這可以變成雷族的優勢。他並不是說此刻該對影族發動攻擊，不過，能對森林有進一步的了解，不是件好事嗎？火心嘆了口氣，見到沙暴朝他跑了過來。

「她怎麼說？她是不是很高興我們發現了那條隧道？」她追問。

火心搖搖頭。「她要我保密。」

「為什麼？」沙暴訝異問。

火心聳聳肩，繼續朝戰士窩走去，沙暴緊跟在他後面。「你還好吧？」她問，「是因為藍星的關係嗎？她還說了什麼？」

火心察覺到，他對族長的焦慮顯然被看穿了。他彎下身，快速舔了胸口一下，然後抬起頭，強顏歡笑地說：「我得走了，我答應雲掌今天下午要帶他狩獵。」

「要不要我陪你去？」沙暴露出關心的眼神，補上一句：「那會很有趣的。我們很久沒一起狩獵了。」她朝見習生窩點頭，雲掌正在那邊的陽光下打盹。那個見習生肥胖多毛的腹部隨著呼吸而起伏。「他顯然需要多運動，」她又說，「他看起來有點像柳皮。」她開心地發出呼嚕聲。「他應該是高明的獵人！我看族裡沒有一隻貓像他那麼胖。」

沙暴的口氣沒有惡意，不過卻讓火心覺得渾身燥熱。以年輕的貓來說，雲掌確實很胖，比其他見習生胖很多，雖然他們在綠葉季期間都一起享用豐盛的獵物。「我想我應該自己帶雲掌出去，」他不大情願地說，「最近我有點冷落他。我們改天再一起狩獵如何？」

「跟我說一聲就行，」沙暴爽朗地答應，「我一定奉陪。我可以再替大家抓兔子。」火心看到沙暴淺綠色的眼睛閃著淘氣的光芒，他知道她指的是上次他們一起在積雪又結霜的森林中狩獵的成果；那時她展現的矯捷與技巧，令他瞠目結舌。「除非你終於學會如何抓兔子了！」沙暴揶揄他，並用尾巴輕輕拂弄火心的臉頰，然後快步離去。

火心看著她離去，覺得腳掌有一股莫名的、愉快的酥癢。他搖搖頭，朝雲掌走去。那位睡眼惺忪的見習生正弓起背伸懶腰，短短的腿也因此顫動個不停。

「你今天有沒有離開過營地？」火心問。

「沒有。」雲掌回答。

「唔，現在我們要去狩獵。」火心隨口說。雲掌不是很高興，他還以為可以繼續睡懶覺、享受陽光。「你一定餓了。」

「還好。」雲掌回答。

火心覺得困惑。雲掌是不是偷新鮮獵物堆的東西吃？見習生們在替長老獵食或隨導師出外訓練時，是不能吃東西的。火心當下排除這種想法。如果雲掌這麼做，不可能沒有其他貓看見。「好吧，如果你不餓，我們在訓練場做打鬥練習，」他說，「然後再去狩獵。」

火心不讓眼前這隻年輕的貓有機會反對，馬上快步離開營地。他聽到雲掌的腳步聲跟在他後頭，不過他沒有回頭看或放慢速度，直到抵達他以前當見習生接受訓練的那個蔭蔽的洞穴。他在沙地中央停下。沒有風，因此即使在陰影下，正午的熱氣仍悶得透不過氣來。「攻擊我！」他在雲掌爬下斜坡與他會合時下令，雲掌的腳掌揚起紅色的塵土，黏在白色的長毛上。

雲掌盯著他，皺起鼻頭。「什麼？就這樣？」

「沒錯，」火心回答，「就當我是敵方的戰士。」

「好。」雲掌聳聳肩，開始漫不經心地朝火心衝過去。但圓胖的肚子不只妨礙了他的動作，還害得嬌小的腳掌深陷在沙土裡。火心有足夠的時間準備應戰，當雲掌逼近時，他輕易地順勢一閃，年輕的見習生撲了個空，滾倒在地上。

雲掌爬起來甩動身體，因為沙土的刺激而猛打噴嚏。

「動作太慢，」火心告訴他，「再試一次。」

雲掌蹲伏下來，喘著大氣，瞇起眼睛。火心也回瞪他，看見雲掌的眼神如此專注，火心在心中稱許——這回這個見習生看起來是玩真的。雲掌朝火心飛身撲過去，落地時突然轉身，再度朝火心使出一記後踢。

火心被踢得踉蹌了一下，但仍設法保持平衡，然後前掌一揮，將雲掌打得飛了起來。「好多了，」他喘著氣，「不過你對還擊一點防備也沒有。」

雲掌躺在沙地上動也不動。

「雲掌？」火心喵了一聲。他這掌打得很重，但還不致於造成傷害。見習生的耳朵扭了一下，不過仍躺著不動。

火心朝他走過去，忽然擔憂起來。他俯下身看，只見雲掌雙眼瞪得老大。

「你殺死我了。」見習生裝模作樣地喘著大氣，然後虛弱地翻身，躺成四腳朝天。

火心哼了一聲。「不准胡鬧，」他斥喝，「這是正經事！」

「好啦，好啦。」雲掌掙扎著站起來，仍喘著大氣。「可是我餓了。我們可以去狩獵了嗎？」

火心正打算訓他，突然想起白風暴的話：**時候到了他自然會學乖的。**或許還是依照雲掌自己的步調來訓練他吧。到目前為止，和他爭論都是白費功夫。

「那就走吧。」火心嘆了口氣，領著雲掌離開訓練場。

他們沿著峽谷底部進入森林時，雲掌停下腳步，嗅聞空氣。「我嗅到兔子味。」他說。火心揚起鼻子。見習生說得沒錯。

「在那邊。」雲掌低聲說道。

樹叢中閃過一道鮮明的身影，一隻年輕兔子的白尾巴洩露了牠的形跡。火心將身體壓低，趴在地上，肌肉緊繃，準備展開追逐；一旁的雲掌也壓低身體，趴在地面，圓滾滾的肚子被壓得往外鼓出來。兔尾再度晃動，雲掌撲了過去，腳掌重重地打在乾燥的森林地面。兔子聽到吵雜聲，飛快鑽入灌木叢中。雲掌乒乒乓乓地跟上去，火心則是安靜地緊隨在後。蕨叢被雲掌撞得搖來晃去，火心失望地看著雲掌跌跌撞撞地在他前面停下來，上氣不接下氣。兔子已經不見蹤影了。

「你小時候的狩獵技巧都比現在高明！」火心大吼。他妹妹的小貓原本可以成為一名優秀戰士的，不過曾幾何時，這個毛茸茸的白色見習生變得像寵物貓那般軟弱無能。「只有星族知道，你的狩獵技巧怎麼這麼差勁！你怎麼會變得這麼胖！就算身手多麼矯健，也跑不過兔子啊。你如果想抓兔子，腳步就得輕一點！」火心覺得幸好沙暴沒有跟他們同行。如果讓她看到他的見習生變得這麼差勁，他會覺得很丟臉。

這回雲掌倒沒有頂嘴。「抱歉。」他喃喃說道。火心不忍再責備這隻年輕的貓，這次雲掌看來好像真的是全力以赴。火心不禁覺得，或許自己最近很少訓練他，害他退步了。

「為什麼不讓我自己去狩獵？」雲掌邊建議，邊看著自己的腳掌，「我保證會帶東西回去放在新鮮獵物堆裡。」

火心端詳了他片刻。雲掌的狩獵技巧不應該一直都這麼蹩腳，因為他看起來比族裡的其他貓吃得更好。或許他私下的表現反倒比較出色。火心念頭一轉，決定暗中跟蹤他的見習生，偷偷觀察他狩獵。「好主意，」他同意，「只要確定能趕在吃飯前回來。」

雲掌馬上開心起來。「當然，」他說，「我不會遲到的；我保證。」火心聽到見習生的肚子餓得咕咕叫。或許可以趁機磨練他的技巧，他想。

他聽著雲掌的腳步聲消逝在森林裡，要暗中監視他，讓火心心頭閃過一絲罪惡感。不過他只是想要評估見習生的技巧，他提醒自己，那是任何一位導師都會做的。

要在大松林間跟蹤雲掌，易如反掌。高聳的松樹林底下，灌木叢稀稀疏疏的，火心從大老遠就看到雲掌那一身雪白的毛。樹林裡生機盎然，小鳥眾多，火心期盼雲掌能停下來充分利用這份大餐。

不過雲掌並沒有停下腳步。以他圓滾滾的肚子來看，他的步伐快得令人訝異，他離開大松林，進入兩腳獸住家後面的一座橡樹林。火心有股不祥的預感。他壓低身體，加快腳步，以免在濃密的灌木叢間失去雲掌的蹤影。然後樹木變稀疏了，圍住兩腳獸花園的一片圍牆出現在火心眼前。雲掌是不是要去探視他的母親？公主家就在附近。他不能怪雲掌偶爾會想去探視她。他仍年輕，還記得她溫暖的氣息。不過為什麼雲掌不曾跟火心提起公主呢？而且，如果他想去看母親，又為何要說是去狩獵？他一定知道，族裡就數火心最能夠體諒他了。

火心跟著雲掌轉離公主家的圍牆，沿著一排排兩腳獸窩前進，將公主家遠拋在後頭，他也愈來愈困惑。一路上見習生踏著穩健的步伐前進，甚至沒去理會沿途出現的老鼠氣味，直到抵達一座淺綠色花園圍牆旁的一棵銀白色樺樹。小白貓躍上樺樹樹幹，爬到圍牆上，鬆垮垮的肚子讓他失去平衡感，搖搖晃晃。火心想起塵皮的嘲弄，不禁畏縮起來。或許花園裡的鳥真的比較合雲掌的胃口。不過他必須告訴雲掌，族裡的貓不能在兩腳獸的住家狩獵。星族已經提供森林讓他們獵食了。

雲掌從圍牆的另一側跳下。火心迅速爬上樺樹，幸好這棵樹枝葉濃密，讓他得以藏身在迎風飄揚的樹葉間。他可以看到雲掌快步走過下方那片修剪整齊的草地，尾巴和下巴都翹得很高。當雲掌跑過一小群星椋鳥時，火心突然有種不祥的預感。那群鳥匆匆振翅，往上飛竄，不過雲掌沒轉頭看牠們。火心覺得耳鳴心悸。如果雲掌不是來獵食花園裡的鳥，那他來這裡做什麼？當他看到雲掌在兩腳獸的窩外坐下，發出一聲尖銳、楚楚可憐的鳴叫時，他嚇呆了。

# 第十章

兩腳獸的窩門打開了，火心屏住呼吸。他滿心期待雲掌會轉身跑開，不過他也多少猜到了：**這位見習生並不想離開**。他在樹枝上往前傾，期盼兩腳獸能大叫著把雲掌趕走。兩腳獸通常不歡迎野貓。不過這隻兩腳獸卻彎下身撫摸雲掌，而雲掌則在兩腳獸朝他喃喃低語時，仰起頭，磨蹭對方的手。從兩腳獸的語氣聽來，顯然他們以前就是這樣打招呼。看見雲掌開心地快步走進那道門，消失在兩腳獸的窩裡，火心大失所望，感覺彷彿老鼠膽汁在自己身上流竄般苦澀。

兩腳獸的窩門關起來很久以後，火心仍待在樺樹細長的枝幹上。他的見習生正被引誘回火心拋棄掉的生活。對雲掌，或許他完全看走眼了。他陷入沉思，直到夕陽西沉，一股寒意襲上身軀才回過神來。他悄悄溜回圍牆，躍到外頭的地上。

火心折返森林，茫然地沿著來時留下的氣

味往回走。雲掌的行為讓人覺得是嚴重的背叛，可是又很難生他的氣。火心一心想向族貓證明，寵物貓和在森林中出生的野貓一樣優秀。他從沒想過，雲掌或許寧可和兩腳獸一起生活。火心熱愛森林，不過那是他自己選的。他想起，雲掌是他母親送到族裡的，當時他還是小貓，不能自己做主。

火心繼續往前走，對林子裡的景象和氣味絲毫沒有感覺，直到忽然發現自己已經走到妹妹家的圍牆。他訝異地凝視著。是他的腳掌故意引他來這裡的嗎？他轉過身，還沒決定好要不要跟公主說他的發現。他不想告訴她，把雲掌送到雷族是多麼大的錯誤。他的腳掌沉重得像石頭，他開始朝大松林和營地走去。

「火心！」身後傳來一隻母貓輕柔的呼喚。公主！

火心愣住了，他的心一沉，不過他不能就這麼掉頭離開，他妹妹已經看到他了。他轉身看著公主躍下圍牆，朝他蹦蹦跳跳地跑來，雜有斑紋的白毛輕柔地晃動著。

「好久不見！」她喵著，停了下來，口氣充滿憂慮，「連雲掌也好久沒來看我了。一切還好吧？」

「還——還好。」火心支支吾吾地說，因為想撒謊，所以聲音變得僵硬，肌肉也緊繃著。

公主欣慰地眨眨眼，對他沒有一點懷疑，忙著與火心相互撫摩鼻子寒暄。他與她磨蹭時，嗅到一股熟悉的氣味，讓他想起兒時的情景。「那我就放心了，」她呼嚕叫道，「但我也開始擔心。雲掌為什麼沒來看我？我一直聞到他的氣味，卻好久沒見到他了。」火心不知道該怎麼說才好，幸好公主繼續講下去：「我想你正忙著訓練他，」她說，「上次他來看我時說，你對他的進步很滿意。他說他比其他見習生都表現得更好！」公主顯得很開心，眼裡充滿自豪。

**她和我都希望雲掌成為偉大的戰士**，火心想著。他愧疚地囁嚅道：「他很有潛力。」

「他是我的第一胎，」公主呼嚕作響，「我知道他會與眾不同。我還是很想念他，雖然我知道他有多麼快樂。」

「我相信妳的小貓都各有所長，與眾不同。」火心很想跟他妹妹說實話，不過他不忍心告訴她，她的犧牲全都白費了。「我得走了。」他只是喵了一聲。

「那麼快？」公主叫道，「好吧，快點回來看我。下次帶雲掌一起來！」

火心點點頭。他還不想回營地，不過這些對談令他渾身不自在，彷彿夾在野貓與寵物貓兩種生活的縫隙間。

火心走過漫漫長路回到營地，森林中熟悉的綠意讓他的心情回復平靜。當他從峽谷上方的樹林間現身時，他再度發現自己有多麼懷念那段灰紋在身旁可以傾吐心事的日子。

「嗨！」沙暴的聲音把他嚇了一跳。她從峽谷爬上來，想必是嗅到他的氣味了。「訓練得如何？雲掌呢？」

火心看著母貓輪廓分明的薑黃色臉龐。她綠色的眼眸炯炯有神，火心忽然領悟到他可以跟她傾訴心事。他膽怯地四下看了看。「只有妳一個嗎？」

沙暴好奇地看著他。「是啊。我想在吃飯前先狩獵一下。」

火心走到斜坡邊緣，俯瞰著遮住下方營地的樹梢。沙暴坐在他身旁。她沒有開口，只是憐惜地依偎著他。火心知道即使現在掉頭就走，她也不會追問他原因。

「沙暴。」他略微遲疑地開口。

「什麼事？」

「妳想我把雲掌帶進族裡，是不是錯誤的決定？」

沙暴沉默了一會兒，再開口時，她字斟句酌，謹慎而坦誠，「今天我看到他躺在窩外時，覺得他看起來比較像寵物貓，而不像戰士。然後我想起他抓到他的第一隻獵物那天。當時他還是隻小貓咪，不過他就這麼奮不顧身地撲上去抓田鼠，一點也不害怕，對自己的表現也那麼自豪，看起來還真像在族裡出生的貓。」

「這麼說，我做了對的事？」火心充滿期望地問。

又是一陣令人窒息的靜默。「我想只有時間才能證明一切。」沙暴終於回答。

火心默不作聲。這不是他所期盼的撫慰，不過他知道她說得很有道理。

「他是不是出了什麼事？」沙暴問，關心地瞇起眼睛。

「今天下午我看到他走進一隻兩腳獸的窩，」火心洩氣地坦承，「我想他已經讓牠們餵他好一陣子了。」

沙暴皺著眉頭。「他知道你看到了嗎？」

「不知道。」

「你應該告訴他，」沙暴建議，「雲掌必須決定他屬於哪一邊。」

「可是如果他決定回去過寵物貓的生活呢？」火心抗議。今天這件事讓他體認到，自己是多麼希望雲掌留在族裡。不只為了他自己，或者是向其他貓證明：戰士不一定要出生在森林裡。也是為了雲掌自己好。這樣他能對族裡有很多貢獻，也可以獲得他們更多忠誠的回報。一想到雲掌可能會拋棄哪一邊，火心就覺得一陣慌亂。

「那要由他自己決定。」沙暴溫柔地說。

「如果我是更好的導師——」

「那不是你的錯，」沙暴打岔，「你不能改變他的心意。」

火心絕望地聳聳肩。

「只要和他談談就行了，」沙暴勸他，「問清楚他要的是什麼，讓他自己做決定。」她憐憫地張大眼睛，不過火心仍覺得很消沉。「去找他吧。」她說。火心點點頭，於是沙暴起身走進樹林。

他帶著沉重的心情爬下峽谷，朝訓練場走去，暗自期待雲掌會沿著離開時的原路回到營地。他可不希望在這種情況下和他的見習生碰面；他擔心自己會把雲掌逐出族外。不過他也知道沙暴說得沒錯。雲掌不能待在雷族裡，同時又過著寵物貓的生活。

火心坐在洞穴裡，夕陽已經西沉，天色仍然和煦，雖然長長的陰影已延伸過沙地。不久就要吃晚餐了，火心開始懷疑雲掌會不會回來。這時他聽到樹叢中的沙沙聲，以及小腳掌的走動聲；還沒聞到雲掌的氣味，火心就知道他走近了。

那位見習生快步走進空地，尾巴翹得老高，雙耳也豎了起來。他叼著一隻小鼩鼠，一看到火心就把它丟下來。「你在這裡做什麼？」火心聽到那隻年輕的貓譴責地問，「我告訴過你我在吃飯前會回來的，你不相信我？」

火心搖搖頭說：「不相信。」

雲掌將頭偏向一邊，看來像是受傷了。「好吧，我說過我會回來，而且也真的回來了。」他抗議。

「我看到你了。」火心直截了當地說。

「在哪裡看到我？」

「我看到你走進兩腳獸的窩。」他停了一下。

「那又怎樣？」

雲掌滿不在乎的反應讓火心震驚得幾乎說不出話來。他難道不明白他做了什麼事？「你應該為族裡狩獵啊。」他氣呼呼地說，滿肚子怒火。

「我有啊。」雲掌回答。

火心不屑地看著雲掌丟在地上的小鼩鼠。「你想那能養活幾隻貓？」

「反正，我自己不會拿任何食物。」雲掌說。

「那是因為你吃寵物貓的殘羹剩飯吃飽了！」火心生氣地說，「你幹嘛回來？」

「為什麼不回來？我只不過去拜訪兩腳獸找點東西吃。」雲掌似乎真的感到困惑，「那有什麼不對？」

火心沮喪又痛心地咆哮道：「我忍不住懷疑，你母親將她的頭一胎小貓送到族裡來，是不是正確的決定。」

「她都已經做了，」雲掌生氣地回嘴，「所以你被我拖累了！」

「你當我的見習生或許會拖累我，不過我可以讓你當不成戰士！」火心威脅道。

雲掌驚訝地瞪大眼睛。「你不會！你不能！我會成為偉大的戰士，你不能阻止我。」他桀傲不馴地瞪著火心。

「我要告訴你多少次，要成為戰士，不只要懂得狩獵和打鬥。你必須知道，你是為何狩獵，以及為何而戰！」火心極力壓抑住胸口的熊熊怒火。

「我知道為何而戰。和你一樣——求生存！」

火心難以置信地瞪著雲掌。「我是為了全族而戰，不是為了我自己。」他咆哮道。

雲掌盯著他。「好，」他說，「那我就為全族而戰，如果要當戰士就得如此的話。反正到頭來全都一樣。」

火心恨不得能朝這隻沒腦袋的年輕貓揮上幾爪，讓他清醒過來，不過他深吸了口氣，盡可能平靜地說：「你不能腳踏兩條船，雲掌。你必須做個決定。你必須做選擇，看是要當部族貓恪遵戰士守則，還是要當隻寵物貓。」他邊說，邊回想當虎爪撞見他在森林邊緣和以前的寵物貓朋友史莫奇交談時，藍星也說過一模一樣的話。唯一的差別是，火心能理解自己應該效忠哪一邊。他一踏入森林就是部族貓了，至少他是這麼想的。

雲掌看來愣住了。「我為什麼要做選擇？我喜歡現在這樣，我也不會為了讓你覺得好過一點就改變！」

「那不只是為了讓我覺得好過一點，」火心生氣地說，「那是為了全族好！寵物貓的生活與戰士守則完全不同。」他驚訝地看著雲掌不理會他，逕自叼起小鼩鼠，在他面前大搖大擺朝營地走去。火心深吸了一口氣，壓抑著想要將雲掌永遠逐出雷族地盤的衝動。讓他自己決定。他默默回想沙暴的話，然後跟著他的見習生走回營地。畢竟，他絕望地告訴自己，雲掌吃寵物貓的食物其實也沒造成什麼傷害。他只希望其他貓不會發現這件事。

當他們接近金雀花隧道時，火心聽到峽谷傳來土石嘩啦掉落的聲音。他停下腳步等候，希望是沙暴狩獵回來，不過傍晚風中傳來的溫暖氣味告訴他那是煤皮。

那隻瘦小的灰貓笨拙地從最後一顆岩石跳下來。她口中塞滿草藥，跛得很厲害。

「妳還好吧？」火心問。

煤皮把草藥丟下。「我沒事，真的。」她喘著大氣，「我的腿不行，如此而已。找這些草藥花的時間，比我預期得久。」

「妳應該告訴黃牙，」火心說，「她不會勉強妳的。」

「不行！」煤皮搖頭。

「好啦，好啦，」火心同意，很訝異她竟然這麼堅決，「至少讓我幫妳叼這些草藥吧。」

煤皮感激地朝他眨眨眼。「希望星族保佑你的窩裡沒跳蚤。」她呼嚕說道，雙眼炯炯有神。「我不是故意那麼沒禮貌的。因為黃牙很忙，而柳皮下午就要生了。」

火心感到一陣焦慮。他上回看到小貓出生，就是銀流那一次。「她還好吧？」

煤皮將目光移開。「我不知道，」她喃喃說道，「我自告奮勇去採草藥，而不是在一旁幫忙。」她臉上閃過一道陰影。「我……我不想在場……」

火心猜她也想起了銀流。「那就走吧，」他說，「我們愈早知道她的情況，就愈快可以放下心來。」他加快腳步。

「等一下！」煤皮一跛一跛地慌忙跟上，「如果我的腿奇蹟似地好轉，我會讓你第一個知道。不過目前你得走慢一點！」

他們一進入營地，火心就知道柳皮生產順利。獨眼與花尾正要離開育兒室，她們的眼神柔和、充滿關愛，而且即使隔著一片空地，也聽得到她們滿意地發出呼嚕聲。

沙暴飛奔過來，向他們報告好消息。「柳皮生下兩隻公貓和一隻母貓！」她宣布。

「柳皮情況如何？」煤皮焦慮地問。

「她很好，」沙暴要她安心，「她已經在餵他們喝奶了。」

煤皮忍不住欣慰地呼嚕作響。「我得去瞧瞧。」她說，然後一跛一跛地朝育兒室走去。

火心將滿嘴的草藥吐出來，環顧四周。「雲掌呢？」

沙暴淘氣地瞇起眼睛。「暗紋看到他才帶回那麼一點獵物，派他去清理長老的床鋪了。」

「很好。」火心說，第一次對暗紋的愛管閒事感到很開心。

「你和雲掌談過了嗎？」沙暴問，語氣有些嚴肅。

「是的。」火心一想到他的見習生那種滿不在乎的態度，方才因為柳皮分娩而有的欣喜，頓時就像晨露在正午的烈日照射下消失無蹤。

「怎麼樣？」沙暴催促他，「他說什麼？」

「我不認為他發現自己做錯事了。」火心黯然地說。

令他訝異的是，沙暴似乎不以為意。「他還小，」她提醒火心，「別太心煩。記得他第一次狩獵的樣子，還有你們的血緣。」說完溫柔地在他的臉頰上舔了一下。「運氣好的話，雲掌會表現得很突出的。」

塵皮快步走過來，打斷他們的交談，他的眼神中有毫不掩飾的鄙夷。「你一定為你的見習生感到自豪，」他挖苦道，「暗紋告訴我，他的獵物是今天最小的一隻。」火心神情緊繃，這時那位戰士又補了一句：「你顯然是英明偉大的導師。」

「走開啦，塵皮，」沙暴生氣地說，「沒有必要這麼尖酸刻薄。沒有人會因為這樣就佩服你，你知道的。」

火心訝異地看著塵皮倒退了幾步，彷彿沙暴狠狠地打了他一下。那位戰士轉身匆匆離去，臨走前還回頭惡狠狠地朝火心瞪了一眼。

「妳真有一套，」火心說，對沙暴的凶悍很是佩服，「妳得教我這一招才行！」

「這一招恐怕不合你用。」沙暴嘆了口氣，懊悔地看著塵皮的背影。她曾和那隻公虎斑貓一起當見習生，不過在她和火心走得很近以後，他們就愈來愈疏遠了。「算了，我待會兒再道歉。我們先去看那些新生寶寶吧？」

她帶頭走向育兒室，只見藍星剛從入口擠身出來。老邁的族長看上去很放鬆，眼中閃著光采。沙暴正要鑽進去時，她得意地宣布：「雷族戰士再添新成員！」

火心滿意地發出呼嚕聲。「不久我們的戰士數量就會躍居各族之冠了！」他說。族長眼中蒙上一層陰霾，火心渾身都不自在了起來，感到一陣寒意。「只希望新戰士比舊戰士更值得信賴。」藍星繃著臉咆哮。

「你要不要過來？」沙暴在育兒室溫暖的陰影下呼喚他。火心甩掉他對藍星的憂懼，走了進去。

柳皮躺在用柔軟的苔蘚鋪成的床鋪裡。三隻小貓蜷縮在她身旁扭動著，他們仍然濕漉漉的，而且還沒張開眼，只是一直搓揉著母親的肚子。

火心看到沙暴臉上出現不曾有過的柔和神情。她湊上前，逐一嗅聞小貓溫暖、帶著乳香的氣息，柳皮則在一旁觀看，昏昏欲睡，但心滿意足。

「他們真棒。」火心低聲說道。能再看到小貓真好，不過他又忍不住感到痛心——上回見到新生小貓，是銀流生產那一次，這讓火心想起了灰紋。他真想知道他的老朋友最近好不好，他是不是仍然那麼悲傷，還是和小孩在河族的新生活，已經幫助他療傷止痛了。

火心嗅到虎爪小貓的氣味，尾巴的毛豎了起來。他轉頭找尋那隻小貓的身影，按捺住滿腔狐疑的怒火。見到金花正蜷縮在他身後的床鋪內，閉著眼睛，兩隻小貓在她身側酣睡。那隻暗色小虎斑貓看起來和育兒室裡其他的孩子一樣，天真無邪。火心對自己的怒氣感到很愧疚。

隔天火心一大早就醒來。對灰紋的懷念像烏雲般籠罩他的心。在為雲掌擔憂的同時，他更加想念他的老朋友。雖然與沙暴聊過讓他寬心不少，不過他仍渴望知道灰紋的意見。火心在臥舖裡賴了一會兒床，然後他決定：今天要到河邊看看能不能找到他的老朋友。

他悄悄走出戰士窩，伸了個又長又痛快的懶腰。太陽才正準備從地平面升起，清晨的天空粉嫩而柔和。塵皮坐在空地中央與蕨掌交談。火心感到納悶，那位棕毛戰士會想和暗紋溫和的見習生分享什麼。莫非塵皮想用惡毒的流言來污染她的心靈？不過塵皮寬大的肩膀沒有聳起的毛，火心雖然聽不到他們在說什麼，卻也感受不到他的語氣中有那種慣有的傲慢。事實上，那位戰士與蕨掌交談的聲音輕柔得像林中的鴿子。

火心走向他們。塵皮一看到他出現，眼神變得冷峻起來。

「塵皮，」火心與他打招呼，「你能不能帶中午的巡邏隊？」

蕨掌的眼睛閃耀著興奮的神采。「我可以一起去嗎？」

「我不知道，」火心坦承，「我還沒和暗紋談過妳的進度呢。」

「暗紋說她的表現可圈可點。」塵皮說。

「那麼或許你可以找他談談看，」火心建議。他不想引來冷嘲熱諷的反應，不過或許可以藉這機會化解塵皮對他的敵意。「不過也要帶灰掌和其他戰士同行。」

「別擔心，」塵皮向他保證，眼睛流露出與平常完全不同的關懷之情。「我會確保蕨掌的安全。」

「呃……好。」火心喵了聲轉身離開。他真不敢相信可以和塵皮對話這麼久，而沒聽到那位戰士說出一句尖酸刻薄的話。

火心一離開峽谷，就加快腳步前往陽光岩。地面極乾，他走過森林時揚起了一小團塵土。當他抵達那些巨大的石板時，發現原本生長在岩隙間的植物全都枯死，這才想起幾乎有兩個月沒下雨了。

他繞過岩石底部，往河族領土邊界的氣味標記走去。森林在這裡變得稀疏，沿著平緩的斜坡往河那邊延伸。空氣中充滿鳥叫聲與樹葉在風中沙沙的低語，火心可以聽到附近傳來潺潺的流水聲。他停下腳步嗅聞空氣。沒有灰紋的氣味。火心如果想跟他的朋友見面，就得冒險進入河族的地盤。堅定的心意使他比平常更願意冒險。黎明巡邏隊應該已經出發了，不過運氣好的話，他們這時候會在其他邊界巡邏。

火心提心弔膽地爬過氣味界標，鑽過蕨叢來到河邊，他覺得毫無遮掩，危機四伏。還是不見灰紋的蹤影。他敢過河進入河族地盤碰運氣嗎？那很容易——河水很淺，大部分地方他都可以直接走過去，只有河中間較深，但那邊水流緩慢，游起來也不會太困難。畢竟，他在上個新葉季大洪水期間，被訓練得比大部分的雷族貓更了解水性。

一股出乎意料的氣味飄進火心半開的嘴裡，讓他訝異得繃緊了身體。是影族的臭味！影族貓遠離家園來這裡做什麼？雷族的地盤就在他們的領土與那條河之間。

火心驚慌地退回蕨叢裡。他深吸了一口氣，試圖追查氣味的來源。他感到一陣噁心，也認出那不只是影族的氣味。氣味中還帶著他最近聞過的、強烈的疾病惡臭，而且是從河的上游飄過來的。

火心開始緩緩爬過蕨叢，日漸枯黃的葉尖劃過他的毛發出瑟瑟聲。他可以看到前方老橡樹盤根錯節的枝幹，就在離雷族邊界不遠的地方。橡樹糾結的樹根冒出森林的地表，原本覆蓋樹根的土壤已被風雨沖刷得一乾二淨。樹根下有個空間，一個由樹根圍繞成的小洞穴。火心又聞了一次。氣味絕對是從那邊發出來的，伴隨著如假包換的疾病惡臭。

恐懼感與保護族貓的企圖心，使火心本能地亮出爪子。不管那個洞穴內發出的惡臭是什麼，都得把它趕出雷族地盤不可。火心壓下心中的怒氣，從蕨叢中迅速竄出。他弓起背，擺出威脅的姿勢站在樹根洞穴的入口處，準備作戰。不過面對他的是一片沉寂，以及偶爾傳出的、淺而急促的呼吸聲。

火心盯著那個陰暗的樹根洞穴，頸毛豎了起來。等他的眼睛適應昏暗的光線以後，他訝異地眨著眼。他上次看到這兩隻貓時，他們剛從轟雷路下方消失，回到自己的地盤。他們就是曾向雷族求援的兩位影族戰士——小雲與白喉。

「你們為什麼回來這裡？」火心生氣地質問，「回去，免得把疾病傳染給森林裡的其他貓族！」他將嘴唇往後縮，露出牙齒，這時身後傳來一個熟悉的聲音。

「火心，別這樣！別管他們！」

# 第十一章

「煤皮！妳在這裡做什麼？」火心轉身面對那隻巫醫，「妳知道這件事？」

煤皮的腳掌間擺著一堆草藥。她倔強地揚起下巴。「他們需要我。他們的營地病得太厲害，幫不了他們。」

「這麼說他們是直接回來的！」火心憤怒地瞪著她，「妳在哪裡找到他們的？」

「在陽光岩附近。我昨天去採草藥時聞到他們的病氣。他們正想找個安全的地方躲起來。」煤皮解釋。

「然後妳就把他們帶到這裡，」火心哼著說，「他們或許就是看準妳會同情他們，所以才回到我們的地盤。」這兩隻影族貓之前在雷族營地時，煤皮就很關心他們，大家都看在眼裡。「妳認為妳可以治療他們而不被別的貓發現嗎？」火心追問。他無法相信煤皮竟然讓她自己——以及全族——暴露在這種風險之中。

煤皮無畏地直視火心的眼睛。「別裝得好

像真的在生我的氣。你跟我一樣同情他們，」她提醒他，「你自己也不想再趕走他們一次！」

火心看得出來她相信自己做的事是對的，而他也必須承認她說的是事實——他的確同情這兩隻病貓，也對藍星缺乏悲憫的決定不以為然。「黃牙知道這件事嗎？」他問，氣都消了。

「不知道，應該不知道。」煤皮回答。

「他們病得有多嚴重？」

「他們已經開始康復了。」煤皮的語氣中露出一絲得意。

「我還是嗅得出病氣。」火心疑惑地說。

「唔，他們還沒完全康復啦。不過他們會好起來的。」

這時小雲嘶啞的聲音從他身後的陰影中傳出來。「我們已經好多了，多虧煤皮。」

火心聽得出來小雲的聲音比起在雷族營地時有元氣，這位年輕戰士的眼睛在昏暗中閃著光芒。「聽起來確實好了許多，」他承認，轉身望向年輕的巫醫，「妳是怎麼治療的？黃牙似乎認為這是不治之症。」

「我大概是找到了草藥及漿果的正確配方。」煤皮開心地回答。火心注意到她又展現出許久不見的自信了，他也看出那正是他曾訓練過的那個生氣蓬勃、意志堅強的見習生。

「做得好！」他說。他直覺想到，如果藍星聽到雷族貓找出了治療影族怪病的藥方，將會多麼高興。不過，隨後他又想到藍星已不再是以前那個族長了，跟她透露煤皮將影族貓藏在雷族境內，或許不大保險。她的判斷力已因為過度擔心遭到攻擊而蒙上了陰影。

火心知道只要影族貓還留在這裡，就有安全上的問題。他擔心藍星若發現他們仍在雷族地盤，會立刻下達格殺令。「很抱歉，煤皮。」他搖搖頭，「他們得離開。待在這裡不安全。」

煤皮沮喪地甩動尾巴。「他們還太虛弱，沒辦法回到自己的營地。我或許能治療他們，不過我不是高明的獵人。他們已經好幾天沒有好好吃東西了。」

「我去替他們找些獵物，」火心自告奮勇，「那應該可以讓他們有足夠的力氣回家。」

「可是我們回去之後要怎麼辦？」陰影中，白喉啞著嗓子說。

火心無法回答，不過他不能冒險讓傳染病在雷族營地傳開來。要是影族巡邏隊進入雷族地盤尋找他們失蹤的戰士呢？「我會找食物給你們；然後你們就得離開。」他再說一次。

小雲撐起身體好坐起來，他的腳掌劃過堅硬的地面，聲音嘶啞而尖銳。「請別將我們送回去！夜星病得很重。那種疾病彷彿每天都要奪走他一條命，大部分的族貓都認為他快死了。」

火心皺眉。「他應當還有很多條命。」

「你沒看到他病得多重！」白喉叫道，「全族都嚇壞了。沒有一隻貓準備好要接他的位子。」

「煤毛呢，你們的副族長？」火心問。兩隻影族貓將目光移開，沒有回答。那是意謂者煤毛已經死了，還是他太老了，沒辦法擔任族長？煤毛和夜星一樣，在碎尾被驅逐時已經是長老了。火心覺得他的同情心勝過了他的理智。「好吧。」他無奈地嘆了口氣，「你們可以待在這裡，直到有足夠力氣上路為止。」

「謝了，火心。」小雲喘著氣說，感激之情溢於言表。火心點頭致意，了解對這些驕傲的影族戰士來說，要承認自己得仰賴他族的協助是多麼困難的事。

他轉身走到煤皮面前，她在他經過時小聲地說：「謝了，火心。我知道你懂我為什麼收留他們。」她的眼裡充滿悲憫，「我不能眼睜睜看著他們死掉。即使……即使他們是別族的貓。」火心知道她想起了銀流，那個她搶救不了的河族貓后。

他關愛地舔舔她的耳朵。「妳是天生的巫醫，」他說，「所以黃牙才會選妳當見習生。」

火心沒花多少時間就替影族貓抓到了一隻歌鶇及一隻兔子。森林的這個地區獵物很多。他謹慎地行進，避免越到河族邊界，雖然他其實很想——那邊的獵物氣味很濃，而且火心已經很久沒嘗過水鼠的味道了。不過他對在陽光岩旁捕到的肥兔子相當滿意，而那隻歌鶇因為忙著撬開一隻蝸牛，沒察覺火心悄悄逼近，而被他輕鬆得手。

他折返時，煤皮正蹲伏在老橡樹旁，將漿果嚼爛吐入她的草藥混合物裡。火心把新鮮獵物輕輕推進樹根洞穴，不過他沒有進去，惡臭的病氣讓他繃緊神經。

煤皮忙著調配藥汁，在一旁觀看的火心忽然擔心起眼前這位瘦小的貓醫。她進出那個洞穴一定好多次了。「妳還好吧？」他輕聲問。

煤皮從草藥中抬眼看他。「是的，我很好，」她回答，「我很高興你發現了這兩隻貓。我不喜歡一直瞞著族裡。」

火心不自在地甩動尾巴。「我想我們應該保密。」他告訴她。

煤皮瞇起眼精。「你不打算告訴藍星？」

「正常情況下我會——」火心躊躇不決地說。

「不過，她對虎爪的事還耿耿於懷。」煤皮替他說完。

火心嘆了口氣。「有時候我以為她已經好轉了，不過她又會說些……」他欲言又止。

「黃牙說她得花點時間才能痊癒。」煤皮說。

「她也注意到了？」

「老實說，」煤皮遺憾地說：「我想大部分的族貓都注意到了。」

「他們怎麼想？」火心不確定自己真的想聽到答案。

「一直以來，她都是英明的領袖。他們在等她恢復正常。」煤皮的回答讓火心感到安心。他們對族長的信心令人感動，也應該有這樣的信心。藍星當然會好起來。

「妳要跟我一起回去嗎？」火心問。

「我得先把這邊的事做完。」煤皮又用牙齒叼起另一顆漿果開始咀嚼。

火心離去時，突然覺得讓煤皮留下來獨自面對影族貓，以及令人不寒而慄的惡臭，好像有些殘忍。他不知道讓這兩隻病貓留下來是不是明智之舉。

他在雷族營地外一座枝葉濃密的灌木叢下，將自己仔細舔拭了一番。影族病貓的惡臭讓他忍不住瞇起眼睛來。他很想在訓練場後方的溪邊喝口水，去掉那股氣味，不過那條小溪幾天前就乾涸了。他想喝水，就得溯溪上到河道那兒，可是時候不早了，他得回營地，免得族貓開始懷疑他去哪裡了。改天再去找灰紋吧。

火心從金雀花隧道走入空地時，沙暴迎上來。「去狩獵？」她問。

「老實說，去找灰紋。」火心決定將最容易說出口的事實招出來。

「那我想你沒看見雲掌去哪兒了。」沙暴問，顯然對火心的招供不感興趣。

「他不在營地裡？」

「他一早就出去狩獵了。」

火心知道她和他有同樣的疑慮——雲掌又去找兩腳獸了，「我該怎麼辦？」

「我們何不一起去找他？」沙暴建議，「或許我也和他談談，這樣可以讓他明白道理。」

火心感激地點點頭。「值得一試。」他同意。

火心帶頭走過大松林，兩隻貓輕聲跑過地面，一路上保持沉默。空氣平靜無風，他們腳下的松樹針葉柔軟而涼爽。對火心來說，這條小徑，與前往四喬木或陽光岩的路，同樣熟悉。不過沙暴比較謹慎，經常停下來聞聞嗅嗅，查看氣味標記。

他們離開松林進入另一片翠綠的樹林，火心感覺得出沙暴的焦慮逐漸增強。當兩腳獸的窩牆在他們前方浮現時，他瞄了她一眼，發現她緊繃了肩膀。

「你確定這是他會走的路？」她低聲問，緊張兮兮地四下張望。一聲狗吠讓沙暴嚇得豎起全身的毛。

「沒事，那隻狗不會離開牠的花園。」火心安撫她，對自己知道這種事覺得很不自在。他剛加入雷族時，沙暴曾經嘲弄他出身寵物貓，但現在她已經完全接納他，視他為族貓了，他實在不願提醒她他出生在哪裡。

「兩腳獸不會帶牠們的狗來這裡？」她問。

「偶爾，」火心承認，「不過我們會得到很多的預警。兩腳獸的狗不會悄悄走過那些樹林。在聞到牠們的氣味之前，就會先聽到牠們的叫聲，而且牠們聞起來不是普通的臭。」他希望他的幽默能夠讓沙暴放心，不過她仍然神經緊繃。

「走吧，」他催促，「這裡有雲掌的氣味。」他在一株刺藤的花莖上摩擦臉頰。「妳覺得這氣味聞起來新鮮嗎？」

沙暴湊過去嗅那株刺藤。「沒錯。」

「我想我們可以猜出他往哪裡走。」火心繞過那株刺藤，很高興至少這條路會帶他們遠離公主的花園。他暫時不希望沙暴跟他的寵物貓妹妹碰面。自從他將雲掌帶回營地後，全族都知道他去探視過她，不過他們不知道他和公主間的深摯親情，他也寧可不要讓他們知道。最好讓其他貓和他一樣確定，他儘管和妹妹手足情深，但仍心繫雷族。

當他們走近雲掌前一天爬過的圍牆時，火心突然感到一股不祥的寒意。那邊除了雲掌的氣味外，還有新的氣味。情況有點不大一樣。他帶著沙暴走向那棵銀白色的樺樹，她輕巧地跟著他躍上平滑的樹幹，躲進樹枝間。火心看到她嗅聞空氣時頰鬚不斷搖晃。

火心朝兩腳獸窩的窗戶窺探。窩裡暗得出奇，空蕩蕩的。一扇門猛然關上，發出雷鳴般的奇怪巨響，讓他忍不住跳了起來。他驚慌起來。

「怎麼了？」沙暴緊張地問，火心往下跳到圍牆上，尾巴的毛全都蓬了起來。

「事情不大對勁。裡面空蕩蕩的。妳待在這裡，」他吩咐，「我去裡面看看。」

他壓低身體匍匐經過花園。在靠近兩腳獸的窩門時，他聽到身後傳來腳步聲，趕忙轉身。他看到沙暴露出緊張卻堅定的神情。他朝她點頭，默許她依自己的意思跟在他身旁，然後轉身面向那道門。

這時，一隻怪獸開始發出隆隆巨響。火心沿著兩腳獸窩另一邊的隧道悄悄走去。他的毛因為恐懼而豎起，不過他仍繼續往前走，直到抵達路的盡頭。他從陰影處窺探陽光下這座由兩腳獸的窩與隧道組成、沒有樹的迷宮。

他能感覺到沙暴在他身旁喘息著，她的毛輕輕拂過他身上。「妳看。」他低聲說。一隻幾乎和兩腳獸窩一樣龐大的怪獸，站在轟雷路上。一個震耳欲聾的咆哮聲，從怪獸的肚子傳來。

兩腳獸窩的另一側又有一扇門啪啦一聲關上，兩隻貓都畏縮了一下。火心看到有隻兩腳獸朝那頭怪獸走去，手中拎著個晃來晃去的東西。那看起來像是用堅硬的枯樹枝編織成的巢穴。火心從那個巢穴一端的網孔中，看到一團柔軟的白毛。他再靠近一些窺探，認出那網孔後的臉，及那雙因驚嚇而瞪大的眼睛，腳下一軟。

是雲掌！

# 第十二章

「救命！別讓牠們把我帶走！」火心聽到轟隆作響的怪獸噪音中，夾雜著雲掌呼天搶地的吶喊。

那隻兩腳獸無動於衷，帶著雲掌爬到怪獸身上，再砰地一聲將門關上。在一陣令人窒息的廢氣中，怪獸朝轟雷路揚長而去。

「不要！等一下！」

火心沒理會沙暴的叫喊，衝出隧道朝那頭怪獸飛奔過去。粗糙的石頭路使他的肉墊一陣刺痛，他雖然跑得很快，但那頭怪獸的速度更快，最後它繞過一個轉角失去了蹤影。

火心停下腳步，他感覺腳掌刺痛，心臟狂跳。沙暴再度朝他喊：「火心！回來！」

火心絕望地看著怪獸先前站立的轟雷路，現在那裡已經空空的了。火心匆匆回到沙暴身旁，驚惶失措，茫然地跟隨沙暴，沿著隧道走過兩腳獸窩，穿越花園、躍過圍牆，進入安全的樹林裡。

「火心！」他們跳到鋪滿落葉的森林地表時，沙暴喘著氣叫道，「你還好吧？」

火心無法回答。他望著空蕩蕩的圍牆，試著搞清楚自己剛才看到的那一幕。兩腳獸偷走了雲掌！火心忘不了那隻年輕的貓惶恐的表情。牠們要帶他去哪裡？而不管是什麼地方，雲掌都不想去。

「你的肉墊都流血了。」沙暴小聲地說。

火心抬起一隻前腳，將腳掌翻過來檢查。他茫然地看著淌出的血，直到沙暴湊過來舔他傷口上的砂礫。他覺得一陣刺痛，不過並沒有出聲抗議。這種有節奏的舔拭撫慰了他，也勾起他遙遠的兒時回憶。令他恍惚的恐懼漸漸平復下來。「他不見了。」他失落地說。他的心好像是一根空心木頭，每次跳動都發出悲哀的鳴聲。

「他會找到回家的路的。」沙暴告訴他。火心看著她冷靜的綠色眼睛，萌生一絲希望。

「如果他想回家的話。」她補上一句。這句話讓他心如刀割，不過她的眼中充滿同情，火心知道她只是實話實說。「雲掌在他即將前往的地方或許會比較快樂，」她說，「你希望他快樂，不是嗎？」

火心緩緩點頭。

「那就走吧，我們回營地去。」沙暴淡淡地說，火心覺得心灰意冷。

「妳說得倒輕鬆！」他爭辯，「妳和族內其他貓都有血緣關係，雲掌是我唯一的血親。這下子我在族裡又是孤單的了。」

沙暴退縮了一下，彷彿被打了一巴掌。「你怎麼可以這麼說？你還有我啊！」她生氣地說，「我所做的一切不全都是為了你嗎？難道那毫無意義嗎？我還以為我們的友誼對你很重要，不過顯然我錯了！」她飛快轉身，尾巴掃過火心的腿上，快步衝進樹林裡。

火心看著她消失不見，對她的反應感到困惑。他不只腳掌刺痛，也覺得這是他有生以來最悲慘的一刻。他開始漫步穿過樹林，走遠路繞開公主的圍牆。他無法想像要怎麼告訴她，她的小貓出了什麼事。

他邊走邊擔心要如何向族裡其他的貓解釋這件事，想到這裡他感到更加悲慘。他想像著暗紋若發現他的血親又回去過寵物貓舒適的生活，會怎麼樣幸災樂禍。一日為寵物貓，終生為寵物貓！或許讓火心久久揮之不去的那種冷嘲熱諷，還是有那麼點道理。

一隻老鼠從松樹下倉惶跑過，轉移了火心的注意力。還是得餵飽族貓才行。火心立刻蹲伏下來，不過這次的狩獵毫無樂趣。他冷酷敏捷地追捕到那隻老鼠，將牠帶回營地。

當他抵達金雀花隧道時，太陽正要西沉。他停下腳步，深吸了一口氣穩定心情，然後走進空地，那隻老鼠在他口中晃來晃去。

全族都已經吃過晚餐，正聚在空地旁聊天。鼠毛在入口處迎接他，火心不曉得她是不是在那邊等他回來。「你出去好久，」她溫和地說道，「一切都還好吧？」

火心尷尬地將目光移開。他覺得應該先找藍星談雲掌的事。

「白風暴在你外出時已安排好傍晚的巡邏隊。」鼠毛繼續說。

「呃……好……謝謝。」火心結結巴巴地說。鼠毛彬彬有禮地點頭，然後離開。

火心看著她離去，試著告訴自己，雲掌不見了並不意謂著他在族裡就孤苦無依。雖然命名儀式進行得很草率，不過大部分的貓似乎都接納他擔任副族長了。火心只希望他可以確定星族也有同感；稍早的恐懼又彷彿鴉群大聲振翅般地籠罩了他。「雲掌不見了」是不是星族藉著奪走雷族一個有潛力的見習生，來懲罰雷族的徵兆？更糟的是，雷族的戰士祖靈是否藉此宣告「寵物貓就是跟族貓不一樣」？

火心覺得他的四肢似乎撐不住他的焦慮了。他將捕到的獵物丟在新鮮獵物堆上，四下張望。沙暴躺在追風旁邊，掌中抓著一隻麻雀。這隻薑黃色的母貓用譴責的眼神瞥了火心一眼，讓他畏縮了一下。他知道自己應該道歉，不過他得先找藍星談談雲掌的事。

火心前往族長窩，在入口處打了聲招呼。回應他的居然是白風暴，讓他吃了一驚。他將頭探入地衣簾幕，看到藍星正蜷縮在她的臥鋪內和白風暴聊天，她仰起頭，眼睛閃著光采。雷族族長看起來和其他戰士沒什麼兩樣，樂於有知心好友作伴。看到藍星露出心滿意足的表情，火心決定不讓他的壞消息打壞族長的好心情，決定晚點兒再告訴她。

「怎麼樣，有什麼事？」藍星問。

「我……我只是不曉得妳是不是餓了。」火心結結巴巴地說。

「噢，」藍星的語氣有點困惑，「謝謝，不過白風暴已經帶食物給我了。」她對著地板上那隻吃了一半的鴿子點點頭。

「呃……好，那我就不打擾妳吃飯了。」火心眼看她沒再追問，迅速退出。他回到新鮮獵物堆，挑出剛才捉到的那隻老鼠，帶到沙暴與追風躺臥的蕁麻叢。

沙暴看到他走過來，趕緊將目光移開，假裝忙著撕開新鮮獵物的翅膀。火心將他的老鼠擺在地上。

「嗨，」追風和他打招呼，「我還以為你會錯過晚餐呢。」

火心試著友善地回以呼嚕聲，不過卻發出嘶啞的嗓音。「忙了一天。」追風瞄向沙暴，她仍對副族長視若無睹，火心覺得看到這位健美的戰士動了一下頰鬚。

「剛才的事很抱歉。」火心小聲地對沙暴說。

「你是該道歉。」她喃喃說著，沒有抬頭。

「妳是值得信賴的朋友，」火心再接再厲，「很抱歉我讓妳認為我不懂得感激。」

「是啊，下次別這麼沒腦袋了！」

「那我們還是朋友？」火心問。

「我們一直都是朋友。」她淡淡地回答。

火心鬆了一口氣，躺在她身旁，開始大啖他的老鼠。追風不發一語，不過火心注意到他的眼中閃著看好戲的神情。他和沙暴的互動顯然引起其他戰士的注意。火心覺得渾身不自在，尷尬地望著空地。

暗紋坐在見習生窩前面和灰掌聊天。火心搞不懂他為什麼找塵皮的見習生聊天，而不是和其他戰士一起用餐。灰掌搖了搖頭，不過暗色的虎斑戰士繼續說下去，直到灰掌垂下眼睛，穿過空地朝蕁麻叢前進。

火心的耳朵扭了扭。他從暗紋看那個年輕的灰色見習生的神情，知道情況不大對勁。灰掌停在火心前面，矮小的身軀顯得僵硬，尾巴緊張地甩動著。

「怎麼了？」火心問。

「我只是在想，雲掌不知道去哪裡了，」灰掌說，「他說晚餐時候會回來。」

火心的眼神跳過那個見習生，看向正緊盯著他們的暗色虎斑貓，他那雙琥珀色的眼睛毫不掩飾地流露興趣盎然的眼神。「告訴暗紋，如果他想知道，可以自己來問我！」他厲聲說道。

灰掌畏縮了，「我……對不起，」他結結巴巴地說，「暗紋告訴我……」見習生換了個姿勢，然後突然抬眼，直視火心的眼睛。「其實，不只是暗紋想知道，我也很擔心。雲掌答應過這時候就會回來的。」灰毛見習生猶豫著，將目光移開，然後把話說完：「不管雲掌會做出什麼事，他一向說到做到。」

火心訝異極了。他從沒想過雲掌會像其他戰士一樣，能得到同伴的尊重與肯定；不過灰掌所謂的「不管他會做出什麼事」，到底是什麼意思？

# 第十三章

「雲掌還好吧？」灰掌問道。

火心眨眨眼，想找出適當的字眼來解釋雲掌的失蹤。「我想雲掌已經離開雷族了。」他終於喃喃開口。木已成舟，沒有必要掩飾了。

灰掌震驚又疑惑地瞪大眼睛。「離——離開？」他重複火心的話。「可是他……他應該會告訴我們的。我是說，我從沒想過他會留在那邊！」

「留在哪邊？」追風厲聲追問，坐直身體，「怎麼回事？」

灰掌心虛地瞄了火心一眼，知道他已經洩露朋友的祕密了。

「回去吃晚餐，」火心溫和地說。「你可以告訴暗紋，雲掌已經回去過寵物貓的生活了。不需要再保密了。」

「我只是很難相信他真的走了，」灰掌黯然地說，「我會很想念他的。」說完轉身拖著沉重的步伐走回見習生窩，暗紋則像隻飢餓的貓頭鷹，坐在那邊等著。到日落時，這個消息就會傳遍營地了。

「雲掌去哪裡了？」追風轉身質問火心。

「他回去和兩腳獸一起生活了。」火心回答，每個字都像沉甸甸的石頭陷入燠熱的森林空氣中。他仍聽得見雲掌令人心碎的求救聲，不過火心覺得，替那個行為偏差的見習生找藉口一點用也沒有；大家都記得，雲掌是吃了兩腳獸餵的食物才變胖的，這樣他要如何向族貓解釋，雲掌是在不得已下被帶走的？

追風皺著眉頭。「暗紋聽了會很開心。」

果然那位虎斑戰士一聽到灰掌透露這個消息，便得意地隔著空地望了過來。火心心情沉重地看著他朝長尾和小耳快步走去，雲掌失蹤的消息開始像長春藤陰暗的藤蔓在族內蔓延開來。小耳和其他長老擠在橡樹的枝椏間討論這個消息；長尾對他的前任導師點點頭，朝育兒室走去。正如火心最擔心的，暗紋巴不得全族都知道，火心的家人已經回頭當寵物貓了。

「你不打算做些什麼嗎？」沙暴問，一副忿忿不平的口氣，「就這樣眼睜睜地看暗紋將雲掌的事告訴全族嗎？」

火心搖搖頭。「我還能怎麼解釋呢？」他沮喪地說。

「你可以向全族說明啊！」沙暴口氣嚴厲，「向大家解釋究竟發生了什麼事。」

「雲掌一開始接受寵物貓的食物，就代表他拒絕野貓的生活了。」火心指出重點。

「那麼，你至少應該告訴藍星。」沙暴催促他。

「太遲了。」追風喃喃地說。

火心循著那位褐毛戰士的眼神望去，看到暗紋正朝藍星的窩走去。就在她最需要平靜的時候！今晚她又要心神不寧了。火心不滿暗紋公報私仇，生氣地甩動尾巴，不過他知道自己的怒氣主要還是針對雲掌。

「算了，你還是吃你的晚餐吧。」沙暴說，語氣溫和多了。不過火心已經一點胃口也沒有了。他只是望著空地，回應其他貓在知道雲掌離族後投過來的眼神——有些是焦慮，有些則是充滿好奇。

追風的尾巴掃過火心的一隻後腿。「瞧。」

暗紋毫不掩飾，樂不可支地朝他們走來。「藍星要見你。」他大聲對火心說。火心無奈地嘆了一口氣，站起來朝族長窩走去。

他在入口遲疑了一下，有一點焦慮。藍星難免會把雲掌的失蹤視為雷族又有一隻貓叛族了。這是不是意謂著她也要因為火心的寵物貓出身而開始懷疑他？

「進來，火心，」藍星叫喚道，「我可以聞到你在外頭鬼鬼祟祟的。」

他推開那片地衣簾幕。藍星蜷縮在她的臥鋪裡，白風暴在她身旁，好奇地瞪大眼睛。火心豎起耳朵，努力使它們不要再緊張的扭動。

「原來你先前來見我是為了這件事，」藍星說，「還問我是不是餓了，說得像真的一樣！」她開心的呼嚕聲令火心驚訝。「你通常只會在以為我奄奄一息時，才想到要送食物過來。你害我以為營地裡開始傳聞我命在旦夕了！」

火心無法相信她對雲掌的事看得這麼開。「我——很抱歉，」他支支吾吾地說，「我原本打算跟妳提雲掌的事，不過妳看起來那麼……平靜。我不想讓妳煩心。」

「我最近或許心情不好，」藍星點頭承認，「不過我可不是老糊塗。」她繼續說下去，眼神正經起來。「但我仍然是你們的族長，我必須知道族裡發生的每一件事。」

「是，藍星。」火心回答。

「好了，暗紋告訴我，雲掌去和兩腳獸住了。你早就知道會發生這種事？」

火心點點頭。「我也是最近才知道的，」他補充說，「昨天我看見他到一個兩腳獸的窩找東西吃。」

「你認為可以自己糾正他。」藍星喃喃地說。

「是。」火心瞄了白風暴一眼，他在一旁安靜地看著，把一切都看進老邁的眼裡。

「你不能告訴一隻貓，他的心裡應該有什麼感覺，」藍星警告，「如果雲掌心裡渴望過寵物貓的生活，那麼即使是星族也無法讓他回心轉意。」

「我知道，」火心同意，「不過情況沒有那麼單純。」他不想為雲掌的行為找藉口，換取族貓的諒解，然而他要讓藍星知道事情的始末。不過，他不敢確定說出來是為了雲掌，還是為了他自己。「他是被兩腳獸強行抓走的。」

「抓走？」白風暴重複了一次，「你為什麼這麼說？」

「我看到他被帶進一頭怪獸裡，」火心解釋，「他大聲求救。我追上去，卻救不了他。」

「不過他在那些兩腳獸的住處取食已經有一陣子了。」藍星瞇起眼睛提醒他。

「沒錯，」火心承認，「我昨天和他談過這件事，我不確定他是不是真的想當寵物貓。他似乎仍認為自己是族裡的貓。」火心不自在地吞口水。「我不認為雲掌知道，自己違反戰士守則的情節有多嚴重。」

「你確定他是雷族需要的那種戰士？」藍星問。

火心將眼睛垂下來，為他的見習生感到羞愧，也明白藍星話裡的意思。「他還年輕，」火心淡淡地說，「我想他有心要當部族貓，只是還沒發現這點。」

「火心，」藍星親切地說，「雷族需要忠誠、勇敢的貓，像你這樣。如果雲掌被抓走了，那或許正是星族的本意。他雖然不是在森林誕生的，不過他加入雷族夠久了，足以讓我們的戰士祖靈對他有興趣。別太難過。無論他去哪裡，星族都會保佑他找到幸福的。」

火心緩緩抬起眼，望向他的老導師。「謝謝妳，藍星。」他說。他想要相信星族是為了雲掌好，而不是在懲罰雷族，或是用帶走那位見習生的方式來否定寵物貓。他還有一點懷疑，不過他很感激族長的同情，也很欣慰她沒有因為雲掌的失蹤而有任何負面的觀感。

當晚火心又作夢了。清澈的夜空在上方延伸，他的夢將他帶到森林之上，往四喬木去，繁星編織成的爪抓住他，將他拋在巨岩上。火心感受到腳底下那塊巨礫亙古的力量，也享受著肉墊下那顆光滑石頭的涼意，他的肉墊仍因為追逐雲掌時劃傷而刺痛。他感覺到斑葉來了，而且還有一種欣慰感：她沒像上回一樣，在夢裡遺棄他。

「火心。」熟悉的聲音在他耳畔低語，火心猝然轉身，預期會看到那隻巫醫的花斑毛在月光下閃閃發光。不過不見她的蹤影。

「斑葉，妳在哪裡？」他叫道，他的心因為期盼而痛苦。

「火心，」那聲音再度呢喃，「留心像在睡覺的敵人。」

「什麼意思？」火心問道，胸前一緊，「什麼敵人？」

「留心。」

火心睜開眼，霍然抬起頭來。窩內仍一片漆黑，他可以聽到其他戰士平穩的呼吸聲。他奮力站起身，步履蹣跚地朝入口走去。悄悄走過暗紋身邊時，火心注意到這位戰士的耳朵警覺地豎立，雖然他的眼睛仍閉著。

留心像在睡覺的敵人。火心的腦中再度響起這句警告，不過他揮開這種念頭。斑葉不需提醒他提防暗紋。火心很清楚，暗紋對雷族效忠，不見得也會對他效忠。斑葉警告的是別的事，是擔心火心自己渾然不察的事。

空地中遍灑銀白色的月光，涼風徐徐。火心坐在空地邊緣仰望繁星。斑葉到底是在替火心擔心什麼？他回想自己最近遇上的每件事——藍星復原、雲掌失蹤、發現了影族病貓。影族貓！煤皮說她已經治好他們了，不過或許沒有。或許他們只是看起來好一點了。火心感到一陣驚慌，彷彿尾巴被蝨子咬了似地。斑葉或許知道疾病的威脅尚未過去；或許是在警告他，疾病已經在雷族營地蔓延開來。火心愈想就愈篤定：這就是夢境的含意。

蝙蝠從上方的樹林間飛過，無聲的翅膀似乎搧起了火心的警覺之火。他怎麼能讓影族貓留在雷族地盤上？他並沒有問煤皮是不是治好他們了。他一躍而起，默默地快跑過空地，越過蕨葉隧道，進入黃牙的巢穴。

他停下腳步，喘著氣。黃牙刺耳的鼾聲從前方陰暗的岩縫裡傳來。火心可以聽到煤皮較輕微的呼吸聲，從空地旁蕨叢間的窩裡傳出。他探頭到那個小洞。「煤皮！」他壓低聲音，急忙地叫道。

「是你嗎，火心？」她昏沉沉地喵著。

「煤皮。」火心又叫了一聲，聲音大得足以讓那隻灰貓張開眼睛。

她瞇眼看他，然後緩緩翻身趴著，再抬起頭。「怎麼了？」她問，皺著眉。

「妳確定影族病貓都好了？」火心質問。他壓低聲音，雖然他知道黃牙從她的巢穴聽不到他的聲音。

煤皮困惑地眨眨眼。「你把我吵醒就為了問這件事？我昨天就告訴過你了，他們已經有起色了。」

「不過他們還在生病？」

「唔，是的，」煤皮承認，「不過病情已經不像原先那麼嚴重了。」

「妳呢？妳有沒有出現那種症狀？有沒有族裡的貓曾經因為發燒或疼痛來找妳？」

煤皮打了個呵欠，伸伸懶腰。「我很好，」她說，「影族貓很好。雷族的貓也很好。」她疲憊地搖搖頭，「大家都很好！你到底在緊張什麼？」

「我作了個夢，」火心不安地解釋：「斑葉來告訴我，要留心像在睡覺的敵人。我想她指的是疾病。」

煤皮反唇相譏：「那個夢或許是警告你，可憐的老煤皮已忙了一整天，別去吵醒她，否則你的頰鬚可能會被扯掉！」

火心發現煤皮看起來真的累壞了。她最近比平常更忙，既要照顧小雲和白喉，還得處理營地裡分內的工作。「抱歉，」他說，「不過我想那些影族貓得離開。」

煤皮這才將眼睛完全張開。「你說過他們可以留到病況好轉的，」她提醒他，「你就因為這場夢而改變主意？」

「斑葉的話以前也曾應驗過，」火心回答，「我不能冒險讓他們留下來。」

煤皮沉默地望著他好一陣子，然後說：「讓我先和他們談談。」

火心點點頭。「不過妳明天一定要處理。」他堅持。

煤皮將下巴托在前掌上。「我會告訴他們，」她同意，「不過如果你的夢錯了呢？如果影族像他們所說的，被那種疾病逼得走投無路，你或許會害得他們只有死路一條。」

火心覺得呼吸不過來，不過他知道他必須保護自己的族貓。「妳可以教他們如何調配那種藥方，對吧？」他建議。

煤皮點點頭。

「好，」火心繼續說，「如果妳教會他們，他們就可以照顧自己了，甚至可以協助他們自己的族貓。」想到自己並不是對那些已經走投無路的影族貓置之不顧，他鬆了一口氣，不過他還是想要解釋為什麼他們得離開。「煤皮，我必須聽斑葉的……」突來的一陣酸楚，讓他陷入沉默。周遭的蕨叢氣息使他更加思念那隻巫醫，因為她就是在這種環境中生活和工作的。

「你談起她的口氣彷彿她還活著，」煤皮邊說邊閉上眼睛，「你為什麼不能讓她安息？我知道她對你而言很特別，不過要記住在我忍不住想起銀流時，黃牙告訴我的話：**將妳的精力投注在今天，別再為過去而憂心。**」

「懷念斑葉有什麼不對？」火心抗議。

「因為當你夢見她時，還有另一隻貓——一隻活生生的貓——在你面前，你要想的應該是她才對。」

火心困惑地望著煤皮。「妳在說什麼？」

「你沒有注意到嗎？」

「注意到什麼？」

煤皮張開眼睛，抬起頭。「火心，族裡每隻貓都看得出來，沙暴非常、非常喜歡你！」

火心覺得渾身一陣燥熱，打算反駁，但煤皮不理他。「快走吧，讓我休息，」她喃喃說著，再度將下巴托在腳掌上，「我明天會叫小雲和白喉離開，我保證。」

抵達蕨葉隧道時，火心可以聽到煤皮輕柔的鼾聲與黃牙穩定而刺耳的鼾聲此起彼落。他走進空地時仍心亂如麻。他知道自己剛加入雷族時，沙暴遠比他所預期的更喜歡他、敬重他，不過卻他不曾想過，她對他有比友誼更強烈的感情。他突然想起她在舔他被刺傷的腳掌時，一雙淺綠色的眼眸是多麼柔和，他感覺到一股不曾有過的悸動。

# 第十四章

隨後幾天，雷族地盤內的溪水漸漸枯竭，直到最後唯一能找到的淡水，就在河族邊界附近，陽光岩的另一側。

「從來沒有哪個夏天像這樣，」獨眼發著牢騷，「森林乾得像小貓的臥舖。」

火心仰望天空尋找雲的跡象，默默向星族祈禱能快點下雨。乾旱逼得雷族貓必須走到水源處找水，距離煤皮收容那些影族病貓的地點愈來愈近，他不想冒險讓巡邏隊接觸到殘存的病菌。同時，他也因為缺水而忙得焦頭爛額；對這點他倒是有點心存感激，因為那讓他不用分心去思考雲掌會發生什麼事，以及他的見習生現在可能在什麼地方。

中午的巡邏隊剛回來，霜毛正準備集合一隊長老與貓后去河邊喝水。他們聚在空地邊的一個狹窄的陰影裡。

「星族怎麼會挑這種時候來一場乾旱？」小耳埋怨。火心從眼角餘光看到那隻灰毛老公貓朝他的方向瞄了一眼。火心全身一顫，回想起那位長老曾對破壞族裡慣例提出警告。

「讓我心煩的不是乾旱，」獨眼聲音嘶啞著說，「是森林裡的那些兩腳獸。我沒聽過那麼多吵雜的聲音，獵物全被嚇跑了，牠們的惡臭也把我們的氣味界標破壞掉了。下點雨或許可以趕走牠們。」

「我擔心的是柳皮，」斑尾說，「往返溪邊的路程蠻遠的，她不想離開她的小貓太久。不過如果她不喝水，奶水會乾掉，她的小貓就會餓肚子。」

「金花也是，」斑皮接著說，「如果大家都先把苔蘚泡過水再帶回來，我們就可以喝到裡頭的水了？」他建議。

「好主意！」火心喵了一聲。他不曉得自己為什麼沒想到這個辦法。或許是因為他一直想將育兒室——尤其是其中的一隻小貓——趕出他的腦海。「你今天可以帶一些回來嗎？」

那隻黑白相間的老公貓點點頭。

「我們會帶一些回來。」斑尾說。

「謝謝。」火心感激地朝她眨眨眼。他忍不住感到遺憾，雲掌想必會自告奮勇地幫助長老們。他和他們一向很親近，晚上聽他們說故事，有時候甚至和他們分享食物。長老們似乎根本沒注意到雲掌不在。一想到這裡，火心就感到痛心。火心是不是唯一相信雲掌能適應森林生活的貓？他煩躁地晃動耳朵。或許藍星說得對，那隻年輕的貓決定離開是正確的決定。不過火心還是忍不住想念他。

他跟沙暴與蕨毛打招呼，他們剛結束中午的巡邏回來，正在蕁麻叢的陰影下休息。他們立刻躍起身，朝他快步走去。

「你們能不能護送小耳和其他長老？」火心說，「我不知道他們應該離河邊多遠，但是他們可能遇上河族的巡邏隊，需要支援。」他停了一下，「我知道你們已經很累了，不過其他貓都出去做訓練了，而我和白風暴必須在營地留守。」

「沒問題。」蕨毛一派輕鬆地說。

「我不累，火心。」沙暴堅定地回答，並用她綠葉般的眼睛望著他。

火心回想起幾個晚上煤皮對他說的話，不禁緊張起來。「呃，太好了。」他喵了一聲，稍微大聲了點。他開始不自覺地舔拭胸口，當他注意到蕨毛正在興致盎然地扭動著頰鬚時，他舔得更用力了。

等到那兩隻貓離開金雀花隧道，只剩他留在空曠的空地上時，火心才鬆了一口氣。白風暴在藍星的巢穴裡陪她。柳皮與金花在育兒室帶小貓。火心注意到虎爪的小貓過去幾天在金花的鼓勵下，搖搖晃晃地在營地裡走動。他發現自己雖然刻意迴避那隻小貓的眼神，但也逐漸習慣有他參與的生活作息。

此刻，火心聽著那隻小貓和其他小貓的咪嗚聲，想著如果他們的母親沒能早點喝到水，他會有多餓。他真希望他們不需要大老遠跑到河邊。他腦中也浮現那群貓后與長老緩緩走過灌木叢的畫面：沙暴負責殿後，一身薑黃色的毛在綠葉間顯得格外搶眼。突然間他心頭一震，想起那些影族的病貓。如果煤皮沒有真的把他們送走、他們還藏在那裡，事情會如何？

火心一陣顫慄。他匆匆走向黃牙窩前的空地，差點和從隧道入口一跛一跛走出來的煤皮撞個滿懷。

「你在幹嘛啊？」她開心地喵了聲，但一看到火心愁眉苦臉的樣子，臉色馬上變了。

「妳有沒有告訴小雲和白喉他們必須離開？」火心著急地問。

「這我們早就談過了。」煤皮不耐煩地嘆了口氣。

「妳確定他們走了嗎？」

「他們答應當晚就離開。」她那雙藍眼睛不服氣地瞪著火心。

「沒有留下疾病的惡臭？」他繼續追根究柢，憂心忡忡。

「聽著！」她生氣地叫道，「我叫他們離開，他們說他們會走。我沒空跟你扯這件事。我還有漿果要採，如果不去，就會被鳥吃掉。如果你對那些影族貓的事有疑問，為什麼不自己去看看？」

巫醫的巢穴裡傳來一聲低吼。「我不知道妳在外頭跟誰聊天，不過立刻給我閉嘴，去採漿果！」

「對不起，黃牙，」煤皮轉頭叫了聲，「我只是在跟火心說話。」她譴責地望著火心，這時黃牙的聲音再度傳來。

「唔，叫他別再浪費妳的時間了，否則我就跟他算帳！」

煤皮的肩膀垂了下來，頰鬚也看好戲似地扭動著。火心覺得很抱歉，「對不起一直拿這件事煩妳，煤皮。不是我不相信妳。只是我——」

「你只是個焦躁的老頑固，」她說，親切地在他的肩膀頂了一下，「你如果想要安心，就自己到那個樹根洞穴查查看吧。」她經過他身旁，一跛一跛地朝營地入口走去。

煤皮說得沒錯。火心知道只有親自去到那棵老橡樹，確定那邊已經沒有兩隻影族貓的蹤跡和病氣，他才能放心。可是他目前走不開。營地內的戰士就只剩他和白風暴。火心沮喪又憂心，在空地上踱步。他在高聳岩下方轉身，正準備再走一趟時，瞥見白風暴朝他走了過來。

「你決定傍晚的巡邏隊成員了沒有？」白毛戰士問。

「我想追風可以帶刺掌及鼠毛一起去。」

「好主意。」白風暴漫不經心地回答。他顯然另有所思。「亮掌能不能參加明天黎明的巡邏隊？」他問。「那種經驗對她有好處。我……我最近疏於訓練她。」白風暴的耳朵扭了扭，火心不自在地想到，白毛戰士近來陪藍星的時間愈來愈長。他忍不住懷疑，白風暴是不是擔心如果讓族長獨處太久，她可能會做出什麼傻事來。不過火心也感到欣慰，族裡還有另一隻貓——也是最受敬重的資深戰士——和他一樣關心他們心煩意亂的族長。

「當然。」他同意。

白風暴坐在火心旁邊，望著空地。「今天下午很安靜。」

「沙暴與蕨毛帶長老和貓后們去河邊喝水。斑皮建議要帶些沾了水的苔蘚回來給柳皮及金花補充水分。」

白風暴點點頭。「或許他們可以和藍星分享。她似乎不肯離開營地。」老戰士壓低聲音，「她最近都在早上舔樹葉上的露珠，不過天氣這麼熱，她需要更多水分。」

火心忍不住擔心起來。「她前幾天看起來比較好。」

「她是在康復中，」白毛戰士安慰他，「不過，她……」他說不下去了，雖然老戰士深深皺起的眉頭令火心惶恐，彼此卻心照不宣。

「我了解，」他喃喃說道，「他們回來時我會叫斑皮拿一些給她。」

「謝謝。」白風暴朝火心瞇起眼，「你表現得很好，你知道的。」他平靜地說。

火心坐直身體。「什麼意思？」

「擔任副族長。我知道不是那麼容易，藍星……的狀況，再加上乾旱。不過我不認為族內有任何一隻貓會覺得藍星任命你當副手是錯誤的決定。」

暗紋、塵皮，以及半數的長老除外，火心想。然後他體認到這樣想太失禮，因此感激地朝白毛戰士眨眨眼。「謝謝你，白風暴。」他呼嚕了一聲。這隻睿智的老貓這麼稱讚他，令他精神也為之一振，他尊重白風暴的意見，就像他尊重藍星的意見那樣。

「還有我很遺憾雲掌發生那樣的事，」白風暴繼續和藹地說，「你一定很難受。畢竟，他是你的親戚，我想族裡的貓難免認為這種親情難以割捨。」

火心對這位戰士的觀察入微感到詫異。「唔，沒錯，」他略為猶豫地開口，「我會想念他。不只因為他是我的親戚，更因為我真的相信他會成為優秀的戰士。」他瞥了白風暴一眼，還以為那隻老貓會反駁他，沒想到他點頭同意。

「他會是個好戰士，也會是其他見習生的好朋友，」白風暴同意，「不過星族或許對他的命運另有安排。我不是巫醫，無法像黃牙或煤皮那樣解讀星象，無論我們的戰士祖靈要將我們帶往何處，我一向樂於信任他們。」

**所以你才會成為這麼高貴的戰士**，火心想著，對白風暴的恪遵戰士守則充滿崇敬。**如果雲掌有一根鬍鬚能體會到這點，或許情況會截然不同……**

營牆外傳來鵝卵石喀啦喀啦的聲音，兩隻貓跳了起來。火心朝營地入口衝過去，斑尾和其他貓則沿著遍布岩石的斜坡疾奔而下，揚起陣陣砂塵。他們的毛豎起，眼中充滿驚慌。

「兩腳獸！」斑尾抵達谷底時喘著氣大叫。

火心抬頭，看到蕨毛與沙暴正在協助長老們沿著一個個巨石吃力地往下走。

「沒事，」沙暴朝下方呼喊，「我們甩掉牠們了。」

當牠們全都安全抵達谷底時，驚魂未定的蕨毛氣喘吁吁地解釋：「有一群年輕的兩腳獸。牠們追我們！」

另一隻貓發出驚慌的喵聲時，火心也忍不住寒毛直豎。「你們都沒事吧？」他說。

沙暴看了看四周，點點頭。

「好。」火心深吸一口氣穩住情緒，「那些兩腳獸在哪裡？在河邊嗎？」

「我們還沒抵達陽光岩。」沙暴回答。她的呼吸變得比較平穩，聲音也鎮定下來，眼裡開始閃著怒火。「牠們在樹林裡走來走去，不是在平常兩腳獸走的路上。」

火心設法不讓他們看出他的惶恐。兩腳獸很少像這樣冒險深入森林，「我們得等入夜後才能去取水。」他大聲做出結論。

「你想牠們到時候就會離開了嗎？」獨眼顫抖著問。

「牠們留下來做什麼？」火心儘管私下存疑，仍設法以自信的口吻安定大家的情緒。誰能預料兩腳獸會做出什麼事來？

「可是柳皮和金花怎麼辦？」斑尾煩躁地說，「她們很需要水分，等不到入夜。」

「我去帶一些回來。」沙暴自告奮勇。

「不，」火心說，「我去。」替柳皮取水讓他有絕佳的機會遵從煤皮的建議，親自去查看老橡樹下那個洞穴還有沒有影族貓和病氣。他朝沙暴點點頭。「我需要妳留在峽谷上方，監看有沒有兩腳獸出沒。」獨眼焦慮地喵了一聲。「我確定牠們已經走了，」火心安撫長老，「不過有沙暴警戒著，你會很安全的。」他看著那隻薑黃色貓閃閃發光的翠綠眼眸，知道自己說的都是事實。

「我跟你一起去。」蕨毛說。

火心搖頭。他必須獨自前往，以免其他貓發現煤皮愚蠢的善行。「你必須和白風暴在營地留守，」他告訴這位淡薑黃色的戰士，「我要你立刻去跟藍星報告你剛才在森林裡見到聞到的一切。我會盡量多帶些苔蘚回來。其他貓得等日落後再去喝水。」

火心與沙暴一起爬上峽谷，接近谷頂時小心翼翼地嗅聞著空氣。這裡沒有兩腳獸的氣味。

「小心點。」火心準備朝森林出發時，沙暴低聲地說。

火心舔了舔她的頭頂。「我會的。」他溫柔地承諾。

兩雙綠色的眼神交會許久；然後火心轉身，全神戒備地爬過樹林，沿著最濃密的灌木林前進；他豎起耳朵，半張開嘴，聚精會神地留意兩腳獸的蹤跡。在接近陽光岩時，他聞到牠們不尋常的臭氣，不過那已經是很久以前的味道了。

火心轉身穿越樹林，前往河流上方的斜坡，那也是河族的邊界。在查看是否有河族巡邏隊時，火心忍不住尋覓起好友灰紋那顆熟悉的灰頭。不過平靜無風的森林裡沒有任何貓的蹤跡。火心可以自由到溪邊取水，不必擔心受到盤問，不過他得先去查看那棵老橡樹下的洞穴。

他沿著邊界前進，每隔一棵樹就留下他的氣味，強化兩族的邊界。即使已經距離河水這麼近，森林仍缺乏新葉季應有的蒼翠，樹葉看起來枯黃憔悴。火心走沒多久，就看到那棵盤根錯節的橡樹，他靠近影族貓曾藏身的、滿布塵土的洞穴。

火心深吸一口氣。疾病的惡臭已經消失了。他安心了，決定很快往裡頭看一眼就去取水。他往前走，眼睛盯著那個洞。他蹲俯下來，然後小心翼翼地伸長脖子，朝那個臨時巢穴張望。

這時一個重物壓在他背部，兩隻爪子抓住他的兩側，他嚇得叫了出來。他又驚又怒地狂吼一聲，激烈地扭動身體，試圖將攻擊者甩開。不過那隻突襲他的貓抓得很緊。火心已有兩側被銳利的爪子刺痛的心理準備，可是抓住他的掌既寬又柔軟，爪子也沒有亮出來。一股熟悉的氣息傳入他的鼻中——這股氣息雖然帶有一些河族氣味，不過他還辨識得出來。

「灰紋！」他喜出望外地喵出聲來。

「我還以為你永遠不會來看我了。」灰紋發出呼嚕聲。

火心感覺到他的老朋友從他的背上滑下，才發現灰紋渾身濕漉漉地淌著河水，而自己身上的薑黃色毛也因為剛才的扭打沾濕了。他抖一抖身體，訝異地看著眼前的灰毛戰士。「你游泳過來？」他難以置信地說。雷族的貓都知道，灰紋非常討厭弄濕他的厚毛。

灰紋很快地抖抖身體，輕易地把毛上的水都抖開。他那身原來像苔蘚般吸水的長毛，如今看起來光鮮亮麗。「游過來比走到踏腳石那邊快多了，」他解釋，「何況，我的毛好像不再像以前那麼會吸水了。或許是吃魚的好處之一，我想。」

「唯一的好處，我想。」火心回答，皺起臉孔。他沒辦法想像魚的強烈腥味，能和雷族的山珍美味相提並論。

「習慣之後就不會那麼難聞了。」灰紋說。他親切地朝火心眨眨眼，「你的氣色不錯。」

「彼此彼此。」火心以呼嚕聲回應。

「大家還好嗎？塵皮還會惹事生非嗎？藍星呢？」

「塵皮還好，」火心開口，然後猶豫了一下，「藍星……」他想找出適當的字眼，不確定該向他的老朋友透露多少雷族族長的近況。

「怎麼了？」灰紋瞇起眼睛問道。

火心知道這位灰毛戰士太了解他了，不會看不出他的反應。他的耳朵不自覺地豎了起來。

「藍星還好吧？」灰紋的語氣充滿關切。

「她還好，」火心迅速安慰他，也鬆了口氣——灰紋注意到的是他對雷族族長的憂心，而非他對老朋友的警覺，「不過她最近和不大一樣了。自從虎爪……」他不確定該如何說下去。

灰紋皺眉。「那個惡毒的老魔掌離開後，你見過他嗎？」

火心搖搖頭。「沒有。我不知道藍星如果再見到他會有什麼反應。」

「她會把他的眼睛挖出來，如果我對她的了解沒錯的話，」灰紋說，「我很難想像有什麼事會讓藍星長時間意氣消沉。」

我希望那是事實，火心沮喪地想。他望向灰紋好奇的眼神，黯然明白他想與老朋友促膝談心的期望，只是不可能實現的夢想。灰紋已經是河族成員了，火心必須沉重地接受，他無法與別族貓鉅細靡遺地分享自己族長的弱點。同時他也發現，自己並不打算告訴灰紋雲掌失蹤的事——至少現在還不想說。火心試著告訴自己他不想讓灰紋操心，反正他的朋友也愛莫能助。不過他懷疑他的沉默或許是出於自尊。他不想讓灰紋知道煤皮發生意外後不久，他在擔任導師的任務上又再度受挫。

「在河族過得好不好？」他說，故意轉移話題。

灰紋聳聳肩。「和在雷族沒什麼兩樣。有些貓很友善，有些很剛戾，有些很有趣，有些……反正，他們就和一般部族貓沒什麼兩樣，我想。」

火心忍不住羨慕灰毛戰士能夠說得一派輕鬆。顯然灰紋的新生活容易多了，不像火心在成為副族長後必須負擔重責大任。而他的傷感中也夾雜著因灰紋離開雷族而萌生的一絲怨氣。火心知道他的朋友無法割捨他的小貓；他只是希望自己能多花點心力，將他們留在雷族。

火心將這些不友善的思緒拋在腦後。「你的孩子怎麼樣了？」他問。

灰紋自豪地呼嚕一聲。「他們棒極了！」他宣稱，「那隻小母貓就像她母親的翻版，一樣漂亮，而且連性情也一樣！她替她養母惹來一些麻煩，不過大家都很喜歡她，尤其是曲星。那隻公貓比較隨和，做什麼都開心。」

「像他父親。」火心說道。

「也幾乎同樣英挺。」灰紋吹噓，眼神樂不可支。

火心又感覺到跟老朋友相聚的喜悅。「我很想念你，」他說，忽然情不自禁地渴望灰紋能回到營地，再和他一起狩獵，並肩作戰。「你為什麼不回來？」

灰紋搖搖他寬大的灰頭。「我不能丟下我的孩子。」他說。

火心覺得難以置信——畢竟，小貓是由貓后扶養，不是父親——灰紋很快地接著說：「噢，他們在育兒室受到很好的照顧。他們待在河族會很安全又幸福。不過我不認為我狠得下心離開他們。他們會使我想起銀流的點點滴滴。」

「你那麼懷念她？」

「我深愛她。」灰紋淡然回答。

火心覺得嫉妒，接著又想起每當夢到斑葉時，醒來後自己感受到的憂傷。他走向前以鼻子撫觸灰紋的臉頰。只有星族知道他對斑葉是否也同樣的念念不忘。或是沙暴？火心內心深處有個聲音低聲地說。

灰紋也撫觸他，打斷了他的思緒，還幾乎讓他失去平衡。「別再多愁善感了！」他說，彷彿可以看穿他朋友的心事，「你不是真的專程來這裡看我的吧？」

火心沒料到他會這麼問。「唔，不完全是啦……」他承認。

「你是在找那兩隻影族貓，對吧？」

「你怎麼知道他們的事？」火心反問，愣住了。

「我怎麼會不知道？」灰紋叫道，「他們發出一股惡臭。影族貓原本就夠難聞了，病貓更是……噁！」

「河族其他的貓知道他們的事嗎？」火心警覺到，其他族或許會發現雷族又在庇護影族貓，而且是病貓！

「我想是沒有，」灰紋要他安心，「我自告奮勇要巡邏河的這一端。其他貓以為我想家，所以就任由我來。我想他們私底下盤算，我若聞夠了森林的氣味，就會回雷族去。」

「可是你為什麼要這麼保護影族的貓？」火心困惑地問。

「他們抵達後不久，我就來找他們談過了，」灰紋解釋，「他們告訴我，是煤皮把他們藏在這裡的。我想如果煤皮與此事有關，那你肯定會知道。庇護兩隻體弱多病的貓是你一心軟就會做的事。」

「其實我剛發現的時候並不覺得感動。」火心承認。

「不過我敢說你就任她去做。」

火心聳聳肩，「唔，是的。」

「她總是把你吃得死死的，」灰紋親切地說，「反正他們已經走了。」

「他們什麼時候離開的？」煤皮信守承諾，讓火心鬆了一口氣。

「我幾天前還看到有一個在河的這岸狩獵，不過之後就不見蹤影了。」

「幾天前？」火心警覺到，原來影族貓不久前仍在這附近活動。是不是煤皮終究還是決定要照顧他們，直到他們能夠上路？想到這裡，他氣得毛都豎了起來，不過他相信她不會隨便作決定，也慶幸他們沒撞見前來取水的雷族巡邏隊。他們已經離開了，運氣好的話，疾病的威脅也會隨之消失。

「聽著，」灰紋說：「我得走了。我正在執行狩獵任務，今天下午還要帶幾位見習生。」

「你有自己的見習生？」火心問道。

灰紋堅定地看著他。「我不認為河族信得過我，願意派我來訓練他們的戰士。」他喃喃地說。火心分不出來他的老朋友扭動頰鬚是表示不在意，還是遺憾。

「改天再跟你碰面。」灰紋說完，以口鼻撫摩火心。

「那當然。」灰毛戰士轉身離去，火心感到一股無盡的傷感。斑葉、灰紋、雲掌……莫非命中注定，他得和他親近的每一隻貓生離死別？「保重了！」他叫道，看著灰紋走過蕨叢，往河邊走去，然後信心十足地涉水而過。那個戰士寬闊的肩膀滑過河水；他強有力的腳掌划水游動時，留下一道平穩的水痕。火心搖搖頭，希望自己能甩掉紛亂的思緒，就像灰紋在游泳後抖抖身體、甩掉身上的水那樣。然後他轉身朝樹林走去。

# 第十五章

火心將一球濕漉漉的苔蘚輕輕含在口中。一些水在回家的路上滴了出來，把他的胸部弄濕了，他感覺前掌一陣清涼，不過在一支巡邏隊於日落後去取更多水回來前，這應該足夠讓金花及柳皮解渴。

雷族貓三兩成群地聚在空地旁，夕陽緩緩滑落樹梢。他們大都吃飽了，在這個依慣例用來整理毛的時刻閒聊交誼。火心在金雀花隧道現身時，他們都停下相互舔拭的動作，與他打招呼。火心對追風及鼠毛點頭，還有正要出發作傍晚巡邏的刺掌。

斑臉正打算帶另一群長老去取水。她將他們集合在那棵橡樹倒木旁，火心經過時聽到小耳堅決的喵聲。「我們沿路得豎起耳朵，眼睛放亮點。」那隻灰色的老公貓繼續說道：「你們有沒有看到我耳朵上的缺口？那是我還是見習生時留下的。一隻貓頭鷹不知從哪竄了出來。不過我敢保證我的爪子傷得牠更深！」

火心的肩膀垂了下來，熟悉的貓族閒談總是能安慰他。影族貓離開了，就像煤皮答應的，而他也見到灰紋了。他悄悄走入育兒室，將苔蘚輕輕擺在柳皮與金花旁邊。

「謝了，火心。」柳皮說。

「晚餐後還有。」火心承諾，兩隻貓后開始舔那團苔蘚中珍貴的水滴。金花以口鼻壓擠苔蘚想再多擠出些水分來，火心則設法不去理會虎爪的小貓在暗處露出的飢渴眼神。

「太陽一下山，樹林中沒有兩腳獸，斑臉就會帶其他長老到河邊喝水。」火心解釋。

金花舔舔嘴唇。「牠們很久沒有在入夜後進森林了。」她說。

「我想小耳非常期待，」火心呼嚕著說，「他談起常在陽光岩附近獵食的那隻貓頭鷹的故事。可憐的半尾看來有點緊張。」

「讓他激動一下也有好處，」柳皮說道，「真希望可以和他們一起去。和貓頭鷹鬥上一個回合正好能讓我伸展筋骨！」

「妳懷念戰士生活嗎？」火心訝異地問道。柳皮躺在育兒室裡，她那快速茁壯的小貓在她身上爬來爬去，她看起來很愜意。他沒想到她或許很嚮往過去的生活。

「你不會嗎？」柳皮反問他。

「唔，會啊，」火心支支吾吾地說，「不過妳有妳的寶寶。」

柳皮轉過頭，將從她身側滑下去的一隻花色小母貓叼起來，擺在她的兩隻前掌間舔拭。

「噢，是的，我有我的寶寶，」她同意，「不過我懷念在森林中奔跑，自己獵食，還有巡邏邊界的時光。」她又舔了舔那隻小貓說：「我希望能帶這三隻貓第一次進入森林。」

「他們看起來會成為優秀的戰士。」火心說。他想起雲掌首次出征，進入白雪皚皚的森林，帶著一隻田鼠回來，這苦中帶甜的回憶湧上心頭，讓他不禁眨了眨眼。他向貓后們點頭致意，轉身離去，臨走時還偷偷瞥了虎爪的小貓一眼。火心忍不住猜想他會成為什麼樣的戰士。

「再見。」他擠身走出育兒室時低聲地說。

火心可以嗅到附近新鮮獵物堆飄來的誘人氣味，不過他還有件事情要辦，然後才能好好吃頓晚餐。他走過通往黃牙巢穴的空地。

那隻年邁的巫醫正在夕陽下休息，她的毛仍和往常一樣蓬亂無光。她抬起口鼻和火心打招呼。「哈囉，火心，」她嘶啞地說，「你來這裡做什麼？」

「找煤皮。」火心回答。

「幹嘛？你又想做什麼了？」煤皮的喵聲從她的蕨叢窩裡傳來，她也把灰頭探了出來。

「這是和副族長打招呼的態度嗎？」黃牙訓斥著，眼裡帶著笑意。

「我只有在被吵醒時才會這樣，」煤皮駁斥，爬了出來，「他似乎下定決心要讓我這幾天不能休息！」

黃牙瞇著眼望向火心。「你們兩個是不是在做什麼我應該知道的事？」

「妳在質問妳的副族長嗎？」煤皮逗她。

黃牙呼嚕著。「我知道你們不曉得在搞什麼鬼，」她說，「不過我不會追根究底的。我只知道我的見習生似乎又恢復正常了。那很好，因為當她像一團濕答答的蘑菇，垂頭喪氣地四處晃時，對任何貓都沒有好處！」

火心很開心能看到兩隻貓鬥嘴。煤皮在銀流過世前不久、成為巫醫黃牙的學徒時，他們就是這樣。他尷尬地在被陽光烤得炙熱的地面挪動腳掌。他來是想告訴煤皮，影族貓已經走了，不過黃牙在，不方便開口。

「怪了，」黃牙低鳴了一聲，刻意朝火心看了一眼，「我忽然想再到新鮮獵物區拿隻老鼠。」火心感激地朝老巫醫眨眨眼。「妳要吃點什麼嗎，煤皮？」她朝隧道走去時轉頭叫道。

煤皮搖搖頭。「好吧，我一下子就回來，」黃牙嘶啞地說，「也許是兩下子。」

等她不見蹤影，火心才輕聲說：「我去查看過那兩隻影族貓了。他們已經離開了。」

「我告訴你他們會走的。」煤皮回答。

「不過他們是幾天前才離開的。」火心補充。

「提前上路對他們沒有任何好處，」煤皮說，「我也必須確定他們在離開前已經學會如何調配草藥。」

看見煤皮如此固執，火心忍不住甩了甩尾巴，不過他無法跟她爭辯。他知道她由衷相信，照顧他們是正確的決定，而他多少也同意確實值得冒這個險。

「我說過我告訴他們得離開。」她說，但語氣不再那麼篤定。

「我相信妳，」火心親切地同意，「確認他們已經離開是我的責任，不是妳的。」

煤皮好奇地看著他。「你怎麼知道他們什麼時候走的？」

「灰紋告訴我的。」

「你和灰紋談過了？他好嗎？」

「他很好，」火心說，「如今他的泳技可不輸給魚了。」

「不會吧！」煤皮說，「我從來沒想過會這樣。」

「我也沒有。」火心同意，然後停了下來，滿臉尷尬，因為他的肚子餓得咕咕叫。

「去吃東西吧，」煤皮下令，「最好快點去，免得黃牙把整堆都一掃而空。」

火心俯身舔拭煤皮的耳朵。「待會兒見。」他說。

黃牙留了一隻松鼠和一隻鴿子讓他挑。火心選擇鴿子，他看了看空地，不知該在何處用餐。他察覺沙暴在看他，她將修長的身體伸展開來，尾巴均勻地捲在她的後腿上。

火心感覺心跳開始加速。忽然間，她的毛是不是花的、她的眼睛是淺綠色而非琥珀色，都不重要了。火心看著那位淡薑黃色的戰士，叼著鴿子想起煤皮告訴他的話：將精力投注在今天，別再為過去憂心。他知道斑葉會永遠留在他心中，不過他無法否認看到沙暴時背脊的震顫。他走過空地去找她。他將鴿子擺在她身旁，開始進食，他聽到她開始發出呼嚕聲。

忽然間傳來一陣激烈的叫囂聲，火心猛然抬起頭來。沙暴匆忙起身，只見鼠毛和刺掌飛奔進入空地。他們的毛上沾著血，刺掌還一跛一跛的。

火心趕緊將口中的食物吞下去，站起來。「怎麼了？追風呢？」

其他貓聚集在他身後，嚇得發出嘶嘶聲，毛全豎了起來，已有面對麻煩的心理準備。

「我不知道。我們被攻擊了。」鼠毛喘著氣。

「被誰攻擊？」火心追問。

鼠毛搖頭。「看不見。我們在陰影裡。」

「氣味呢？」

「距離轟雷路太近，聞不出來。」刺掌回答，氣喘吁吁。

火心看著眼前這位搖搖晃晃、站都站不穩的見習生。「去找黃牙，」他下令，「白風暴！」他呼喚那個已經由藍星的窩匆匆趕來的白毛戰士。「我要你跟我們一起去。」他轉向鼠毛，「帶我們去出事的地方。」

沙暴與塵皮充滿期盼地看著火心，希望被指派去。「你們兩個在營地留守，」他說，「這或許又是個圈套。以前發生過。」藍星只剩最後一條命，火心知道他必須嚴加防守營地。

他與白風暴並肩衝出營地，鼠毛喘著氣跟在他們身後。他們一起爬上峽谷，奔入森林。

火心看到鼠毛跑得很吃力，快跟不上了，於是放慢腳步。「盡量跑快一點。」他催促著。他知道她在打鬥後必定渾身痠痛，不過他們必須去找追風。他有一種可怕的感覺，認為這起攻擊鐵定與影族脫不了關係。小雲與白喉最近就現身在雷族地盤。他們是不是到頭來還是會陷雷族於不義？他本能地朝轟雷路前進。

「不，」鼠毛叫道，「往這邊。」她超過他，加快腳步，轉身朝四喬木前進。火心與白風暴快步跟上去。

他們在樹林間奔馳時，火心認出他曾走過這條路。這是小雲與白喉在藍星首次趕走他們時所走的路。影族突襲隊是不是從轟雷路下的石頭隧道過來的？

鼠毛在兩棵高大的白楊樹之間停下腳步。轟雷路在遠方隆隆作響，它的惡臭飄過灌木叢。就在前方，火心看到追風結實的褐色身體平躺在地上，毫無動靜，情況不妙。一隻黑白相間的公貓從上方望著那位聞風不動的戰士。火心震驚地認出那是白喉。

那位影族戰士看到一群貓朝他逼近，眼睛瞪得很大，開始往後退離追風，他腳步因驚嚇而踉踉蹌蹌。「他死了！」他哀嚎著。

火心雙耳壓平，怒不可抑。影族戰士是這麼回報別族的善意嗎？他沒有停下來看白風暴和鼠毛採取什麼行動，逕自發出一聲怒吼，朝白喉撲了過去，白喉往後退開，發出嘶聲。火心將他撞得往後退，白喉倒在地上，火心順勢朝他欺近，他卻毫不反抗。

火心困惑地低下頭，他的敵人無助地蹲踞在他下方，嚇得眼睛瞇成一條線。火心遲疑了一下，白喉趁機竄開，鑽進一叢刺藤。火心追了過去，不理會那些花刺。白喉應該是朝那座石頭隧道前進。火心繼續往前，但白喉奮力鑽出刺藤叢進入草地，火心只掃到他的尾巴。

火心不久就趕上，他看到白喉站在轟雷路邊。火心朝他飛奔過去，預料白喉會跑向那條隧道，不過他只是朝這位雷族戰士看了一眼，就往轟雷路直奔過去。

火心驚恐地看著那隻受到驚嚇的貓盲目地跑過堅硬的灰色地面。一聲震耳欲聾的轟隆聲傳來。火心往後退，一頭怪獸發出的帶著惡臭的強風朝他撲來，火心不自覺地緊皺起臉。等到怪獸經過後，他才張開眼，將毛上的砂粒抖落。一個殘缺不全的身影，動也不動地躺在轟雷路上。那頭怪獸撞上白喉了。

火心愣在那裡許久，煤皮發生意外的恐怖回憶湧上心頭。他看到白喉扭動了一下。火心無法眼睜睜地看著那隻貓躺在那邊。即使是殺了雷族最英勇戰士的影族敵人也不行。他朝轟雷路張望，沒看見怪獸的蹤影。他慌忙趕到白喉身邊。那隻公貓看起來比以前更瘦小，白色的前胸沾著血跡，在緩緩西沉的夕陽餘暉中像火般閃閃發亮。

火心知道若移動那隻貓，只會加速他的死亡。他震驚地打著顫，俯身看著眼前這位煤皮費盡千辛萬苦、瞞著全族暗中照顧的戰士。「你為什麼攻擊我們的巡邏隊？」他低聲問。

白喉張開嘴巴想要說話，他俯低身體，不過他那模糊的喵聲被一頭和他們擦身而過的怪獸給淹沒了，兩隻貓都被噴得滿身廢氣及塵土。火心用爪子緊抓著堅硬的地面，再蹲低，朝那位影族戰士靠近。

白喉再度開口，滲出一絲血來。他痛苦地嚥口水，全身痙攣。不過他沒開口，只是專注地看著火心身後的一個點，就在雷族地盤的樹林裡。火心看著白喉流露出恐懼的眼神，最後一次陷入呆滯。

他猛然轉身，看看是什麼讓白喉在嚥氣時那麼驚恐。當他看清是誰站在轟雷路邊時，不禁嚇了一跳，是那位常陰魂不散、老是出現在他夢中的深色戰士。

虎爪。

# 第十六章

火心看著那隻讓他一直活在邪惡陰霾中的貓，感覺到自己的爪子已插進了轟雷路上。不必再裝出什麼同族情誼了。虎爪已遭驅逐，是所有恪遵戰士守則的貓的公敵。

火紅的夕陽將樹梢映照成一片血紅，那隻壯碩的虎紋貓身上的深色條紋閃著橙色的光。虎爪隔著寂靜而空蕩的轟雷路對著火心冷笑。

「你只能追逐弱不禁風的貓，把他們逼死，好捍衛你的地盤？」

火心像是突然清醒過來，全身一震，怒火中燒。他盯著虎爪的眼睛，這時另一頭怪獸的轟鳴聲出現，他的耳毛也為之震動。怪獸呼嘯而過時，他站得很穩；隨後又是一頭怪獸隆隆跟了過來，不過火心毫無懼色。在兩頭怪獸一閃而過的空檔，火心全神貫注地盯著虎爪，朝他撲了過去。

火心亮出爪子，憤怒地發出嘶聲，撲到虎爪身上，虎爪驚訝地瞪大眼睛。他們纏鬥著，一起滾過草地進入樹林。樹林熟悉的氣味讓火心的力氣倍增——如今這裡已是他的地盤，不是虎爪的——雙方扭打成一團，戰況激烈，灌木叢都被壓平了，地面也被利爪抓出深深的爪痕。

火心衝上去緊緊抓住虎爪。他可以感覺到那隻虎斑貓的每一根肋骨。虎爪變瘦了，不過厚皮下的肌肉仍然很結實，火心立刻發現放逐沒削弱那個戰士的力氣。虎爪蹲下，再往上躍，在半空中扭身。火心覺得自己從虎爪的背上被拋起，隨後側面著地，感受到乾熱地面帶來的猛烈衝擊。他幾乎沒辦法呼吸，喘著氣，掙扎著想站起來。但他的動作不夠快，虎爪又朝他撲了過來，以似乎要把他剖開來的利爪將他強壓在地上。

火心痛苦地哀嚎，不過那隻壯碩的公貓將他壓住；當虎爪伸長脖子在火心的耳邊嘶叫時，他還可以聞到一股惡臭。「你在聽嗎，寵物貓？我會殺了你，以及你所有的戰士，一個接著一個。」

即使打鬥得正激烈，虎爪的話仍叫火心不寒而慄。他知道虎爪說到做到。他忽然察覺身旁出現新的雜音及氣味——不熟悉的腳掌的沙沙聲及陌生的貓味。他們被包圍了。可是來的是誰？火心被轟雷路的氣味、白喉的血，以及他自己的恐懼搞得六神無主，不知道這些貓是不是碎尾那一群被驅逐的貓的殘存黨羽，不久前他們還協助虎爪攻擊雷族營地呢。白喉是不是選擇加入這些無賴貓，而不是回去飽受疾病肆虐的影族？

火心孤注一擲地以後腿挺起身體，兩爪緊抓住虎爪的肚子。火心的宿敵想必低估了火心，他已經變得很強壯，因為虎爪鬆開了緊抓的爪，身體也滑倒在地。火心從他身旁爬開，抬頭剛好看到鼠毛與白風暴從灌木叢撲向包圍他們的貓群。火心回頭望向虎爪，他已跳起來，以兩隻後腳站起，齜牙咧嘴、目露凶光地立在火心面前。火心趕在虎爪撲上來之前側身閃開，然後轉身反擊這位深色戰士的鼻子。他可以聽到白風暴與鼠毛奮勇作戰的咆哮及吆喝聲。不過他們是以寡擊眾。火心再度閃開虎爪的攻擊，四下找尋逃脫的路線。他的後腿已被利爪劃過，與虎爪同夥的一隻無賴貓企圖抓住他，凶狠地朝他咆哮。那隻貓很瘦，也和其他無賴貓一樣邋遢，殺氣騰騰。

虎爪再度以後腳站起，凶狠地嘶吼。火心準備迎擊，突然看到一道灰影。一個寬闊的肩膀竄了出來，火心認出那是曾與他多次並肩作戰的戰士。

灰紋！

這位灰毛戰士朝虎爪毫不設防的肚子衝過去，將他撞了個四腳朝天。火心回身去咬那隻緊抱住他後腿的貓的肩膀，直到他覺得牙齒已經咬到骨頭了。聽到那隻無賴貓放聲慘叫，他才鬆口，將嘴裡的血吐出來。

火心驚訝地看著身旁的激戰。灰紋想必將河族巡邏隊都帶來了，因為這時已變成無賴貓寡不敵眾，陷入苦戰。他轉身看到灰紋正奮力掙脫虎爪的擒抱，趕緊跳過去助朋友一臂之力。他們一起以後腿站立，撲向虎爪，這一連串猛烈的攻擊逼得虎爪節節敗退。他們在受訓時已練習過無數次，因此每一招都默契十足。然後，他們連交換眼神都不用，便聯手將那隻壯碩的虎斑貓撲倒在地。火心負責把虎爪的口鼻壓在地上，灰紋則揪住那隻虎斑貓的肩膀，用後腿狠狠踹向他的腰，虎爪唉哼了一聲。

火心聽到慘叫聲逐漸朝樹林中遠去，這才發現那群無賴貓已經落荒而逃了。虎爪趁火心一個不留神掙脫開來，朝刺藤叢裡逃竄，邊逃邊憤怒地詛咒著，消失在多刺的花莖間。

等到那些無賴貓的喧囂聲漸漸消失，戰士們才開始抖落身上的塵土，舔拭傷口。火心發現藍星的兒子，石毛，也在河族的貓群中。「有人受重傷嗎？」火心喘著氣問道。

大家都搖頭，包括在第一次遭受攻擊時就受傷流血的鼠毛。

「我們得回去自己的地盤了。」石毛說。

「雷族感謝你們出手相助。」火心恭敬地點頭致意。

「無賴貓會威脅到所有的貓族，」石毛回答，「我們不能讓你們孤軍奮戰。」

白風暴搖搖他的口鼻，甩開血滴。他看著灰紋。「能再和你並肩作戰真好，朋友。你怎麼會來這裡？」

「他在四喬木就聽到火心的咆哮聲，當時我們正在那邊巡邏，」石毛替灰紋回答，「他說服我們過來幫忙。」

「謝謝，」火心由衷地感謝，「謝謝你們每一位。」

石毛點頭回禮，轉身走入樹林。他的巡邏隊也跟了過去。灰紋經過時火心以口鼻碰了碰他，很遺憾看到他要離開，也很難過沒有時間跟他傾訴心事。「再見，灰紋。」他說。

他從灰紋的厚毛可以感受到他發出的呼嚕聲。「再會了。」灰毛戰士低聲說道。

夕陽終於消失在林間，火心打了個冷顫。他看到鼠毛的眼睛在黑暗中閃著光，因痛苦而神情緊繃。然後他想到迎戰那些無賴貓所付出的代價，不禁感到悲傷。追風的身體已經變冷了。這不是虎爪當天在森林中所造成的唯一死亡。

火心看著白風暴。「沒有我幫忙，你和鼠毛可以將追風送回營地嗎？」

白毛戰士好奇地瞇起眼睛，默默點頭。

火心扭動耳朵。「我馬上跟過去。我有點事情得先處理。」

# 第十七章

火心踏著沉重的步伐走回轟雷路。空氣中仍有虎爪和那些無賴貓濃烈的氣味，不過除了鳥鳴與微風吹過樹葉的沙沙聲外，他聽不到任何聲響。在戰鬥後的平靜中，他注意到影族強烈的氣味與其他氣味混雜在一起。那些無賴貓之中，除了白喉，還有其他影族貓嗎？他懷疑莫非影族營地的疫情太過嚴重，使他們的戰士自我放逐，加入虎爪的幫派以求自保。或者，那股氣味只是從轟雷路另一側的地盤飄送過來的。

火心隔著那條堅硬的灰色道路，望向那位黑白戰士的屍體。如果白喉因為影族疫情太過嚴重、無法庇護他，因而加入無賴貓群，那也無法解釋他看到虎爪時滿臉驚駭的神情。如果如今虎爪已是白喉的首領，他又為什麼會那麼惶恐？火心心中閃過一絲愧疚，忽然懷疑白喉是不是在虎爪帶隊攻擊雷族巡邏隊後，意外撞見追風的屍體？可是白喉在雷族的地盤做什麼？小雲又在哪裡呢？有太多疑問，而且沒有一個解釋說得通。

但有一點很明確：火心不能將白喉的屍體留在轟雷路上，任由怪獸輾碎。這時轟雷路上寂靜無聲，火心穿越路中央，叼住那位戰士的頸背，將他輕輕拖到路的另一邊，希望他的族貓很快就會找到他，為他舉辦哀傷的葬禮。無論白喉做了什麼、或沒做什麼，現在都要交由星族來論斷了。

火心進入月色籠罩下的雷族營地，追風的屍體躺在空地中央。他看起來很安詳，四肢伸直，像在酣睡。藍星在那位戰士的屍體旁踱來踱去，寬大的灰頭不斷地左搖右晃。

雷族的其他成員退到一旁，留在空地邊的陰影底下。空氣中瀰漫著一股濃濃的悲慟。貓群沉默地聚在一起，焦慮地看著他們的族長來回踱步，呢喃低語。她甚至沒像以前那樣刻意控制她的哀傷。火心想起幾個月前，她是如何默默地為她的老朋友、副族長獅心哀悼。如今她完全不再展現那股沉默的尊嚴。

火心走近族長時，可以感覺到全族都在看他，藍星也抬起頭來。火心看到藍星那副恐慌驚嚇的眼神，開始憂心起來。

「他們說是虎爪幹的。」她粗聲粗氣地說。

「可能是他的無賴貓黨羽中的一個。」

「到底有多少隻無賴貓？」

「我不知道，」火心承認，當時一場混仗，根本不可能去算，「很多。」

藍星再度開始搖頭晃腦，不過火心知道必須鉅細靡遺地向她稟報，無論她想不想知道森林裡發生了什麼事。「虎爪想要對雷族開戰，」他報告，「他說要一個一個殺死我們的戰士。」

他身後的族貓發出驚恐的叫聲。火心任由他們驚叫，只是緊盯著藍星，祈求星族賜給她力量因應這種公然的威脅；另一方面，心頭的悸動讓他覺得有如受困的小鳥。大夥兒漸漸平靜下來，火心與他們靜待藍星發言。一隻貓頭鷹穿越樹林，在遠方發出一聲長嘯。

藍星抬起頭。「他想殺的只有我，」她喃喃說著，聲音微弱到只有火心聽見，「為了全族——」

「不！」火心生氣地打斷她。藍星真的打算自己去找虎爪送死？「他要報復的是全族，不只是妳！」

她垂下頭。「這麼惡毒的叛徒！」她氣呼呼地說，「他和我們在一起時，我為什麼沒看穿他心懷不軌？我真是個大笨蛋！」她搖頭，閉著眼睛。「我真是腦小如鼠的笨蛋。」

火心的四肢顫動著。藍星似乎決定攬下虎爪惡行的責任來折磨自己。火心驚覺自己必須出面處理。

「我們必須確定從現在開始，不分日夜地嚴加守衛營地。長尾，」他望向那位條紋戰士，「你站崗到半夜。」接著轉向霜毛：「然後由你接班。」兩隻貓都點點頭，然後火心垂下頭看著追風的屍體。「鼠毛與蕨毛可以在黎明時埋葬追風。這期間藍星會為他守靈。」他望向族長，她茫然地看著地面，火心希望她聽到他的話了。

「我會陪她。」白風暴說。白毛戰士從群貓間擠身出來，坐在藍星身旁，緊貼著她。

全族陸續走上前，向他們的故友致敬。柳皮也悄悄從育兒室走出來，用鼻子輕輕觸碰陣亡的戰士，悲傷地細聲道別。金花跟著過來，她向她的小貓示意要他們留在原地。火心看到虎爪生的那隻深色的小虎斑貓，在他母親身旁好奇地探頭探腦，突然感到一股不祥的寒意。火心忍不住覺得，這隻小貓無論多麼天真無邪，都使虎爪的恫嚇活生生地呈現在族裡。火心揮開那種思緒，看著金花輕輕舔著追風的面頰。他必須相信，她和全族能將那隻小貓培養成比他父親更合格的戰士。

等金花離去後，火心上前，俯身舔拭追風已無生氣的毛，「我會為你報仇的。」他輕聲許下諾言。

他退開時，看到一個身影從高聳岩的陰影處閃了出來。是暗紋。火心看見他的眼神在追風與藍星間來回移動，目光炯炯，不是恐懼也非哀傷，而是若有所思。

火心覺得心煩意亂，朝一個他知道可以找到撫慰的地方走去。他穿過通往黃牙住處的蕨叢，心亂如麻，被咬傷及抓傷的地方也開始刺痛難當。

刺掌正坐在空地被踏平的草地上。煤皮與黃牙蹲伏在他身旁，他抬起一隻腳掌讓他們檢查。煤皮從他的肉墊剝除一小片破皮，刺掌皺緊眉頭，「還在流血，」巫醫見習生表示。

「血應該要止住了才對，」黃牙嘶啞著說，「我們必須儘早將傷口弄乾，以免感染。」

煤皮瞇起眼睛。「我們有我昨天去採的木賊樹莖。能不能滴幾滴在破皮的地方，然後再把腳掌包紮起來？那或許可以止血。」

黃牙發出滿意的呼嚕聲。「好主意。」老巫醫立刻轉身，匆匆走向她的巢穴，煤皮則用她的前掌按住刺掌的傷口。她現在才注意到火心站在隧道的入口。

「火心！」她說，藍色的眼睛滿是關切，「你還好吧？」

「只是幾處抓傷、被咬了一、兩口。」火心回答，並走上前加入他們。

「我聽說攻擊我們的是無賴貓，」刺掌說，別過頭看著火心，「而且虎爪和他們是一夥的。是真的嗎？」

「沒錯。」火心一臉肅穆地告訴他。

煤皮瞄了火心一眼，然後晃了晃那個金棕色見習生的腳掌。「來，按住這裡。」

「我？」刺掌訝異地問。

「是你的腳掌啊！快點，否則你要改名為無掌了。」

刺掌將腳掌抬得更高一點，小心翼翼地用嘴巴舔傷口。

「藍星真不該讓虎爪離開族裡，」煤皮平靜地對火心說，「她應該趁機殺了他。」

火心搖搖頭。「她絕對不會冷酷無情地殺死他。妳也知道。」

煤皮沒有反駁。「他為什麼回來？他怎麼忍心殺掉曾和他並肩作戰的戰士？」

「他告訴我，他要把我們通通殺光。」火心沉重地說。

刺掌哼了聲，煤皮震驚地抖了一下頰鬚。「可是為什麼？」年輕的巫醫問道。

火心覺得眼中充滿怒火。「因為雷族沒給他他想要的。」

「他想要什麼啊？」

「當族長。」火心淡淡地回答。

「唔，像他這樣休想當族長。如果他繼續攻擊我們的巡邏隊，大家都不會歡迎他的。」

火心卻對煤皮充滿信心的話有一絲懷疑。藍星如此虛弱，誰有能力取代她？如果她……火心不敢再想下去。他知道全族都很害怕那頭壯碩的公貓和他的無賴貓們。他們或許寧可接受虎爪的統治，而不願讓雷族因為和他抗爭而遭到滅族。

「妳真的這麼認為？」他追問。

黃牙從巢穴回來的腳步聲驚動了他們，三隻貓全部轉過頭來，只見老巫醫口中叼著一團蜘蛛絲。她將它拋在煤皮身旁問道：「認為什麼？」

「認為虎爪永遠不會當上族長。」煤皮說明。

黃牙眼神一沉，好一會兒沒作聲。「我想虎爪有很強大的企圖心，能夠得到他想要的。」她終於說。

# 第十八章

「只要火心還活著就休想。」煤皮反駁。

她對火心的信心讓火心覺得窩心，他正要回答時，刺掌口齒不清地抱怨道：「傷口還在流血，妳知道嗎？」

「不會流太久的，」黃牙肯定地說，「拿去，煤皮。妳用這些蜘蛛絲止血，我來處理火心的傷口。」她將一團蜘蛛絲推向煤皮，然後帶著火心往她的窩走去。「在這裡等一下，」她下令，然後消失在巢穴裡。沒多久她便叼著滿口嚼爛的草藥現身。「好，哪裡痛？」

「這邊最痛。」火心回答，轉頭比向肩頭的一個咬痕。

「沒錯，」黃牙說。她開始用一隻前掌溫柔地塗上一些草藥。「藍星受的打擊很大。」她低聲說，埋頭繼續工作。

「我知道，」火心同意，「我馬上就要籌組更多支巡邏隊。那可以讓她平靜下來。」

「那也可以讓全族都平靜下來，」黃牙表

示，「他們都憂心忡忡。」

「他們是該擔心。」黃牙將草藥深深壓進火心的傷口，火心縮了一下。

「那些新的見習生表現如何？」她故意若無其事地問道。

火心知道那隻老巫醫正在以她睿智而委婉的方式提供建言。「我會加快他們的訓練進度，明天一早就開始。」他告訴她。一想到雲掌，火心不禁哽咽。此時族裡格外需要他；無論那個白色見習生對戰士守則有什麼看法，沒有一隻貓能否認雲掌是勇敢而技藝高超的好手。

黃牙不再替他按摩肩膀。

「好了嗎？」他說。

「差不多了。我在這些抓傷部位再多塗一點藥；然後你就可以走了。」那隻老貓用黃色的大眼睛朝他眨眨眼。「鼓起勇氣，年輕的火心，目前是雷族的黑暗時刻，不過沒有一隻貓能做得比你好。」她說這話時，遠方傳來一陣低沉的雷鳴，雖然巫醫這麼鼓勵他，但火心一聽到那聲悶雷，仍不禁一陣心寒。

他回到空地，傷口因為敷了黃牙的草藥而麻痺沒有知覺。火心訝異地發現，還有好多隻貓醒著。藍星、白風暴、鼠毛都默默蹲伏在追風的屍體旁，從他們低俯的頭與緊繃的肩膀，他們顯然非常悲傷。其他的貓三三兩兩聚在一起，眼睛在陰影中閃著光，耳朵緊張地扭動著，聆聽森林中的風吹草動。

火心躺在空地邊緣。窒悶的空氣使他的毛感到刺痛。整座森林似乎都在等暴風雨降臨。一道身影移近空地邊緣。火心轉過頭。是暗紋。

火心揮動尾巴，示意那位花紋戰士靠近。暗紋緩緩朝他走過來。「我要你在明天的黎明巡邏隊一回來，就立刻帶另一支巡邏隊出去，」火心說，「從現在起，每天都會再多加三支巡邏隊，所有的巡邏隊都要有三位戰士。」

暗紋冷眼看著火心。「可是我明天早上要帶蕨掌出去訓練。」

火心怒火中燒。「那就帶她跟你一起去，」他生氣地說，「那會是個很好的經驗。反正我們得加速見習生的訓練。」

暗紋的耳朵豎了起來，不過眼神不變。「是，副族長。」他低聲地說，眼裡閃著光。

火心疲憊地走向藍星的巢穴。雖然還沒到中午，他已經出去巡邏了兩趟，下午還要帶白風暴的見習生亮掌出去狩獵。自從追風死後，日子就忙得不可開交。所有的戰士與見習生都為了應付新的巡邏任務而疲於奔命。柳皮與金花在育兒室內，白風暴不願離開族長身邊，雲掌也不見了，火心忙得幾乎沒時間吃飯休息。

藍星蹲伏在她的臥舖裡，眼睛半閉著，有一瞬間，火心還以為她是不是也得了影族的病。現在她的毛看來更凌亂，而那聞風不動的坐姿，就像一隻不想再照顧自己，只想等死的貓。

「藍星。」火心輕聲呼喚她的名字。

老母貓緩緩地轉過頭來。

「我們夜以繼日地在森林裡巡邏，」他回報，「都沒有發現虎爪和無賴貓的蹤影。」

藍星將目光移開，默不作聲。火心停了一下，不知道該不該再說下去，不過藍星已經將她的腳掌往胸下伸，並闔上眼睛。火心覺得心灰意冷，敬禮退出洞穴。

陽光普照的空地上看起來一片祥和，很難相信族裡即將發生任何危險。蕨毛正在育兒室外與柳皮的小貓玩耍，他甩動尾巴讓他們追逐，白風暴則在高聳岩的陰影下休息。那位白毛戰士的耳朵一直朝藍星的巢穴方向豎起，只有從這一點看得出族裡承受的是什麼樣的壓力。

火心無精打采地望向堆積如山的新鮮獵物堆。他覺得肚子空空的，不過一點胃口也沒有。他看到沙暴在吃一份新鮮獵物。能看到她光亮的淡薑黃色毛是一份驚喜，火心忍不住想，他帶亮掌去狩獵時，若有她同行將是多快樂的一件事。這種思緒讓火心恢復食慾，他的肚子因為期待追逐獵物而咕咕叫。他決定將那些新鮮獵物留給其他貓享用。

亮掌跟在鼠毛、霜毛、半尾等同伴的身後，快步走入營地。他們替貓后及長老們帶回吸滿水的苔蘚。亮掌在白風暴的目光示意下，將她那份滴著水的苔蘚帶往藍星的巢穴。

火心朝沙暴叫喚。「妳答應過只要我一開口，妳就會幫我們抓隻兔子。妳要不要跟亮掌和我一起去狩獵？」

沙暴望了過來，綠色眼睛綻放的光采，傳達出難以形容的訊息，火心感覺那比陽光的照射還要溫暖。「好啊。」她回答，匆匆將最後一口食物吃完。她舔著嘴唇，朝火心快步走來。

他們並肩等著亮掌，雖然他們的毛沒有碰觸，火心仍可感覺到自己的毛興奮地抖動著。

「準備好去狩獵了嗎？」亮掌一從藍星的巢穴走出來，火心就問她。

「現在？」亮掌訝異地問。

「我知道還沒正午，不過如果妳不會太累，我們可以現在就出發。」

亮掌搖搖頭，看到火心與沙暴飛奔過金雀花隧道進入森林，她也匆匆跟了上去。

火心跟著沙暴爬上峽谷，金雀花隧道在他身後，他們進入樹林。看到沙暴淡薑黃色毛下的肌肉優雅地律動，火心暗自讚嘆著。他知道她也跟他一樣筋疲力竭，不過仍維持輕快的步伐，行經灌木叢時豎起耳朵、張開嘴巴。

「我想我們找到一隻了！」她忽然輕聲地說，壓低身體，擺出狩獵的蹲姿。亮掌張開嘴巴感觸空氣。火心佇立不動，沙暴則潛行過樹叢。他可以聞到兔子，也能聽到牠在蕨叢外的灌木叢裡聞聞嗅嗅的聲響。沙暴突然往前飛撲，快速穿越枝葉的動作引起瑟瑟響聲。火心聽到那隻兔子試圖逃走時後腿著地的聲音。兔子躲過沙暴的利爪，火心拋下亮掌，本能地往前縱身一躍，繞過蕨叢，穿越灌木叢，沿著森林地表追過去。他狠狠一咬，就把牠給解決了。他為森林裡獵物豐盛而默默感謝星族，雖然已經好久沒有下雨了。幾個晚上前的那幾聲悶雷，並沒有帶來預期的暴風雨，空氣依然沉悶得令人透不過氣來。

火心蹲伏在兔子上方，沙暴在他身旁停下腳步。他可以聽到她的喘氣聲。他自己也大口呼吸著。

「謝了，」她說，「我今天的動作有點慢。」

「我也一樣。」火心承認。

「你需要休息。」沙暴溫柔地說。

「我們都需要。」火心感受到她柔和的淡綠色眼眸散發出的暖意。

「不過你比大家忙上好幾倍。」

「要做的事情太多了。」火心強迫自己加上一句，「而且我不必再花時間訓練雲掌了。」

失去雲掌讓他變得愈來愈煩躁。他也曾希望那隻年輕的貓能自己找到回家的路，再度出現在營地。但在那頭怪獸帶走他之後，就再也沒有他的消息了。當火心開始不再期盼能看到他的見習生時，他也想到他先後折損了兩名見習生——雲掌和煤皮。這令他心如刀割。他如果連導師都當不好，又如何能擔負副族長的重責大任呢？火心很清楚，他讓自己擔負起比其他族貓更多、更重的巡邏及狩獵工作，除了力求表現外，也是想消除自己是否能勝任戰士的懷疑。

沙暴似乎感受到火心的焦慮。「我知道要做的事很多。或許我可以多幫點忙。」她瞄了他一眼，火心感覺沙暴似乎有那麼一點不高興，因為她又說：「畢竟，我也沒有見習生。」

看到塵皮在帶灰掌，想必讓她的自尊心很受傷，火心也有些愧疚。「真抱歉……」他開口。他因為太累而精神恍惚，話一出口才想到沙暴根本不知道導師是他挑的。她和其他族貓一定都相信那是藍星作主的。

沙暴困惑地看著他。「抱歉什麼？」

「藍星要我替蕨掌及灰掌挑選導師，」火心坦承，「我挑的是塵皮而不是妳。」他憂心地看著沙暴的臉，看她有沒有生氣，不過她只是目不轉睛地盯著他。

「妳有天會成為傑出的導師，」他繼續說，急著解釋，「不過我必須選塵——」

「沒關係。」她聳聳肩，「我相信你有你的理由。」她說得若無其事，不過火心注意到她背脊的毛豎了起來。他們陷入尷尬的沉默，直到亮掌從他們身後的灌木叢裡跑出來。

「抓到了嗎？」她喘著氣。

火心這才發現這位見習生看起來很疲憊，也回想起自己在受訓時，要跟上個子高大強壯的戰士有多麼吃力。他用鼻子將那隻死兔子推向亮掌。「來，讓妳咬第一口，」他提議，「我剛才應該讓妳有足夠的時間吃飯再出發才對。」

亮掌感激地開始進食，沙暴望向他。「或許你應該少派幾支巡邏隊？」她疑惑地提出建議，「大家都疲於奔命，而且自從追風死後，我們不曾再見過虎爪。」

火心感到一絲遺憾。他知道沙暴自己也不是真心相信她自己所說的、這種充滿期望的話。全族都知道虎爪不會善罷干休。火心在帶隊巡邏時，看得出來那些戰士結實的身體繃得有多緊，他們的耳朵總是豎起來，嘴巴一直張開，在空氣中搜尋著危險的跡象。他也感受到他們對族長愈來愈失望，此刻最需要她團結全族起來對抗無形的威脅。可是藍星在熬夜守護追風之後，便幾乎寸步不離她的巢穴。

「我們不能刪減巡邏次數，」火心告訴沙暴，「我們必須隨時戒備。」

「你真的認為虎爪會殺了我們？」亮掌邊吃邊抬頭問。

「我想他會嘗試。」

「那藍星怎麼想？」沙暴試探性地提出這個問題。

「她很擔心，當然。」火心知道自己在避重就輕。只有他和白風暴知道，虎爪的再次出現，讓藍星又陷入那位叛族戰士試圖謀害她之後的悲慘處境。

「她很幸運擁有你這麼好的副族長，」沙暴說，「族裡每隻貓都相信，你能率領我們度過難關。」

火心不好意思地將目光移開。他很清楚近來其他貓如何看待他，帶著希望與期待。他覺得能得到他們的尊敬很光榮，不過他也知道自己年輕又經驗不足，渴望自己能像白風暴一樣，對星族為他們安排的命運有堅定不移的信心。他希望自己值得全族的信賴。「我會全力以赴。」他承諾。

「大家也別無所求了。」沙暴低聲說道。

火心低頭看著那隻兔子。「我們把這隻吃完，再找一些別的獵物回去。」

三隻貓都吃過後，他們便繼續上路，朝四喬木前進。他們一路沉默不語，以免在森林中洩露行蹤。有虎爪在附近出沒後，火心覺得雷族貓既是掠食者，也是獵物。

在他們接近通往四喬木的斜坡時，一股陌生的貓味飄進火心的鼻孔，他的毛不禁豎了起來。沙暴顯然也聞到了，因為她僵立不動，背部弓起，肌肉緊繃。

「快，」火心低聲說道，「到上面來！」他爬上一棵梧桐樹。沙暴與亮掌也跟了上去，三隻貓蹲伏在最低的一根樹枝上，窺探森林的地面。

火心看到一道黝黑修長的身影在蕨叢間穿梭。兩隻黑色的耳朵豎起，高出了蕨葉。那對耳朵的外形勾起一段不愉快的遙遠回憶。那隻貓是不是他們曾幫助過的異族貓？不過森林裡有陰魂不散的虎爪在，就不會知道哪些貓能信賴。所有的陌生貓都是敵人。

火心緊扣著爪子，蓄勢待發。他身旁的沙暴躍躍欲試地顫動著，亮掌則是俯瞰下方，緊繃著瘦小的肩膀。當那隻陌生貓走到白楊樹下時，火心咆哮一聲，撲到他背上。

那隻黑貓驚叫一聲，翻了個身，將火心甩到地面。火心敏捷地躍起身。他由這一撲已經評估出這隻貓的身材與力氣了，也知道要打敗他易如反掌。他面對那隻貓，弓起背，發出警告的嘶聲。這時沙暴從樹上跳下來，亮掌緊隨在後，火心看到那隻黑貓發現自己以寡敵眾後，驚慌地瞪大眼睛。

不過火心已經鬆開肩膀上的毛了。他剛才的直覺是對的：他知道入侵者是誰。而且從那隻貓的神情來看，他已在瞬間從驚恐轉為放心，因為那個入侵者也認出了火心。

# 第十九章

「烏掌！」火心迎上前去，以口鼻磨蹭他的老朋友。

「能再看到你真好，火心！」烏掌也和他磨蹭，然後轉而望向沙暴，「這位真的是沙掌嗎？」

「沙暴！」薑黃色母貓不客氣地糾正他。

「當然。我上次見到妳時，妳只有現在的一半大！」黑色公貓瞇起眼睛，「塵掌好嗎？」

火心了解烏掌為什麼語氣這麼謹慎。沙暴和塵皮曾經跟他一起受訓，都將烏掌當成對手，而非夥伴。當烏掌逃離他的導師虎爪，住在高地外的兩腳獸地盤時，塵掌與沙掌並沒因為他的離去而感到哀傷。火心也不認為烏掌曾經懷念過他們。

「塵皮很好，」沙暴聳聳肩，「他現在也有自己的見習生了。」

「這是妳的見習生？」烏掌望著亮掌。

沙暴淡淡地回答：「我還沒有見習生。她是白風暴的見習生，叫亮掌。」火心感覺耳朵忍不住扭了扭。

溫暖的微風拂過樹梢的葉子，火心瞄向沙沙聲的來源。這次意外的邂逅讓他一時放下心防，也使他疏於警戒。現在他警覺地掃視灌木叢，想起虎爪和他那幫無賴貓。「你在這裡做什麼，烏掌？」他急切地問道。

烏掌正用好奇的眼神打量沙暴，聽到火心這麼一問，轉過頭來。「找你。」

「真的？為什麼？」火心知道烏掌會回到這座森林，一定有重要的事。這隻年輕的黑貓在意外撞見虎爪殺害雷族副族長紅尾之後，一直活在恐懼之下。當虎爪打算殺了烏掌滅口時，火心與灰紋幫他脫逃。如今烏掌與另一隻獨行貓——大麥，住在兩腳獸的農場裡。大麥既不是寵物貓，也不隸屬於森林中任何一族。烏掌今天會回到他宿敵的地盤，想必有很好的理由。畢竟，他並不知道虎爪的叛族行徑已被揭發，並且被逐出雷族。就烏掌所知，虎爪仍是副族長。

烏掌不自在地舔舔尾巴。「最近有隻貓住在我的地盤邊緣。」他說。

火心望著他，覺得很困惑。烏掌試著解釋：「我狩獵時發現他的。他嚇壞了，而且迷了路。他沒說什麼，不過我聞得出來他有雷族的氣味。」

「雷族？」火心重複他的話。

「我問他是不是從高地那邊過來的，不過他似乎搞不清楚自己在哪裡。所以我帶他回去他說他所住的兩腳獸窩。」

「那麼說他是寵物貓了？」沙暴專注地盯著那隻黑貓，「你確定聞到的是雷族的氣味？」

「我不會忘了我出生部族的味道，」烏掌反駁，「而且他看起來也不像一般的寵物貓。事實上他似乎不大樂意回去和他的兩腳獸同住。」

火心感到有些興奮，不過他故意保持沉默，讓烏掌說完。

「我忘不了他的氣味。我又回去兩腳獸窩想找他談，不過他被關在裡面。我試著隔著窗戶和他說話，不過兩腳獸趕我走。」

「那隻貓是什麼顏色？」火心感覺沙暴眼神犀利地看著他。

「白色，」烏掌回答，「他有一身蓬鬆的白毛。」

「可是……那聽起來像是雲掌！」亮掌開口說道。

「這麼說你們認識他囉？」烏掌說，「我說得沒錯吧？他是雷族的貓？」

火心幾乎沒在聽烏掌說話。雲掌沒事！他開始繞著他的老朋友打轉，四肢開心又放心地發抖著。「他還好吧？他有說什麼嗎？」

「這——這個，」烏掌支支吾吾，在火心繞著他走時，頭也跟著火心轉動，「像我剛說的，我第一次遇到他時，他似乎完全不知道自己在哪裡。」

「那不令人驚訝。他從來沒有離開過雷族的地盤，」火心焦躁地繞著沙暴及亮掌走來走去，「他還沒到過高岩山，根本不知道自己離家這麼近。」

沙暴點點頭，烏掌說：「怪不得他那麼苦惱。他一定以為——」

「苦惱？」火心不再踱步，「為什麼？他受傷了嗎？」

「沒有，沒有，」烏掌趕忙說，「他只是看起來很悲慘。我以為告訴他如何走回他那兩腳獸窩時，他會開心一點，不過他似乎仍舊悶悶不樂。所以我才來找你。」

火心低頭看著自己的腳，不知該怎麼做。他一直希望雲掌的新生活過得幸福快樂，即使以後再也見不到他。

烏掌遲疑地眨眨眼。「我來這裡是不是做錯了？」他說，「這一位……呃……雲掌，是不是被族裡驅逐了？」

火心心情沉重地看著烏掌。那隻黑貓冒著生命危險來這裡；火心應該要跟他好好解釋的。「雲掌是在森林裡被兩腳獸偷走的。」火心開口，「他是我的見習生，也是我妹妹的孩子。他已經失蹤一個星期了。我……我開始在想再也見不到他了。」

沙暴疑惑地望著火心。「你怎麼會認為你會再見到他？他和兩腳獸住在烏掌的地盤裡。」

「我要去救他！」火心表示。

「去救他？為什麼？」

「妳也聽到烏掌說的，他不快樂！」

「你確定他想要被救？」

「換成是妳會不想要嗎？」火心反問。

「我不需要援救。我根本就不會接受兩腳獸的食物。」沙暴不客氣地說。

烏掌驚訝地哼了聲，不過這隻黑貓保持沉默。

「他能回到這裡也是好事。」亮掌插嘴，不過火心幾乎充耳不聞。他瞪著沙暴，脖子上的毛氣得全豎了起來。

「妳覺得雲掌被困在那邊，孤單又不快樂，是他活該？」他生氣地說，「只因為他犯了個愚蠢的錯誤？」

沙暴不耐煩地哼了一聲。「我沒這麼說。你甚至不能確定他是不是想回來。」

「烏掌說他看起來很悲慘。」火心堅持。不過他口裡雖然這麼說，心裡卻也懷疑起來。如果雲掌已經習慣了寵物貓的生活怎麼辦？

「烏掌只和他談過一次。」沙暴轉向烏掌，「你隔著兩腳獸的窗戶看到他時，他看起來很苦惱嗎？」

烏掌的頰鬚不自在地扭動著。「很難說。他正在吃東西。」

沙暴再次轉頭望向火心。「他有家，有食物，而你還認為他需要拯救。族裡怎麼辦？他們需要你。雲掌聽起來很安全，我覺得就留他在那邊吧。」

火心望著沙暴。她肩膀的毛豎了起來，眼神堅定。火心的心一沉，發現她說得也對。如今藍星這麼虛弱，虎爪和他那幫無賴貓正虎視眈眈，他怎麼能離開呢，即使只是短時間？只為了一隻懶惰、貪婪的見習生貓。

然而，他的心告訴他必須一試。他還是深信雲掌有天會成為偉大的戰士，而且此刻族裡亟需戰士。

「我得去。」他明白地說。

「就算你真的能帶他回來，又如何？」沙暴辯道，「他在森林裡會比較安全嗎？」

火心覺得背脊一陣冰涼。如果將雲掌帶回家，卻看到他被虎爪殺了，情何以堪？不過即使他舉棋不定，他還是知道自己該怎麼做。「我明天中午前會回來，」他說，「告訴白風暴我去哪裡了。」

沙暴驚慌地張大眼睛。「你現在就要去？」

「我需要烏掌告訴我地點，而且他也不可能在森林裡待太久，」他解釋，「虎爪還在逃。」

烏掌尾巴上的毛突然因為恐懼而蓬了起來。「什麼意思？還在逃？」

沙暴皺眉朝火心瞪了一眼。

「走吧，」火心對那隻黑貓說，「上路後我會跟你解釋這一切。我們愈早出發愈好。」

「沒有我同行，你哪裡都不准去，」沙暴告訴他，「雖然這趟旅程一點也不聰明，不過如果遇上虎爪或風族巡邏隊，你還是得有幫手才行！」

沙暴這番話讓火心感到窩心。他感激地望了她一眼，然後轉向亮掌。「妳能不能回營地告訴白風暴我們去哪裡？」他問那個見習生，「他認得烏掌。」

亮掌眼中閃過驚慌的神情，不過她眨眼掩飾過去，然後點頭。「當然。」

「直接回家，耳朵壓低。」火心命令她，其實他也不放心讓這隻年輕的貓獨行。

「我會小心的。」亮掌鄭重地答應他，轉身消失在灌木叢裡。

火心把他對亮掌的憂慮擱在一旁，開始穿過蕨叢。沙暴和烏掌跟在他身旁，他回想起以前與烏掌及灰紋在森林中一起狩獵的時光。不過，森林窒悶的空氣讓他透不過氣來，他的毛也因為對這趟旅程的期待而感到刺痛。他忍不住懷疑自己是不是將大家推進險境。

三隻貓快步走過四喬木，進入風族的地盤。火心想起他上次與藍星來這裡的情景。他們將沿著同樣的路，直接穿越高地，前往風族地盤與高岩山之間的兩腳獸農場。至少這次沒有微風將他們的氣味吹過沼澤。高地的空氣異常平靜，而且乾燥得令火心覺得他的毛在拂過石南植物時會劈啪作響。

他選擇一條讓他們盡可能遠離風族地盤中央營地的小徑。這裡的地面通常是潮濕的泥炭地，不過現在已乾燥成硬殼，石南植物也滿是褐斑地在烈日下縮成一團。

「虎爪到底出了什麼事？」烏掌打破沉默，沒有放慢腳步。

火心原本想告訴烏掌，他昔日的折磨者終於露出馬腳了。不過此刻虎爪叛族及遭到驅逐的話題，似乎只會讓大家的心情更沉重，加上虎爪還殺了追風。火心帶著既痛苦又遺憾的心情，結結巴巴地說出整件事。

烏掌突然停下腳步。「他殺了追風？」

火心也停下，用力地點頭。「虎爪如今率領一幫無賴貓，發誓要將我們趕盡殺絕。」

「可是有誰會跟隨這樣的首領？」

「其中有些是碎尾的老朋友，我們將他逐出影族時，他們也一起被放逐了。」火心停了一下，強迫自己回想最近那場戰役，「不過也有幾隻貓我從來沒見過。我不曉得他們的出身。」

「這麼說虎爪的勢力比以前更強大了。」烏掌沉著臉說。

「不！」火心氣呼呼地說，「他現在只是亡命森林的貓，不是戰士。他無家可歸。只要違反戰士守則，星族必定不會讓他稱心如意。沒有一個貓族或戰士守則當他的後盾，他休想打敗雷族。」火心沉默下來，發現自己說這段話時，展現了前所未有的信心。沙暴驕傲地看著他。

「希望你說得沒錯。」烏掌說。

我也希望，火心想。他再度往前走，在烈日下瞇起眼睛。

「他說得當然沒錯。」沙暴堅持，也跟了上去。

烏掌跟在沙暴身旁。「唔，我很高興那不關我的事了。」

沙暴譴責地看著烏掌。「你一點都不懷念族裡的生活？」

「一開始會，」烏掌坦承，「不過現在我有新的家了，我喜歡那邊。如果我想找個伴，還有大麥，這對我來說已經夠好的了。我寧可過這樣的日子，也不想再和虎爪有任何瓜葛。」

沙暴的眼睛閃了一下。「你怎麼知道他不會找你麻煩？」

烏掌的耳朵扭了扭。

「虎爪不曉得你在哪裡。」火心立刻告訴他，他向沙暴使了個眼色警告她。「走吧，我們離開風族地盤。」

他加快腳步，直到他們在石南植物間快跑，沒辦法聊天。他避開上次和藍星遇上泥爪的那片金雀花叢，領著他們進入一條寬大、穿越空曠沼澤的環狀路。光禿禿的山腰毫無遮蔭，當他們抵達通往兩腳獸地盤的斜坡時，火心覺得身上的毛好像要燒起來了。那座山谷在他們腳下延伸，牧場、道路和兩腳獸的窩彼此交錯，看來就像斑駁的龜殼。

「風族貓想必在他們的營地裡納涼，」他說，在跑下山坡時喘著大氣，「但願剩下的那段路也那麼順利。」

他們來到一片灌木叢，火心很高興看到這片涼快的樹蔭，聞到林地熟悉的氣味。兩隻兀鷲尖叫著在他們上方盤旋，他聽到遠方傳來一隻兩腳獸怪獸的隆隆聲。他兩腿痠痛，恨不得躺下來休憩片刻，不過他更急著找到雲掌。

他們穿越樹林時，沙暴四下張望，頰鬚顫動著。火心想到她只離開過雷族領土一次，當時她是以見習生的身分陪藍星前往月亮石。那是所有部族貓在成為戰士以前都得經歷的旅程。火心來過這裡好幾次，不只是因為前往高岩山，也曾為了去探視烏掌，以及帶領風族結束放逐生涯。不過對這些林地感到最自在的還是烏掌。

「我們不能在這裡待太久，」烏掌警告，「尤其在這個時間。兩腳獸喜歡帶牠們的狗來這裡散步。」

火心可以聞到附近有狗味。他將耳朵壓平，讓烏掌帶路，默默地跟在這隻黑色公貓身後。烏掌率先走出樹叢，火心先讓沙暴走，再接著走出去，很快地從那濃密糾結的樹葉間擠身而出。他認出另一側的紅土路，他和灰紋在尋找被放逐的風族時曾經路過這裡。烏掌先是左顧右盼，然後飛快地衝過去，消失在路對面的一排圍籬後。沙暴望向火心，火心點頭替她打氣。她往前放腿狂奔，火心緊跟在後。

圍籬後的田地裡，大麥高過他們的頭，往前不斷延伸。烏掌沒有繞著邊緣走，反倒直接走進一大片劈啪脆響的麥稈間。火心和沙暴跟在他身後，加快腳步，以免跟丟前面那隻黑貓甩動的尾巴。火心一想到他絕對無法獨自找路出去，不禁感到一陣不自在。他完全失去方向感，放眼望去全是無盡的金黃色麥稈，往上看則是一片晴朗的藍天。等他們總算走出麥田，坐在另一端的圍籬下休息時，火心才鬆了一口氣。他們走得很快。太陽只西沉到半空，高地已被他們遠遠拋在後頭。

火心在身旁的圍籬聞到一股熟悉的氣味。「你的界標氣味。」他向烏掌表示。

「我的地盤就從這裡開始。」烏掌晃動他的頭，示意他們前方那一大片麥田就是他居住及狩獵的地方。

「這麼說雲掌就在附近？」沙暴問，一面機警地嗅聞著。

「斜坡的另一側有塊凹地，」烏掌告訴她，用鼻子比了比，「兩腳獸的窩就在那邊。」

火心突然覺得背脊發涼。那是什麼氣味？他僵住了，張開嘴，讓那氣味飄進身體裡。

他身旁的烏掌揚起鼻子，將黑色的耳朵豎直，尾巴緊張地甩動著。他驚慌地瞪大眼睛：

「狗！」他低聲嘶叫起來。

# 第二十章

火心聽到圍籬後的草叢沙沙作響，聞到空氣中瀰漫著一股強烈的氣味，不禁繃緊了肩膀。一聲吠叫使他的尾巴蓬了起來，不久便看到一隻狗抖個不停的鼻子從圍籬間冒了出來。

「跑啊！」他大叫一聲，飛快轉身。另一陣沙沙聲，以及一陣激動的狂吠告訴他，還有一隻狗跟在第一隻後面。

火心拔腿就跑。沙暴跑到他身旁，他們沿著圍籬狂奔，幾隻狗緊追不捨，他們的毛相互拂刷著。狗掌著地的聲音和力道使地面顫動，火心可以感覺到牠們熱呼呼的氣息就噴在他的脖子上。他轉頭一看，兩隻大狗緊跟在他們身後，牠們晃動著柔軟的肌肉，目露凶光，舌頭垂在嘴巴外。火心猛然一驚，才發現烏掌已經不見蹤影了。

「繼續跑，」他朝沙暴嘶吼，「這種速度牠們跟不了多久。」沙暴試著點頭，跑得更快了。

他說得沒錯。等他再度回頭時，那些狗已經開始落後。火心打量他們前方圍籬內的一棵白楊樹。還有一段路，不過如果他們能夠拉開與那些狗之間的距離，或許能夠爬上去，然後安然脫身。

「有沒有看到那棵白楊樹？」他喘著氣朝沙暴說，「盡快爬上去。我會跟上。」

沙暴嗯哼一聲表示同意，喘得上氣不接下氣。他們繼續朝那棵樹跑過去。火心朝沙暴吆喝，躍上樹幹，一直爬到安全的位置為止。

火心在躍上樹前，再度轉頭看看那些狗離得有多遠。當他看到一隻狗巨大的牙齒距離他的臉只有一隻兔子的身長時，寒毛全都豎了起來。那隻狗咆哮一聲朝他撲上來。火心閃開，揮出前掌，他的爪子如黑刺般銳利。他感覺那隻狗晃動的頰部肌肉被撕裂了，也聽到牠痛苦地發出慘叫。他再度出擊，然後轉身爬上樹，快得像隻松鼠。他停在最低的樹枝上俯瞰下方。那隻狗在他下面沮喪地哀嚎著，另一隻狗也追上來了，牠將碩大的頭往後仰，憤怒地咆哮。

「我……我還以為牠逮到你了！」沙暴結結巴巴地說。她爬過樹枝，將身體靠在火心凌亂的毛上，直到他們都不再顫抖為止。

兩隻狗靜了下來，不過牠們仍留在樹下，來回踱步。

「烏掌呢？」沙暴突然問道。

火心搖頭，試著克服被狗追的恐懼。「他應該是往另一邊逃跑了。他應該沒事。我想或許只有兩隻狗。」

「我還以為這裡是他的地盤。他難道不知道麥田這一帶也有狗嗎？」

火心不知如何回答。他看到沙暴臉色一沉。「你想他會不會是故意帶我們來這裡？」她咆哮著，瞇起眼睛。

「當然不是，」火心斷然說道，但一陣猶豫讓他的口氣像在辯駁，「他何必這麼做？」

「我只是很奇怪他突然冒出來，然後帶我們來這裡。」

一聲尖銳的喵聲讓火心和沙暴透過樹葉間隙往下看。是烏掌嗎？那些狗轉過頭想找聲音的來源。火心看到一道光滑的黑色身影消失在麥田裡。烏掌又喵了聲，那些狗豎起耳朵，激動地狂吠著，朝烏掌藏身處晃動的麥稈衝去。

火心從樹上俯瞰這一切。烏掌跑得過那些狗嗎？他看著烏掌迂迴地穿梭在麥田裡，麥稈不住地搖晃。那些狗褐色的背緊跟著他，有如笨拙的魚，牠們笨手笨腳地將麥稈壓平，沮喪地吠叫著。

突然間火心聽到一隻兩腳獸高聲吆喝。那些狗停下腳步，將頭抬到麥稈上，舌頭垂在嘴外。火心循著麥田望去。一隻兩腳獸爬過圍籬中的一道木牆。兩根像麻繩般的東西在牠手中晃動著。那些狗不大甘願地穿越麥田，朝兩腳獸走去。那隻兩腳獸抓住牠們的頸圈，用麻繩繫住牠們。火心鬆了一口氣，看到牠們被拉走，垂著尾巴，耳朵也垮了下來。

「我看你的身手就和以前一樣快！」

火心驚訝地猛一轉身。烏掌正沿著樹幹爬上他們這根樹枝。這隻黑貓朝沙暴點了點頭。

「搞不懂牠們幹嘛追她。她根本不夠牠們塞牙縫。」

沙暴起身經過烏掌。「我們不是要去救一個見習生嗎？」她冷冷地質問。

「我看她火氣還滿大的。」烏掌表示。

「如果我是你，我就不會逗她。」火心喃喃說著，跟沙暴一起爬下樹。他決定不告訴他的老朋友，沙暴懷疑他把他們帶進陷阱中。烏掌不是傻瓜——他也許猜得到，不過他對她的敵意不以為意，並且展現了他以前所沒有的自信。那些狗已經離開了，現在安全了。火心如今唯一的念頭就是要找到雲掌。

⚡⚡⚡

烏掌帶他們到斜坡頂端，然後停下腳步。就如他所說的，前方山谷裡有一間兩腳獸的窩。

「你就是把雲掌送回這裡？」火心問。

那隻黑貓點點頭，火心開始激動起來。就算他們真的找到雲掌，如果他不想跟他們回來呢？如果他想回來，族裡的其他貓還願不願意信賴一隻曾經被誘拐、嬌生慣養的寵物貓？

「我聞不到他的氣味。」沙暴表示，火心聽得出她語氣中的狐疑。

「上次來，他的氣味就已經很淡了，」烏掌耐心解釋，「我想兩腳獸把他關起來了。」

「那我們到底要怎麼救他？」

「走吧！」火心說，決定不讓兩隻貓有機會吵架。他開始朝兩腳獸窩的斜坡走下去。「我們走近一點瞧瞧。」

兩腳獸的窩被一片修剪得很整齊的樹籬圍繞著。火心鑽過去，隔著曬成褐色的草地望向薄暮中兩腳獸窩的剪影。他壓低身體、貼近地面，匍匐著爬向最近的樹叢，還不忘豎起耳朵。他的鼻子這時候派不上用場。傍晚的空氣充滿惹人厭的濃烈花香，蓋過了其他更有用的氣味。他聽到背後的草地傳來腳步聲，轉過頭看到烏掌與沙暴也跟過來了，他們之間的爭執顯然已經暫時擺到一邊。他朝他們點點頭，感激有他們的同行，然後繼續穿越草地。

當他們到達兩腳獸窩時，火心可以感覺到耳朵裡轟轟作響。忽然間，那片樹籬，以及籬外的安全地帶，似乎距離非常遙遠。

「這就是我看到他的那扇窗戶。」烏掌低聲說，帶路繞過那個窩的角落。

「或許兩腳獸也是在這裡看到你的。」沙暴喃喃說道。火心可以感受到她的恐懼，也知道她的憤怒既是出於和老對手的爭辯，加上充滿壓力的緊張。

他們上方一扇窗戶發出刺眼的亮光，沙暴壓低身體蹲伏著。火心可以聽到兩腳獸的腳在裡面走動的聲響。他探頭朝兩腳獸的窩牆張望。那扇窗戶太高，無法一躍而上。他爬到窗戶正下方的地面，那邊有棵盤根錯節的樹沿著窩的側邊往上長。火心打量著那些彎曲的樹枝，打算爬上去，不過他仍能聽到兩腳獸在裡面發出吵雜的聲音。

「雲掌想必快耳聾了，住在這麼吵的地方！」沙暴低聲說，耳朵平貼在頭上。

好奇心有如飢餓的老鼠般啃嚙著火心，直到他再也按捺不住。「我要去瞧瞧。」說完，他開始爬上那些盤繞的莖幹，沒去理會沙暴要他小心的警告。

火心的心怦怦亂跳，抵達那扇窗戶後，他小心翼翼地爬到窗邊。裡面有一隻兩腳獸正站在一個冒著氣的東西上方。火心皺眉望向那道不自然的強光，依稀想起他小時候的往事。他知道自己正望著一間廚房，兩腳獸料理食物的地方。他當年吃的是乏味的食物，喝的是有強烈金屬味的水，這些塵封的往事一一湧上心頭。他眨眨眼將那些記憶拋在腦後，開始尋找雲掌的蹤跡。

他注意到兩腳獸窩的角落，有個看起來像是用乾樹枝緊緊編成的小窩。火心的腳掌開始激動地發抖。有個小小的白色身影蜷縮在那裡面。火心屏氣凝神，看著那個身影起身，躍出牠的箱子。牠跑到那隻兩腳獸腳下，開始吵鬧地吠個不停。**是狗！**火心畏縮了一下，失望讓他一陣昏眩，在窗檯上幾乎失去平衡。雲掌呢？

兩腳獸俯身拍拍那隻吵鬧的小動物。火心發出低沉的嘶聲，然後驚訝地坐起，看著雲掌從一道門慢條斯理地走進那個房間。火心驚慌地看到那隻狗衝向雲掌，吠個不停。他等著雲掌弓起背怒吼，不過那隻白貓只是冷漠地不理牠。

就在這時，雲掌突然躍上這扇窗戶另一側的窗檯，火心趕忙躲起來。那隻狗仍在地面猛吠，不見蹤影。「他在這裡。」火心朝烏掌與沙暴小聲說道。

「他有沒有看到你？」沙暴叫道。

火心小心翼翼地抬起眼睛，身體仍緊貼著堅硬的石頭。雲掌正茫然朝火心的頭上眺望。他眼神憂鬱，看起來瘦了一些。火心覺得很愧疚，卻又忍不住鬆了口氣。對他來說，這證明雲掌不適合過寵物貓的生活。

火心坐直身體，將前爪按在將他們隔開的那扇窗戶上。他沮喪地顫抖著，猛抓玻璃；他收起爪子，因為柔軟的肉墊不會發出聲響，驚動兩腳獸或那隻狗。這時，雲掌的耳朵豎了起來，火心屏住呼吸。白色的見習生轉過頭看到火心，他張大嘴巴，開心地喵叫，可是火心聽不見。吵雜聲使裡面的那隻兩腳獸驚訝地轉過身來。火心趕緊從窗檯躍下，落在他朋友的身旁。

「怎麼了？」沙暴問道。

「雲掌看到我了，不過我想兩腳獸也看到了！」

「我們得離開。」烏掌焦急地說。

「不，」火心低聲說，「你們兩個可以走，我要留在這裡，直到雲掌出來。」

沙暴瞪著他。「你打算怎麼做？如果他們放那隻狗來對付你呢？」

「雲掌看到我了，我現在不能走，」火心堅持，「我要留在這裡。」

就在他說話時，身後傳來吱嘎的聲音。火心猛然轉頭。牆壁中的一扇門湧出一道光，照進花園，將通往樹籬的草地照得一片通明。兩腳獸的影子經過那道光時，光線忽然暗了下來。

火心愣住了。沒有時間躲起來。他知道他們已經被發現了。那隻兩腳獸叫了一聲，嚴厲中帶著質疑，然後牠走了出來，開始朝他們緩緩逼近。三隻貓縮在一起，兩腳獸愈走愈近。火心聽到沙暴顫抖著深吸了一口氣，抬頭一看，嚇得全身緊繃。那隻兩腳獸浮現在他們上頭。他們被困住了。

# 第二十一章

「快！這邊！」

雲掌急切的喵叫聲讓火心跳了起來。他看到一道白色的身影從門口竄出，高聲嗚叫著朝草地飛奔過去。兩腳獸轉過身，也轉移了注意力，火心感覺到沙暴與烏掌從他身旁一個箭步衝了出去。他追上去，跟著雲掌穿過草地。兩腳獸在他們身後的暗夜中叫喚，一隻狗跟在牠身旁吠叫，不過火心仍拼命狂奔，穿過樹籬，進入外頭的麥田，循著雲掌、沙暴、烏掌留下的氣味前進，直到在一叢蕁麻間追上他們。

沙暴緊緊依偎著火心，全身發抖。火心隔著她的頭往上望過去，發現雲掌正在看他，一雙藍色的眼睛瞪得大大的。找到見習生讓火心鬆了一口氣，但一想到雲掌在雷族的地位和處境又覺得不免憂心，讓他一時不知該說什麼。

雲掌低頭看著腳掌。「謝謝你們過來。」

「怎麼樣？你要回族裡嗎？」火心帶著疑惑脫口而出。他已確定雲掌安然無恙；如今他開始關切起族裡的利益。

那隻年輕的貓抬起下巴，眼神黯淡，「當然！我知道我不該靠近兩腳獸的，」他承認，「我已經學到教訓了。我保證絕對不會再犯。」

「我們為什麼要相信你？」沙暴問。火心瞄了她一眼，沙暴的口氣溫和，沒有挑釁意味。烏掌默不作聲地坐著，尾巴整齊地捲在前掌上，綠色的眼睛把一切都看在眼裡。

「你來找我，」雲掌遲疑地問，「應該是要我回去。」

「我必須信得過你才行。」火心要雲掌了解，除了他之外，還得考慮其他的貓，「我必須知道你認同戰士守則，以及你能學會遵循這套守則。」

「你要相信我！」雲掌堅持。

「就算你能說服我，族裡其他貓會相信你嗎？」火心神情凝重地說，「他們看到的是你離開我們去和兩腳獸同住。你憑什麼認為他們會相信一隻選擇當寵物貓，而不住在族裡的貓？」

「可是那不是我選擇的！」雲掌抗議，「我屬於雷族。我原本就不想跟兩腳獸走！」

「別對他太嚴厲了。」沙暴低聲地說。

火心沒想到她竟同情起這位年輕的見習生，心裡十分詫異。或許是雲掌憂慮而嚴肅的眼神說服了她。他期望族裡其他的貓也能如此。火心的氣消了。他走上前，在雲掌的頭上用力舔了舔。「記得以後要聽我的話！」他警告道，嘴巴湊在這個見習生的耳朵上說，這樣才能蓋過雲掌胸口發出的呼嚕聲。

「太陽升起了，」烏掌在陰影中淡淡地說，「如果你們要在中午前回去，得趕快，我們沒太多時間。」

火心點點頭，轉向沙暴。「妳準備好了嗎？」

「好了。」沙暴回答，伸出前腿。

「好，」火心說，「那我們就上路了。」

⸗⸗⸗

烏掌領著他們直到高地，然後在通往風族地盤一道沾滿露珠的斜坡下與他們分手。天就快亮了。現在是綠葉季，太陽通常很早就升起。他們的腳程很快。

「謝了，烏掌，」火心說，和那隻黑貓以鼻子互相磨蹭，「你來找我是對的。我知道要回到森林，對你並不容易。」

烏掌點點頭。「雖然我們不再是同族的夥伴，但我對你的友誼與忠誠永遠不變。」

火心眨眨眼，驅走眼中的傷感。「小心點，」他警告那隻黑貓，「虎爪或許不知道你住在哪裡，不過我們已學到不要低估他。要提高警覺。」

烏掌神色凝重地點頭，然後轉身離去。

火心看著他的老夥伴快步走過明亮的草地，消失在樹叢中。「我們如果努力趕路，可以在風族的黎明巡邏隊出發以前抵達四喬木。」說完他便沿著斜坡往上爬，雲掌與沙暴跟在兩旁。能在太陽升起前經過高地，讓他鬆了一口氣。當他們到達高地的最高點，也就是廢棄的獾穴時，太陽已經從地平線浮現，將石南照射得金光萬丈。火心發現雲掌很喜歡這片景色，睜大了他的藍眼睛。他心中突然深信，這隻年輕的貓會信守承諾、留在森林裡。

「我聞到家的味道。」白色的見習生小聲地說。

「真的？」沙暴懷疑地問，「我只聞到獾穴的廢土味！」

「我聞到雷族的入侵者！」

三隻雷族貓突然轉身，毛全豎直。只見風族副族長死足從石南間走出來，跳到沙建的獾穴上頭。他身材瘦小，走路時明顯地偏向一側，也因此才被取了這個名字。不過火心知道他和風族其他貓一樣，瘦小的身材底下，暗藏了其他族的貓難以匹敵的敏捷與速度。

隨後傳來一陣沙沙聲，泥爪從石南叢大步走了出來。那位黑毛戰士繞著他們打轉，最後在他們身後停了下來，火心緊盯著他。

「網掌！」泥爪叫道。那個曾和泥爪同行的虎斑見習生走進空地。火心按兵不動，心怦怦跳，想知道這支巡邏隊是不是還有其他戰士。

「你似乎將風族地盤當成第二個家了。」死足氣呼呼地說。

火心嗅了嗅空氣才開口。沒有其他的風族貓了，他們勢均力敵。「從森林要到前方沒有其他的路。」他回答，努力讓語氣聽起來平和。他不想挑起事端，雖然對泥爪上次對待他和藍星的態度還耿耿於懷。

「你又想去高岩山？」死足瞇起眼睛，「藍星呢？她死了？」

沙暴弓起背，憤慨地發出嘶聲。「藍星好得很！」

「那你們在這裡做什麼？」泥爪咆哮道。

「只是路過。」雲掌毫無所懼的喵聲，和那些成年戰士相比，顯得微不足道，火心覺得肌肉緊繃起來。

「看來需要學習尊重別人的，還不只有火心！」死足怒吼道。

火心從眼角餘光看到那隻黑色公貓甩了甩尾巴，他知道對方在對夥伴暗示要發動攻擊。火心心一沉，發現開戰在所難免。當死足從獾穴撲到他背上時，他猛地翻滾在地，順勢將這位風族副族長甩掉。

死足四掌著地，轉向火心，氣得發出嘶聲。「好身手。不過你的動作太慢了，像所有的森林貓一樣。」他撲了過來，火心趕緊閃開，但他覺得副族長的爪子已經劃過他的耳朵了。

「我夠快了。」他生氣地說，接著後腿一蹬朝死足撞過去。風族公貓被火心撞得喘不過氣來，不過仍設法迴轉站穩腳步，像　蛇般快速反擊，火心在那位戰士掃中他的鼻子時叫了一聲。火心也展開反擊，一隻前掌朝死足揮去，當爪子戳進副族長的毛裡時，他感到心滿意足。火心緊緊攫住死足的肩膀，用力抓緊再整個撲到那隻黑貓背上，將他的口鼻壓在堅硬的地上。

當火心將掙扎不已的風族副族長壓制在地時，才發現見習生網掌已經趁機開溜。另一邊，沙暴與雲掌並肩作戰，將泥爪趕回石南叢裡。沙暴揮出前掌，雲掌則是掐住那位戰士的後腿，逼得泥爪憤怒地發出尖叫，轉身落荒而逃。

「我在你值得尊敬時會開始表現敬意。」火心在死足耳畔嘶叫，並在這位風族副族長的肩膀上狠狠擰了一下，才放開他。死足憤怒咆哮，竄入石南叢裡。

「走吧，你們兩個，」火心叫道，「我們最好快點上路，免得他們帶更多戰士回來。」

沙暴點點頭，神情凝重，不過雲掌卻興奮地跳來跳去。「你有沒有看到他們抱頭鼠竄的樣子？」他吹噓，「看來我還沒忘記我的訓練！」

「噓！」火心怒斥，「我們得快離開。」雲掌安靜下來，不過眼中仍然神采奕奕。三隻貓並肩快步，走向離開風族地盤、通往四喬木的斜坡。

「你有沒有看到雲掌打鬥的樣子？」他們在岩石間跳躍時，沙暴小聲地問火心。

「只有在快結束的時候，當時他在幫妳趕走泥爪。」

「在那之前呢？」沙暴問。她的語氣雖然平靜，卻很溫馨，「他才三兩下就將那個風族見習生打得落荒而逃了，那隻可憐的虎斑貓嚇死了。」

「網掌或許才剛開始受訓。」火心寬容地表示，不過還是對他見習生的表現感到驕傲。

「可是雲掌這個月都被關在兩腳獸的窩裡！」沙暴指出，「他的身材完全走樣，卻仍然……」她停了一下，「我真的認為，雲掌若能好好接受訓練，可以成為厲害的戰士。」

雲掌的喵聲從他們身後傳來。「嘿！就承認吧！我很厲害，不是嗎？」

「還得學會謙虛一點！」沙暴補上一句，樂得抖了抖頰鬚。

火心沉默著，沙暴對雲掌的信心讓他高興得說不出話來，不過他依然懷疑，他的外甥還是不能了解戰士守則的真諦。

他們迅速穿越森林，林中充滿鳥語及獵物誘人的香濃氣味。不過沒有時間逗留和狩獵了。火心得趕回營地。他滿心焦慮，令人窒息的熱氣，讓他有種愈來愈不安的預感。暴風雨像一頭巨貓般隱隱逼近，準備以牠的巨掌撲向森林。快到營地時，火心加快腳步，全速衝下峽谷，暗自祈禱虎爪沒有上門。他跑向金雀花叢隧道，沙暴和雲掌在後頭疲憊地跟著；沒過多久火心氣喘吁吁地現身在空地。營地和他離開時沒什麼兩樣，他鬆了一口氣，卻也開始覺得虛脫無力。

幾隻早起的小貓在空地邊緣曬太陽。他們往火心這邊看過來，火心看到他們焦慮地交換眼神，甩動尾巴。

白風暴走向火心。「很高興你平安回來了。」

火心點頭致歉。「真抱歉讓你操心了。烏掌來找我，因為他說他發現雲掌的下落。」

「是，亮掌把經過情形告訴我了。」白風暴說。

這時，沙暴和雲掌也穿過了金雀花隧道，所有的貓全都驚訝地轉過頭，看著那個白色的見習生。

沙暴走向火心，朝白風暴點頭打招呼。雲掌在她身旁坐下，將尾巴捲在前掌，恭敬地垂下眼睛。

白風暴打量著這個見習生。「我們還以為你去和兩腳獸住了。」

「是啊，」暗紋隔著空地慵懶地說著。那位條紋戰士就躺在戰士窩外頭，「我們都知道你決定回去過寵物貓生活了。」他站起身，走到白風暴身旁。其他貓好奇地觀望，盯著雲掌，等他的回答。火心很焦慮。

雲掌揚起下巴。「我是被兩腳獸偷走的！」他戲劇化地宣布。

全族驚訝地竊竊私語；然後灰掌衝上前，與雲掌磨蹭鼻子。「我就告訴他們你不想離開這裡！」他說。

雲掌點點頭。「我又叫又罵，奮力抵抗，不過兩腳獸還是把我帶走了！」

「兩腳獸就是這副德性！」斑尾從育兒室門口叫道。

火心驚訝地看著這一切。雲掌能以他的片面之詞贏得全族的同情嗎？

「幸好烏掌發現我，」這個見習生繼續說著，語氣顯得很急迫，「他找火心來救我。如果不是火心和烏掌，我到現在還困在兩腳獸的窩裡，和一隻狗住在一起！」

「狗？」斑皮惶恐的叫聲從那棵倒下的橡樹傳來。

「他說狗嗎？」獨眼就躺在他旁邊，聲音沙啞地問著。

「沒錯，」雲掌回答，「那隻狗沒綁著，和我住在同一個窩裡！」

火心看到那些長老眼中充滿驚惶。

灰掌憤怒地甩動尾巴。「牠有沒有攻擊你？」他說。

「那倒沒有，」雲掌承認，「不過就是吵個不停。」

「等一下再告訴同伴詳細的情形，」火心打岔，「你得先休息一下。目前全族必須知道的是，你已經從這次經驗學到了教訓，而且從今以後你會恪遵戰士守則。」

「可是我還沒提到遇見風族巡邏隊的那一段呢！」雲掌抗議。

「風族巡邏隊？」暗紋將冷峻的眼神從雲掌轉向火心，「怪不得你鼻子上有抓痕，火心。

他們把你趕走了？」

沙暴瞪著那位條紋戰士。「事實上是我們將他們趕走了！而且雲掌像個戰士一樣戰鬥。」

「是嗎？」白風暴訝異地看著雲掌。

「他獨力將一個風族見習生打得抱頭鼠竄，然後又協助沙暴將泥爪打跑。」火心插嘴。

「好棒喔。」鼠毛朝雲掌點頭，雲掌也優雅地回禮。

「就這樣？」暗紋問，「我們就這樣讓他回來？」

「唔，」白風暴緩緩說道，「當然，那得由藍星決定。不過雷族比以前更需要戰士。此刻我們若將雲掌趕走，未免也太愚蠢了。」

暗紋嗤之以鼻。「我們怎麼能相信情況不妙時，這隻寵物貓不會再次逃跑？」

「我不是寵物貓。我也沒有逃跑，」雲掌忿忿不平地說，「我是被偷走的！」

火心看見暗紋憤怒地繃緊爪子。「暗紋的看法不是沒有道理。」他勉為其難地承認，也同意族內其他貓對虎斑戰士的疑慮也會有同感。光是冠冕堂皇的言詞無法說服全族，他們應該再度相信這個見習生。「我去找藍星談，」他說，「白風暴說得對，那要由她決定。」

# 第二十二章

「火心？」他推開地衣簾幕走進去時，藍星抬眼看他。她仍蜷縮在她的臥舖裡，毛髮凌亂眼神焦慮。火心忍不住懷疑自從上次見面之後，她是否移動過。

「雲掌回來了！」他宣布。他如今已推測不出藍星對任何新消息的反應，因此決定有話直說，「他就在高地外的兩腳獸地盤裡。」

「他自己找到路回來？」藍星訝異地問。

火心搖搖頭。「是烏掌看到他，然後來告訴我他在哪裡。」

「烏掌？」那隻老貓滿臉困惑。

「呃……就是虎爪以前的見習生。」火心尷尬地提醒她。

「我知道烏掌是誰！」藍星立刻接口，「他在雷族地盤裡做什麼？」

「告訴我雲掌的事。」火心又說了一次。

「雲掌，」藍星重複著，將頭微微偏向一邊，「他回來了。他為什麼回來？」

「他想要回到族裡。是兩腳獸強行帶走他的。」

「這麼說是星族讓他回家的。」藍星喃喃說道。

「烏掌也幫了一點忙。」火心補充。

藍星看著窩裡的沙地。「我還以為星族要雲掌到族外去追求另一種生活。」她的語氣若有所思，「或許我錯了。」她轉向火心。「烏掌幫你忙？」

「是的。他帶我們到雲掌被關的地方。他甚至還將我們從狗群中救出來。」

「你告訴烏掌虎爪叛族的事時，他有沒有說什麼？」藍星忽然追問。

火心沒料到她會這麼問。「唔，他……他很驚訝，當然。」他結結巴巴地說。

「不過他也試過警告我們，不是嗎？」藍星的語氣裡充滿懊悔，「我現在想起來了。我當時為什麼沒聽他的？」

火心設法安撫他的族長。「烏掌當時只是見習生。每隻貓都很欣賞虎爪，他將他的陰謀掩飾得很好。」

藍星嘆了口氣。「對虎爪，我是看走眼了，對烏掌也是。我應該向他道歉。」她沉重地望向火心，「我是不是應該邀請他回族裡來？」

火心搖搖頭。「烏掌不會想回來的，藍星。就讓他留在兩腳獸那裡吧，跟大麥一起，」他解釋，「他在那邊很自在。妳說他在族外會找到比較適合他的生活，這句話倒是說對了。」

「不過我對雲掌的事就說錯了。」藍星懊惱地說。

火心覺得談話就快超出他所能掌控的方向了。「我想他最後還是可以適應族裡的生活。」

他說，期待他的語氣能比他的想法更有信心。「不過只有妳能決定我們該不該接受他。」

「我們為什麼不接受他？」

「暗紋認為雲掌會想再回去當寵物貓。」火心坦白地說。

「你怎麼看？」

火心深吸一口氣。「我認為雲掌和兩腳獸相處的這段時間，已經給了他一個教訓，讓他知道他的心屬於森林，和我一樣。」

看到藍星的眼睛為之一亮，他感到欣慰。「很好。他可以留下來。」她同意。

「謝謝妳，藍星。」火心知道自己對雲掌能回到雷族。應該要更興奮才對，不過他的欣慰卻摻雜著疑慮。雲掌和風族巡邏隊打鬥時表現得可圈可點，他似乎也是真的想回到營地；不過這能持續多久？等到他對訓練感到心煩，或者對必須自己捕食覺得厭倦？

藍星若有所思地說下去：「我們也應該向全族宣布，如果他們在雷族地盤看到烏掌，應該像看到同伴般地歡迎他。」

火心點頭致謝。烏掌在當見習生時沒能交到幾個朋友，主要是因為他很怕虎爪，不過雷族的任何一隻貓都沒有理由厭惡他。「妳何時會宣布雲掌的事？」他問。能讓全族看到他們的族長再度現身於高聳岩，也是件好事。

「由你宣布吧。」藍星下令。火心大失所望。藍星是不是已經到了自覺無法向族貓致詞的地步？雖然火心渴望告訴其他貓，雲掌可以留下來，但他仍需要讓全族確認，那是藍星的決定。藍星封閉自己太久了，把營地裡大大小小的事務都交給火心處理，其他貓要如何確定這真是她的命令呢？如果由她親自宣布，至少暗紋就無話可說。

火心靜靜地站著，腦袋裡一片混亂。

「有什麼不對勁嗎？」藍星疑惑地瞇著眼睛。

「或許應該由暗紋來向其他貓宣布，」火心試著慢慢解釋，「畢竟，提出異議的是他。」

藍星的眼神閃現一絲疑慮，那表情讓火心緊張得不敢呼吸。「你愈來愈精明了，火心。你說得對。應該由暗紋來宣布這個消息。叫他來找我。」

火心打量她的神情，不知道藍星是因為他的精明而不安，或是想到要接見暗紋而有疑慮。不過當他告退，走出窩外時，藍星的眼神並沒有什麼異樣。

暗紋沒有移動。他坐著，等候藍星的判定，其他貓則像往常一樣各自執行分內的例行工作。幾隻仍待在空地附近的貓在火心離開高聳岩時，好奇地望了過來。

火心看著暗紋琥珀色的眼睛，設法掩飾他的勝利感，只朝藍星的巢穴點點頭，再甩尾示意雷族族長要見他。這位條紋戰士大步經過火心時，火心正要走向新鮮獵物堆，雖然太陽才剛升起，存糧早已堆積如山。巡邏隊的狩獵成果豐碩，他滿意地想著。他既累又餓，叼起了一隻松鼠。如果有暴風雨要來，火心想著，希望能早點來。

火心在前往蕁麻叢的途中，順道繞到見習生窩，只見雲掌獨自坐著，狼吞虎嚥地吃著一隻麻雀。

那隻白貓抬頭看過來，在火心接近時，匆匆將食物吞下肚。「她怎麼說？」這次他的喵聲總算有點焦慮。

火心放下松鼠。「你可以留下來。」

雲掌大聲地發出呼嚕聲。「太棒了，」他說，「我們什麼時候要出去做訓練？」

一講到訓練，火心疲憊的腳掌就開始痠痛，他回答：「今天不行。我得休息一下。」

雲掌滿臉失望。

「明天吧。」火心開心地承諾，忍不住為他的見習生渴望回歸原來的生活而振奮。「對了，」他繼續說：「你描述得很精彩。你將你的逃脫說得像是一場精采的歷險記。」雲掌尷尬地低頭看著腳掌，火心繼續說：「不過只要你開始遵循戰士守則，我就會讓族裡繼續相信你是被兩腳獸『偷走的』……」

「可是我真的是被偷走的。」雲掌小聲地說。

火心嚴肅地盯著他。「我們心知肚明，那不全然是事實。你要是再去兩腳獸的圍牆附近，哪怕只是張望，只要被我逮到，我就親自將你逐出雷族！」

「是的，火心，」雲掌說，「我知道了。」

⚡⚡⚡

第二天傍晚，火心蜷縮在他的窩裡，心情非常的好。他和雲掌的訓練課進展得很順利，他的見習生總算仔細聆聽每一個教誨；此外，他的打鬥技巧也大有進步。**我只希望能持續下去**，他邊打盹邊想。

森林進入他的夢鄉。在迷霧中樹幹隱隱浮現在他面前，隨後飛上空中，消失在雲端。火心忍不住大叫，但是他的聲音被詭異的寂寞所吞噬。他驚慌地尋找熟悉的地標，可是霧氣太濃了；樹林似乎朝他蓋過來，愈聚愈近，在他的記憶中樹林不曾如此擁擠過，用它們黑色的樹幹磨擦他的毛皮。他嗅著空氣，聞到一股他很熟悉、卻叫不出來的嗆鼻味，讓他的毛全都驚惶地豎起來。

他突然覺得有其他的毛皮輕柔地依偎著他。一股他再熟悉不過的氣味籠罩著，像一口清涼的水安撫他煩躁的思緒。是斑葉。

「怎麼了？」火心問，但斑葉沒有回答。火心轉身面對她，不過在濃霧中他幾乎看不見。他只能辨識出她琥珀色的眼裡滿是恐懼，隨後兩腳獸的吼叫聲劃破沉默。

一對年輕的兩腳獸從霧中跑出來，牠們的臉因恐懼而扭曲。火心感覺到斑葉閃躲開來，於是轉過頭，看見她消失在霧氣中。火心嚇壞了，現在只剩他自己面對朝他直奔而來的兩腳獸，他們踏在地上的腳步聲有如雷鳴。

火心驚醒過來。他突然睜開眼睛，惶恐地望著巢穴。事情不大對勁。他的夢境侵入了現實世界：那股嗆鼻味仍瀰漫在空氣中，而且有一陣怪異、令人窒息的霧氣從樹枝間滲透進來。火心一躍而起，爬出巢穴。一道橙色的光線隱隱從樹林間照過來。黎明了嗎？

那股氣味愈來愈強烈，火心一臉驚駭，他知道那是什麼了。

火！

# 第二十三章

「失火了！快起來！」火心大叫。

霜毛跌跌撞撞地走出戰士窩，驚慌得瞪大了眼睛。

「我們必須立刻撤離營地！」火心下令，「告訴藍星：森林失火了！」

他跑到長老窩，隔著那棵倒下的橡樹樹枝大叫：「失火了！快出來！」然後朝正睡眼惺忪地爬出窩裡的那些見習生跑過去，「離開營地！到河邊去！」他叫道。雲掌仍半睡半醒，迷迷糊糊地看著他。「到河邊去！」火心十萬火急地再叫了一次。

霜毛協助藍星穿過陰暗的空地。族長的臉上彷彿蒙上一層恐懼的怪面具，霜毛用鼻子抵著她，推她前進。

「走這邊！」火心大叫，用尾巴指示方向，然後再衝上前協助那隻白色母貓帶領藍星走向入口。貓群爭先恐後經過他們兩側，毛全豎了起來。

森林似乎在他們身旁呼嘯著，在這吵雜的聲音中傳來一陣包含兩種音調的恐怖嗚叫，以及兩腳獸穿越森林時的狂吼。濃烈的煙霧已湧入空地，濃霧後面的火光愈來愈亮，朝營地逼近。

藍星直到走出營地才開始奔跑，與爭先恐後想逃出峽谷的貓群互相推擠。「到河邊去，」火心下令，「留意同伴。別走丟了。」他覺得心裡出奇得鎮靜，彷彿一池冰水，而外頭卻是炙熱喧鬧，亂成一團。

柳皮的小孩奮力跟在母親身後，火心衝回去協助他們逃難。柳皮將最小的貓咪叼在嘴裡，抬高頭望著前方擠來擠去的那些貓，一臉驚恐。

「金花呢？」火心問。

柳皮用鼻子比向峽谷。火心點點頭，慶幸至少有一位貓后和她的孩子已安然離開營地。他呼叫已經爬到岩石斜坡半路的長尾，在那位戰士爬回來以前，火心叼起柳皮的另一隻小貓遞給他身後的鼠毛。等長尾回來時，火心再咬起第三隻小貓交給他。「讓小貓留在柳皮身邊！」他下令，因為知道貓后只有在看到自己的小貓安全無虞時才會繼續逃生。

火心站在峽谷底部，看著貓群往上爬。煙霧盤旋著升上天空，遮住了銀毛星群。星族是否看到他們了？他思忖了一下，將目光往下移，看到一身濃密灰毛的藍星已經登上谷頂，其他貓也靠攏過去。最後他跟上前，在往上爬的途中轉過頭，看見烈火朝峽谷伸出貪婪的橙色舌頭，沿著乾枯的蕨叢往營地逼近。

火心爬上山脊。「等一下！」他對著逃竄的貓群呼喚。他們停下腳步，轉過身面向他。火心透過令人窒息的濃煙望向他的族貓時，煙霧燻得他兩眼刺痛。「有沒有貓不見了？」他問，並環視四周。

「半尾和斑皮在哪兒？」雲掌的聲音拉高成驚惶的喵叫聲。

火心看到大家紛紛轉頭互相探詢，小耳回答：「他們沒跟我在一起。」

「他們一定還在營地裡！」白風暴說。

「小棘呢？」金花急切的哀嚎夾雜在烈火的劈啪聲中，從樹林裡傳出來，「我爬上峽谷時他還在我後面！」

火心感到一陣暈眩。這表示族裡有三隻貓不見了。「我會找到他們的，」他答應，「妳繼續留在這裡太危險了。白風暴和暗紋，你們負責保護族裡的其他貓，讓他們安全抵達河邊。」

「你不能回去下面！」沙暴警告。她擠過貓群站到火心身旁，綠色的眼睛急切地看著他。

「我非去不可。」火心回答。

「那我也要去。」沙暴說。

「不行！」白風暴叫道，「戰士不夠，我們需要妳幫忙護送全族。」火心點頭表示同意。

「那麼我去好了！」

火心看到煤皮一跛一跛地走上前，嚇了一跳。「我不是戰士，」她說，「反正如果我們遇上了敵人的巡邏隊，我也派不上用場。」

「不行！」火心毅然回絕。他不能讓煤皮冒生命危險。這時他看到黃牙披著一身凌亂的毛髮，擠過貓群走出來。

「我也許老了，不過我的步伐可比妳的還穩健，」老巫醫告訴煤皮，「族裡會需要妳的醫療。我和火心一起去。妳留在族裡。」

煤皮張開嘴，但火心斷然地說：「沒時間爭論了。黃牙跟我來。其他的朝河邊前進。」

煤皮還沒來得及爭辯，火心就轉身，沿著峽谷往下走入煙霧與熱氣之中。

其實火心嚇壞了，不過當他抵達峽谷底部時，仍然強迫自己繼續跑。他可以聽到黃牙在他身後喘著氣。煙霧使火心的每一口呼吸都變得很痛苦，即使他還年輕力壯。明亮的火焰在營地的牆外閃動，貪婪地撕裂精心織造的蕨叢；但他們還沒到達空地。長老窩距離最近，火心幾乎是摸黑朝它前進的。他可以聽到火焰燒到橡樹倒木另一端所發出的嗶剝聲。這裡的溫度高得讓他覺得火勢似乎隨時都會竄入營地。

火心看到半尾的身影癱倒在一根樹枝下。斑皮躺在他旁邊，嘴巴還咬著半尾的頸背。他在自己也癱倒之前，似乎曾試著將他的朋友拖到安全的地方。

火心錯愕地停下腳步，不過黃牙已經衝過他身旁，開始將半尾的身體拖向營地入口。

「別光站著發呆，」滿嘴都是毛的黃牙咆哮道，「幫我把他們拖離這裡。」

火心叼著斑皮，將他拖離煙霧瀰漫的空地，拖進隧道。他拖著斑皮經過金雀花隧道，強忍著不要咳出來，金雀花的尖刺勾住那隻老貓凌亂的毛髮。火心抵達峽谷底下，開始往上爬。斑皮在他的口中抽搐著，在一陣激烈的乾嘔後，火心感覺到身體不斷痙攣。火心朝陡峭的斜坡往上爬，脖子拖著那隻昏迷不醒的貓而痠痛。

他爬上坡頂，將斑皮拖到平坦的岩石上；那隻老公貓就躺在那邊，無助地喘著氣。然後火心轉身去找黃牙。巫醫正吃力地走出金雀花隧道，為了對抗那致命的煙霧，腰側的肌肉起伏不已。原本庇蔭雷族的樹林被野火吞噬了，樹幹全陷入火海。火心看到黃牙叼著半尾，睜大橙色的眼睛朝他看過來。他彎起後腿，準備躍下石頭去接應她，可是一聲驚惶的喵聲讓他抬起頭來。從濃煙的縫隙間可以看到金花的小貓攀附在峽谷旁一棵小樹的樹枝上。那棵樹的樹皮已經開始悶燒，小棘死命地叫喊。樹幹已經著火了。

火心立刻躍向那棵冒著烈焰的樹，將爪子嵌入火焰上方的樹幹，朝小貓爬上去。火勢沿著他下方的樹幹往上竄升，火心搖搖晃晃地朝小貓前進，但火舌不斷吞噬樹皮。那隻小公貓攀在一根樹枝上，眼睛緊閉，嘴巴張大卻叫不出聲音來。火心將他叼在口中，小棘立刻放鬆，讓身體懸在半空中，害得火心差點失去平衡。但火心的牙齒仍緊緊咬住小棘的頸背，並設法抓住粗糙的樹皮。現在他已經無法再從樹幹往下爬了。火勢實在太猛烈了。他必須想辦法沿著樹枝前進，然後再跳到地面。他嘴巴含咬，使得小棘無法叫喊，然後爬離樹幹。

樹枝被他的重量壓得往下垂，並且晃來晃去，不過火心仍強迫自己向前移動。再往前走一步，然後聚精會神，準備躍下。他身後的火焰將他的皮毛都烤焦了，毛燃燒的苦澀味撲鼻而來。樹枝又再往下垂，這次還發出了不祥的斷裂聲。星族救我！火心默默祈禱。他閉上眼睛，彎著後腿朝地面躍下。

身後傳來一聲劈哩啪啦的斷裂巨響。火心咚一聲重重著地，這用力的一撞幾乎讓他沒辦法呼吸。他轉頭環顧四周，想在峽谷側邊找個可以攀爬的地方。他訝異地看到火已經將樹幹全吞進去了，樹朝峽谷倒了下去。它帶著大火，在離這隻驚魂未定的貓很遠的地方轟然落下，燃燒的樹枝遮住了營地入口。現在火心已經沒辦法去找黃牙了。

# 第二十四章

「黃牙！」

火心放下小棘，叫著巫醫的名字。他期待聽到她的回答，雙耳的血液怦怦地流動著；可是除了火焰可怕的嗶剝聲外，什麼也沒聽到。

小棘蹲伏著，瘦小的身軀緊靠在火心的腿上。火心覺得既惶恐又沮喪，感覺被燒焦的身側隱隱作痛。他叼起小棘，衝上斜坡回到斑皮身邊。

那隻老公貓動也不動。火心看到他的胸口虛弱地起伏著，知道斑皮沒辦法跑到安全的地方。他將小棘放在地上。「跟我來！」他叫著，然後用疲憊的嘴叼住斑皮的頸背。火心最後一次俯瞰火海中的斜坡，然後將那隻黑白公貓拖離峽谷，進入樹林。小棘跌跌撞撞地跟在他們身後，嚇得喵不出聲來，只是張大無神的雙眼。火心希望自己能同時帶著兩隻貓逃命，可是他不能留斑皮獨自躺著等死。小棘得設法振作起來，才能靠自己逃過一劫。

火心摸黑沿著其他貓走過的路前進，他幾乎不知道自己在森林裡的什麼地方，不過他還是每隔一陣子就回頭確認小棘有跟上來。他一直想起最後回望峽谷的景象，一片可怕的巨焰及濃煙席捲了整個營地，他的家。至於黃牙與半尾，則不見蹤影。

他們在陽光岩追上了雷族的其他成員。火心輕輕將斑皮放到平坦的石頭上。小棘朝金花直奔而去，金花緊緊咬住他的頸背，狠狠地、瘋狂地搖他，激動地呼嚕叫著，說不出話來。然後她將他放下，開始用力舔拭他被煙燻黑的毛，強烈的舔吮慢慢軟化成輕柔的摩挲。那隻淡薑黃色的貓后抬頭望向火心，眼裡充滿了感激。

火心眨眨眼，將目光移開。想到黃牙是因為他停下來拯救虎爪的兒子才罹難的，他激動地搖頭，沒辦法再多想。他的族需要他。他望著蹲伏在平滑石頭上驚魂未定的貓。他們認為在這裡已經很安全了嗎？他們應該繼續朝河邊前進才是。火心瞇起眼睛，試圖在擠成一團的身影中尋找沙暴，不過他實在累壞了，覺得自己的腿比石頭還重，沒有力氣去找她。

他感覺斑皮在他身旁動了一下。那隻老公貓抬起頭，喘著大氣，然後猛咳不止；這引來煤皮的關切，只見她從擁擠的貓群中蹣跚上前。火心看著她以前掌用力按壓斑皮的胸口，試著清理他的肺。

斑皮不再咳了。他動也不動地躺著，出奇地安靜，甚至不再喘氣。煤皮抬起頭，眼神哀戚，「他死了。」她低聲地說。

震驚的喵聲傳遍岩石間。火心難以置信地看著煤皮。他好不容易才把斑皮帶到這裡來，他卻死了？而且幾乎就在銀流過世的同一地點。他焦急地看著煤皮，知道她一定也想到了。煤皮眼神黯然，頰鬚抖動著，她彎下身輕輕將那隻老公貓的眼睛闔上。火心擔心她無法負荷這種傷痛。其他長老上前向斑皮告別時，灰色的巫醫坐直身體，抬眼望向火心。「我們又失去了一隻貓，」她低聲說，聲音空洞，顯得難以置信，「可是我的難過不能改變什麼。」

「妳聽起來開始和黃牙一樣堅強了。」火心親切地告訴她。

煤皮張大眼睛。「黃牙！她在哪裡？」

火心覺得胸前一陣難受，彷彿那棵著火的樹有一截碎片插入他的心臟。「我不知道，」他老實說，「她在救半尾時，我被困在濃煙裡，後來就看不見她了。我想回去找她，可是那隻小貓……」他說不下去了，只能默默地看著心痛的灰色巫醫。雷族是怎麼了？星族真的想將他們消滅嗎？

小棘開始咳嗽，煤皮站起身，搖晃著頭，彷彿剛從冰冷的水裡走出來似的。火心看著她蹣跚走到那隻小貓身邊，垂下頭，用力舔他的胸口，刺激他呼吸。咳嗽緩和下來了，變成有規律地喘息，然後隨著煤皮的繼續努力，喘息也漸漸平緩。

火心靜靜坐著，聆聽森林中的聲響。在悶熱的空氣中，他感覺到自己的毛陣陣刺痛。一陣微風掠過樹林，從營地的方向吹來。火心張開嘴巴，試著區別那股煙氣與他身上的燒焦味。大火仍在肆虐嗎？他發現微風將火焰吹向陽光岩，天空滿是濃煙。他聽到火焰的轟隆聲蓋住樹梢柔和的沙沙聲，他把耳朵平貼下來。

「火往這邊過來了，」他大叫，聲音因為吸入濃煙而沙啞，「我們得繼續朝河邊前進，只有到河的對岸才安全，火不會燒到那邊。」

大夥望著火心，臉上寫滿驚慌失措，眼睛在夜色中閃著微光。火光穿過樹林透了過來。濃煙開始朝陽光岩逼近，風助長了火勢，燃燒聲也愈來愈大。

一陣突如其來的刺眼強光，將岩石與森林照得一片通明。一聲雷鳴在貓群上方爆開，嚇得眾貓紛紛趴在岩石上。火心抬頭望向天空。他可以看到除了濃煙之外，還有一層積雨雲。他發現暴風雨終於要來了，在與生俱來的恐懼中又感到一絲安慰。

「下雨了！」他叫著，替飽受驚嚇的族貓打氣，「雨會把火澆熄的！不過我們得上路了，否則會被火焰追上！」

蕨毛率先從岩石上站起來。其他的貓也了解事態嚴重，紛紛站起身子。他們對火的恐懼蓋過了對暴風雨的本能畏懼。他們焦躁地在岩面上動來動去，不知該往哪兒走。火心看到沙暴也在裡面，不禁鬆了一口氣。她蓬起尾巴，將耳朵往後貼平。貓群開始分散開來，藍星卻還無動於衷地坐在通往岩石半路上，她仰著臉，向著星辰。一道明亮的分叉閃電劃破天際，不過藍星依舊動也不動。她在向星族祈禱嗎？火心難以置信地想著。

「走這邊！」他下令，並以尾巴示意；又一陣雷鳴壓過他的聲音。

全族開始魚貫走下岩石，朝通往河邊的小徑走去。火心可以看到樹林間搖曳的火光。一隻兔子驚慌地跑過他身邊，似乎沒注意到這些貓，自顧自地從他們之間穿過。為了避開大火與暴風雨，火心鑽入岩石下方，本能地在古老的岩塊間尋找掩避。火心知道火舌很快就會吞沒這一塊森林，他不想再讓其他貓冒險。

「快！」他叫道，貓群拔腿狂奔，鼠毛與長尾再度叼著柳皮的小貓，雲掌與塵皮則是合力拖著斑皮的屍體，那癱軟的黑白身影在地面顛簸前進。白風暴和斑臉護衛著藍星，輕輕推著她，鼓勵她上路。

火心正想轉身尋找沙暴，卻看到斑尾吃力地將她的小貓叼在口中。那隻小貓已經很大了，斑尾又不像其他貓后那麼年輕。火心趕忙過去幫她接過那隻小貓。斑尾感激地看了他一眼，然後開始奔跑。

他們逃往河邊，火焰節節逼近。火心一邊留意逐漸推近的火牆，一邊催促全族前進。狂風掃過已成火海的森林，附近的樹林開始左搖右晃，火焰被風煽起直朝他們撲來。河流就在眼前，不過雷族貓會游泳的沒幾隻。現在沒時間往下游走踏腳石了。

他們越過河族的氣味界標時，火心覺得身側有大火的熱氣，然後是一陣比轟雷路怪獸還要響的轟隆聲。火心往前衝，領著大家下河岸，看到地面從森林地變成鵝卵石河岸，他停下腳步。閃電再度劃破天際，光滑的石頭閃著銀光，隨後響起的雷鳴在大火的轟隆聲中幾乎聽不見。全族跌跌撞撞地跟在火心身後，他們看著湍急的河水，眼裡充滿新的恐懼。火心實在不好意思說服他那些怕水的族貓下水。不過他們身後的火舌已吞噬樹林，無情地追了過來。火心知道已經沒有別條路可走了。

# 第二十五章

火心將斑尾的小貓放在白風暴跟前，轉身面對全族。「河水很淺，大部分地方都可以涉水走過，」他叫道，「比平常還淺。只有河中央有一處必須用游的，不過你們辦得到。」大夥兒惶恐地看著他。「你們必須相信我！」他催促著。

白風暴和火心眼神交會了半晌，於是火心冷靜地點點頭，叼起斑尾的小貓走進河裡，直到身體在昏暗的河水中站直。然後他轉身甩尾，要其他貓跟上來。

火心聞到一股熟悉的氣味，一身柔軟的薑黃色毛依偎在他的肩膀上。他低頭迎向沙暴明亮的綠眼睛。

「你覺得這樣安全嗎？」她低聲問道，以鼻子比向湍急的河水。

「是的，我保證。」火心回答，他好希望他們是在別的地方，遠離這片水深火熱的險境。他對身旁這位堅毅的戰士眨眨眼，試著以眼神安撫她；事實上，他只想將口鼻埋入她的毛中，直到這場惡夢結束。

沙暴點點頭，彷彿看穿了他的心事，她快步走過淺水帶，躍入中央的深水區，這時一陣閃電，照亮了波光粼粼的河水。母貓在鵝卵石間踩了個空，不見了，火心屏住呼吸。他覺得心臟幾乎停止跳動，耳朵裡也像雷鳴般隆隆作響，焦急地等著她再度出現。

沒多久沙暴冒出水面，咳了幾聲，奮力地拍打河水，總算順利游到對岸。她掙扎著上岸，全身被水浸濕，身上的毛緊貼著她的身體。她朝族貓呼喚：「只要一直擺動腳掌就可以了！」

火心為她驕傲。他看著那個柔軟的身軀在對岸樹林的襯托下形成的剪影，情不自禁地想要躍入水中，游到她身旁。不過他得先護送全族過河才行，只好先看著族貓躍入河中。

塵皮和雲掌將斑皮的屍體拖到水邊。塵皮低頭看著屍體，再望向對岸。獨自游過河都很困難了，還要扛著一隻死貓！想到這裡，他不禁露出灰心的神情。

火心走到那位戰士旁邊。「把他留在這裡吧，」他小聲地說，雖然這個將同伴的屍體留下來的念頭讓他心痛，「等火熄了，我們再回來埋葬他。」

塵皮點頭，與雲掌一起涉水入河。那個見習生被煙燻得幾乎變了樣，火心在他經過時，以鼻子觸碰他的身側，希望雲掌可以感受到他這個導師以他處變不驚的勇氣為榮。

火心抬起頭，看到小耳在河邊猶豫不前。沙暴在對岸，站在河水及腰的地方，幫助其他的貓上岸；她大叫著鼓勵那隻年邁的灰毛公貓。另一道閃電照亮了天際，小耳怕得不敢動。火心朝那個全身顫抖的長老衝過去，叼住他的頸背，躍入河中。小耳一邊呼天搶地大叫，一邊手忙腳亂地打水，火心則奮力將頭抬到水面上。在全身被火焰烘得炙熱後，水感覺格外的冰冷；火心發現自己快要喘不過氣來，不過他仍繼續賣力前進，試著回想灰紋是如何輕而易舉地游過這個河道。

突如其來的湍流將他和小耳沖離了河道。火心努力用腳掌划水，心裡卻是一陣驚慌。看著河岸的緩坡從眼前滑過，接著一道陡峭的泥牆浮現。他該如何叼著小耳、從這裡爬上去呢？那隻老公貓已不再掙扎，像重物般懸在火心的口中。他在火心耳畔的喘氣聲顯示他還活著，或許還能熬到對岸。火心胡亂地划水，試著克服激流，並設法讓小耳的口鼻高過水面。

這時一顆有斑點的頭突然從河岸飛撲過來，將小耳接過去。是豹毛，河族的副族長！她在泥地間攀爬，尋找著力點，好將小耳拖出水面，放到地上，然後再下水找火心。火心感覺到她尖銳的牙齒咬在他的頸背部，將他叼上那溜滑的河岸。當腳掌再度踏上乾燥的地面時，火心不禁鬆了一口氣。

「全都過來了嗎？」豹毛問道。

火心四下張望。雷族貓在鵝卵石上蹲踞著，全身濕透，驚魂未定；河族貓則是在附近走動。包括灰紋在內。

「我——我想是吧。」火心結結巴巴地說。他可以看到藍星躺在幾根柳樹的垂枝下，毛全濕了，貼在她的身軀上，讓她看起來更加瘦弱。

「那一個呢？」豹毛用鼻子指向對岸那個動也不動的黑白花貓。

火心轉頭望過去。對岸的蕨叢也起火了，火花飛濺入河中，熊熊的烈焰照亮了樹林。「他死了。」火心低聲說道。

豹毛不發一語，躍入水中，游向對岸，她的金毛在火光中閃閃發光。她叼起斑皮的屍體，奮力划回來；她的前掌在黑色的河水中拍打著。一聲脆雷爆響，讓火心畏縮了一下，不過河族的副族長不受影響，繼續划水。

「火心！」灰紋跑向火心，與他緊緊相依，溫暖柔軟的身側緊靠著火心濕漉漉的身體。「你還好吧？」

火心點點頭，一時感到頭暈目眩。豹毛將斑皮的屍體拖上岸，放在火心的腳掌前。「走吧。我們將他埋在營地裡。」

「河族的……營地？」

「難不成是你的營地？」豹毛冷冷地回答，轉身帶路爬上坡，離開河邊及大火。雷族貓起身跟上去，大雨開始由上方的樹冠層傾盆而下。火心抖了抖耳朵。大雨能否及時澆熄森林野火？他不記得自己曾經這麼累過，只是呆呆地看著灰紋以強有力的嘴，輕鬆叼起斑皮濕淋淋的屍體。雨愈下愈大，重重地拍打著森林，火心跟在其他貓後面，蹣跚地走過光滑的鵝卵石。

河族副族長帶著這群被燻得灰頭土臉、又濕又髒的貓走過岸邊的蘆葦叢，直到前方出現一座島嶼。在其他季節，這座小島是四面環水，如今只有這條步道在剛滴下的雨水中閃閃發光。

火心認得這裡。他第一次來時，這裡仍覆蓋著一片白雪，蘆葦在冰凍的河水中露出頭來；

如今蘆葦搖曳生姿，一片欣欣向榮的模樣，銀白的柳樹林被圍在颯颯作響的蘆葦中間。滂沱的大雨沿著柳樹優雅、輕飄飄的樹枝，如瀑布般滴在底下的沙地上。

豹毛沿著燈心草叢間的一條狹窄隧道走上那座小島。這裡仍隱約聞得到煙味，不過火焰的爆炸聲逐漸消失，火心可以聽到雨水濺入蘆葦叢外溼答答的聲音。

河族族長曲星站在島中央的一片空地上，他肩膀上的毛全豎了起來。火心注意到當雷族貓蹣跚走入河族營地時，曲星狐疑地瞥向灰紋，不過豹毛上前對這隻淡褐色斑紋的貓解釋：「他們得逃離火災。」

「河族安全嗎？」曲星追問。

「大火不會燒過河，」豹毛回答，「尤其風向已經變了。」

火心嗅著空氣。豹毛說得沒錯；風向已經變了。暴風雨帶來一陣他好久沒有聞過的新鮮空氣。風吹過他濕淋淋的毛，火心覺得清醒多了。他轉頭看藍星在哪裡，水珠從他的頰鬚滴下。他知道藍星應該和曲星正式地寒暄致意，不過她和全族擠成一團，低著頭，半閉著眼睛。

火心焦慮地想，不能讓河族知道雷族的族長有多麼羸弱。他立刻挺身替她發言。「豹毛和她的巡邏隊展現了莫大的慈悲與勇氣，協助我們逃離大火。」他對曲星說，並深深點頭致意。上方的閃電繼續劃過天際，遠方的森林也傳來隆隆雷聲。

「豹毛協助你們是對的。只要是貓族都怕火。」河族族長回答。

「我們的營地被焚毀，領土陷入火海，」火心繼續說。他眨眨眼，因為雨水滑進他眼裡，「我們無處可去。」他知道他已別無選擇，只能聽任河族族長處置。

曲星瞇起眼睛停了一下。火心覺得很沮喪，腳掌一陣燥熱。河族族長應該不會認為，這群落魄的貓會對他們有任何威脅吧？這時曲星開口了：「你們可以待到能夠安全回去為止。」

火心鬆了一口氣。「謝謝你。」他說，感激地眨眨眼。

「你要不要我們幫忙埋葬你們的長老？」豹毛提議。

「妳真是好心。不過斑皮應該由我們自己埋葬。」火心回答。那位老戰士沒能在自己的地盤內安息已經夠悲哀了，火心也知道全族都想在他升天時送他最後一程。

「好吧，」豹毛說，「我會將他移到營地外，讓你們的長老能安靜地為他守靈。」火心點頭致謝，豹毛繼續說道：「我會請泥毛協助你們的巫醫。」那隻有斑點的貓望著這群濕淋淋、抖個不停的貓。她瞇起眼望向縮成一團的雷族族長。「藍星受傷了嗎？」

「煙很大，」火心小心翼翼地回答，「她是最後離開營地的貓之一。失陪了，我必須去照顧我的族貓。」他起身走向雲掌與小耳並肩坐的地方。「你們還有體力埋葬斑皮嗎？」他問。

「我可以，」雲掌說，「不過我想小耳是——」

「我還有力氣埋葬一個老夥伴。」小耳沙啞著說，聲音被煙燻成了破鑼嗓子。

「我會叫塵皮幫忙你們。」火心說。

一隻淺棕色公貓跟在煤皮後面，站於群貓中。他含著一束草藥，當煤皮在柳皮與她的小貓旁停下時，他將那些草藥放在潮濕的地上。那些小貓可憐地哀鳴著，不過當柳皮將她的肚子朝他們湊過去時，他們卻不願喝奶。

火心趕過去。「他們還好吧？」

煤皮點點頭。「泥毛建議我們讓他們吃蜂蜜潤潤喉。他們不會有事的，不過在濃煙中呼吸對身體有害。」

她身旁那隻淺棕色貓朝柳皮說：「妳想他們能不能吃點蜂蜜？」那隻灰色貓后點點頭，感激地看著河族巫醫拿出一團沾著黏稠金黃色液體的苔蘚。看著她的小貓舔著那團蜂蜜，她開心地發出呼嚕聲。小貓們先是試探性地舔一下，然後嘗到甘美的甜味後便嘴饞地舔個不停。

火心轉身離去，因為煤皮已經將一切都掌控住了。火心在空地邊緣找到一個休息的地方，坐下來舔毛。他用舌頭舔拭身上燒焦的毛時，感覺到一股臭味。雖然身體疲憊痠痛，不過他還是繼續舔著。他要在休息前先將煙味舔乾淨。

他清理完畢，望著這個營地。河族貓已經躲進他們的巢穴避雨了，只剩雷族貓擠在高大蘆葦下的空地邊緣，設法在滂沱大雨中找掩蔽。火心注意到灰紋的深色身影在他原來的族貓間穿梭，以親切的喵聲安撫他們。煤皮已經結束醫療貓群的工作，精疲力盡地蜷縮在灰掌身旁。火心勉強可以辨識出沙暴淡薑黃色的身側，在長尾暗黑色斑紋的背旁平穩地起伏著。藍星則在白風暴身邊睡著了。

火心將他的口鼻靠在前掌上，聆聽著泥濘空地上的雨滴聲。他一閉上眼，就看見黃牙一臉驚恐的模樣。他的心開始狂跳，不過還是敵不過疲憊而墜入夢鄉。

# 第二十六章

火心醒來時，感覺彷彿只小睡了片刻。一陣涼風吹拂過他的毛。雨已經停了。天空密布著翻騰的白雲。周遭不熟悉的環境令他困惑了一下。然後他察覺到附近的喵聲，也辨認出小耳顫抖的聲音。

「我告訴過你星族會展現怒氣的！」那隻老公貓沙啞地說，「我們的家毀了；森林也不見了。」

「藍星應該在月亮升空前指定副族長，」斑尾不悅地說，「那是慣例！」

火心跳了起來，耳朵熱辣辣的，不過他還沒開口，煤皮的聲音已經傳了過來。

「你們怎麼能這麼忘恩負義？小耳，是火心帶你過河的！」

「他差點把我給淹死。」小耳抱怨。

「如果他把你留下來，你早就一命嗚呼了。」煤皮生氣地說，「如果不是火心及早聞到煙味，我們或許全都完蛋了！」

「我相信斑皮、半尾和黃牙都會很感激他的。」

火心聽到暗紋冷嘲熱諷的叫聲，不禁氣得全身毛髮抖動。

「等我們找到黃牙，她會親自感謝他的！」煤皮氣呼呼地說。

「找到她？」暗紋質疑，「她沒辦法逃離那場火的。火心根本不應該讓她回去營地。」

煤皮哼了一聲，覺得暗紋太過分了。火心迅速從陰影中走出來，看到蕨掌坐在暗紋身旁，滿臉驚恐地看著她的導師。

火心張開嘴巴，不過塵皮搶先一步說：「暗紋！你應該對罹難的族貓表示更多敬意，而且，」他同情地瞄了驚恐的蕨掌一眼，「說話要小心點。我們族貓承受的苦難已經夠多了！」

火心沒想到那位年輕戰士竟然會挑戰他以前的導師。

暗紋同樣驚訝地看著塵皮，然後瞇起眼睛，露出凶光。

「塵皮說得對，」火心平靜地說，並站上前，「我們不該耍嘴皮了。」

暗紋、小耳及其他貓轉身望向火心，發現他已經聽到他們的談話時，耳朵及尾巴都尷尬地晃個不停。

「火心！」灰紋的喵聲打斷了他們，火心看到他的朋友走過空地，渡河的身體濕答答的。

「你去巡邏嗎？」火心問道，轉身離開自己的族貓，上前迎接灰紋。

「是的，還有狩獵，」灰紋說，「我們不能整個早上都睡大頭覺，你知道的。」他撫摩火心的肩膀，繼續說下去：「你一定餓了。跟我來。」他帶火心前往空地邊的新鮮獵物堆。「豹毛說這些是給你們雷族的。」灰紋告訴他。

火心饑腸轆轆。「謝了，」他說，「我得先讓族貓知道。」他走到雷族貓聚集的地方。

「灰紋說，那一堆食物是要給我們吃的。」他宣布。

「感謝星族。」金花感激地說。

「我們不需要別族的賞賜。」暗紋鄙夷地說。

「你想自己去狩獵，那麼請便，」火心說，朝那隻虎斑貓瞇起眼睛，「不過你得先經過曲星同意才行。畢竟，這是他的地盤。」

暗紋不耐煩地哼了一聲，走向那堆新鮮獵物。火心看著藍星，她對河族願意供應食物這個消息毫無反應。

白風暴的耳朵扭了扭。「我會確定每隻貓都有一份。」他瞄著藍星保證。

「謝了。」火心回答。

灰紋走過來，將一隻老鼠擺在火心面前。「來，你可以在育兒室吃這個，」他說，「我想介紹幾隻小貓給你認識認識。」

火心叼起那隻老鼠，跟著朋友走向一叢蘆葦。走近時，他們看見兩個銀白色的身影從蘆葦密叢間的一道小隙縫鑽過，朝灰紋衝了過去。他們撲到他身上，灰紋開心地翻倒在地，那些小貓爬過他身上時，他以收起爪子的腳掌溫柔地拍打他們。火心一眼就知道那是誰的小貓。

灰紋大聲地呼嚕作響。「你們怎麼知道我來了？」他說。

「我們聞到你的味道！」個子較大的小貓回答。

「很好！」灰紋誇獎他。

火心吃完最後一口老鼠，那位灰毛戰士坐直身體，那些小貓從他身上滾下來。「你們該來見見我的一個老朋友，」他告訴他們，「我們曾經一起受訓。」

兩隻小貓將琥珀色的眼睛轉向火心，敬畏地仰頭看著他。

「他就是火心嗎？」個子小的那隻問道。灰紋點點頭，火心很高興他的朋友已經向小貓提起過他了。

「你們兩個，回來這裡！」一隻花貓從育兒室的入口探頭進來，「又要下雨了。」火心看到那些小貓不高興地瞇起眼睛，不過還是乖乖地轉身走回窩裡。

「他們真棒。」他稱讚著。

「是啊，」灰紋同意，眼神變得溫柔，「老實說，這都得感謝苔皮。都是她在照顧他們。」火心聽得出他朋友語氣中有一絲哀愁，不禁猜測灰紋有多懷念他的老家。

那位灰毛戰士起身帶火心離開營地，兩隻貓都沒吭聲，端坐在蘆葦叢間一小片寸草不生的空地上。他們頭上有棵柳樹，它的樹枝在清新的微風中搖曳生姿。火心隔著垂柳眺望遠方的林地，覺得風像是在拉扯他的毛。看來星族似乎要在森林中降下更多雨。

「黃牙呢？」灰紋問道。

火心再度感傷起來。「黃牙跟我回雷族營地搶救斑皮與半尾。我在濃煙中和她走失。她正要出來時，一……一棵樹倒在峽谷中。」她能從大火中躲過一劫嗎？火心忍不住燃起一絲希望的火燄，像隻受困的鴿子般狂亂地拍打雙翅，「我想你在巡邏時應該沒有聞到她的味道吧？」

灰紋搖搖頭。「沒有。」

「你認為暴風雨後，火還會繼續燒嗎？」火心說。

「我不確定。我們出去時有看到幾縷煙。」

火心嘆了口氣。「你想營地有任何地方可以逃過這場大火嗎？」

「很快就可以知道了，」灰紋回答。他抬起頭，隔著樹葉眺望昏暗的天空。「苔皮說得對——還會再下雨。」他說著，只見一大滴雨滴落在他們身旁的地上，「雨水應該可以把剩下的火焰打熄。」

現在，更多的雨滴從樹林間滴濺下來，拍打在纖弱的蘆葦上。火心感到一陣哀傷，頭暈目眩；沒多久，大雨再度傾盆而下，星族似乎在為所有罹難者哭泣。

# 第二十七章

到了下午，久久不散的煙味被潮濕的灰燼惡臭給取代，不過火心倒是挺喜歡這種苦澀味的。

「大火應該已經熄了，」他對與他並肩待在一叢蘆葦底下躲雨的灰紋說，「我們可以回去看看有沒有辦法讓全族安全回家。」

「順便找黃牙和半尾。」灰紋呢喃著。

火心知道他的老朋友一定猜得出他為什麼想回去營地看看。他朝那位灰毛戰士眨了眨眼，感激他的諒解。

「我得請示曲星能不能跟你一起去。」灰紋補上一句。火心吃了一驚。他幾乎忘了灰紋已經隸屬於別族。

「我很快就回來。」那位灰毛戰士已經跳開了。

火心望向空地對面、藍星與白風暴休息的地方，白風暴彷彿是藍星面對紛亂思緒與雷族悲慘命運時唯一的屏障。火心不知道自己是否該告訴她，他要去哪裡。他決定什麼都不說，打算暫時單獨行動，掩飾他們族長的虛弱，不讓好奇的河族知道。

「火心，」雲掌朝他走過來，「你想火已經熄滅了嗎？」

「灰紋和我要去看看。」火心告訴他。

「我可以一起去嗎？」

火心搖搖頭。他不知道他們回去雷族營地後會看到什麼。他擔心雲掌目睹滿目瘡痍的森林後，又會想回去過寵物貓嬌慣的生活。

「我會乖乖聽你的話。」雲掌很認真地答應。

「那就留下來幫忙照顧全族，」火心說，「白風暴需要你留在這裡。」

雲掌垂下頭掩飾自己的失望，「是的，火心。」他說。

「告訴白風暴我上哪兒去了，」火心補充，「我會在月亮升空時回來。」

「好。」

火心看著那個白色見習生走回去找其他貓，暗自祈禱雲掌會聽他的話，留在河族營地。

灰紋在曲星的陪伴下回來了。那隻淡虎斑貓的琥珀色眼睛狐疑地瞇著。「灰紋告訴我，他要和你一起去你們的營地勘查，」他說，「你不能帶自己的戰士去嗎？」

「我們有兩位成員在大火中失蹤了，」火心起身解釋，「我不想獨自去找他們。」

河族族長似乎能理解他的苦衷。「如果他們沒能躲過一劫，你會需要一個老朋友的安慰，」他親切地說，「灰紋可以和你同行。」

「謝謝你，曲星。」火心回答，並點頭致意。

⚡⚡⚡

灰紋領著火心往河邊走去。在那條湍急的河流對岸，森林已被燻成一片焦黑。有些樹葉勉強逃過一劫，在最高的樹梢勇敢地迎風搖曳。不過那只是微不足道的勝利，因為大部分的樹枝都被燻成枯枝。星族或許降下暴風雨來撲滅大火，不過為時已晚，無法拯救森林。

灰紋默默地下水，游泳過河。火心跟在後面，試圖跟上他這位已成為游泳健將的朋友。他們爬上對岸，兩隻貓只能呆望著自己所鍾愛的樹林變得殘破駭人。

「隔著河水眺望這地方，曾是我唯一的安慰。」灰紋喃喃說道。

火心同情地瞄了他的朋友一眼。聽起來灰紋似乎比他想像的更思念家鄉。不過他來不及多問，灰紋已奔上岸，往雷族的邊界奔去。那位灰毛戰士迫不及待地越過邊界，停下來加上自己的氣味標記。火心忍不住懷疑他的老朋友是在標記河族或是雷族邊界。

儘管滿目瘡痍，灰紋對於能夠回到自己的老地盤似乎很開心。火心繼續朝營地推進，灰紋跟在他身後來回穿梭，專注地四處聞聞嗅嗅，然後再追上去。火心很驚訝灰紋居然還認得路。森林已經面目前非，灌木叢被燒光，空氣中毫無獵物的氣味或聲音。地面踩起來黏黏的，雨水和灰燼混合成味道辛嗆的黑泥，沾黏在他們的毛上。雨水濺上火心潮濕的毛皮，令他忍不住打了個冷顫。遠方有一隻孤伶伶、勇敢的小鳥在鳴唱，讓他懷念起逝去的一切。

他們終於抵達峽谷頂端。營地清晰可見，原本庇護它的樹冠層已蕩然無存，堅硬的地面在雨中像黑色石頭般漾著微光，只有高聳岩在大火過後仍屹立不搖，只沾了一層黑色的、黏糊糊的灰渣。

火心衝下坡，他前方的砂粒與灰燼紛紛跟著滾落。過去他救出金花小貓的那棵樹，如今只剩一堆燒焦的樹枝；他輕易跳了過去，尋找通往空地的那片金雀花隧道。隧道不見了，只剩下一團燒黑的梗莖，他左躲右閃，快步走入被燻黑的空地。

他看了看四周，心怦怦地跳，感覺灰紋在推他。他循著那位灰毛戰士的目光望去，只見半尾焦黑的屍體躺在通往黃牙窩的蕨葉隧道入口。那位巫醫想必試過把昏迷不醒的長老拖到安全的地方，或許是希望她用來充當窩壁的岩石縫隙，可以讓他們躲過大火。

火心朝那具燒焦的屍體走過去，不過灰紋說：「我來埋葬半尾。你去找黃牙。」他叼起那具癱軟的黑棕色屍體，拖到營地外的墓園。

火心看著他離開，心裡惶惶不安。他就是就是因為擔心才回來營地，可是他的雙腿突然沉重得不得了。他強迫自己走過空地那排焦黑的殘株；現在已經沒有任何可供遮蔽的綠色隧道了。巫醫的住處失去原有的遮蔭，週遭只剩下無情的雨水落在濕黏地面的嘩啦聲。

「黃牙！」火心叫道，他聲音沙啞，邊叫邊走進空地。

巫醫用來當作窩壁的岩石已經燻黑了，不過火心仍在灰燼的氣味中，嗅出了那位老巫醫獨有的氣味。「黃牙？」他再叫了一聲。

岩石內傳來一聲低沉沙啞的喵聲。她還活著！火心鬆了一口氣，擠身進入陰暗的洞穴。

裡面幾乎沒有光。火心從沒進來過，他停了片刻，眨眨眼讓眼睛適應黑暗。在一面牆腳處有一排草藥與漿果被煙燻黑了，但沒有燒毀。然後他瞥見一對發亮的眼睛從狹窄洞穴的另一端朝他看來。

「黃牙！」火心趕到巫醫身旁。她躺著，腿縮起壓在身下，全身裹著一層灰，吃力地喘息著，虛弱到動彈不得。她的眼神茫然，說話時也氣若游絲，聲音微弱。

「火心，」她嘶啞地說，「幸好來的是你。」

「我不該把妳留在這裡的，」火心將他的口鼻按壓在黃牙凌亂的毛上，「真對不起。」

「你救活了斑皮？」

火心絕望地搖搖頭。「他吸進太多濃煙。」

「半尾也是。」黃牙嘶啞地說。

火心看到她的眼皮顫抖著，然後漸漸闔上，他急切地說：「不過我們救了金花的小貓！」

「哪一隻？」黃牙低聲問道。

「小棘。」他看到黃牙很快閉上眼睛，覺得血液都凝結了。現在黃牙知道他是為了救虎爪的孩子而讓她冒生命危險；星族是不是向她透露了什麼，讓她寧可希望那隻小貓死掉？

「你是勇敢的戰士，火心。」黃牙忽然睜大眼睛，犀利地盯著他，「如果你是我的兒子，我會深深以你為榮。星族也知道我曾多少次期望我的兒子是你，而不是——」她的呼吸短而急促，火心知道她每說一個字都讓喉嚨刺痛不已——「碎尾。」

火心沒想到老巫醫竟然打算透露她駭人的祕密：影族以前那位殘暴的族長是她的兒子，因為巫醫不能有孩子，只得在他出生時棄養他。誰能了解黃牙眼睜睜看著兒子殺死父親、成為族長，然後出於永不滿足的野心而毀掉自己的貓族時，所承受的煎熬？

而火心又怎麼能開口告訴她，他早就知道這件事了？還有他早就知道她之所以要在所投靠的雷族庇護碎尾，是因為想把握最後機會，照顧曾被她拋棄的兒子？他彎身去舔黃牙的耳朵，想安慰她，不過她繼續說下去。

「我殺了他。我毒死了他。我要他死。」她嘶啞的自白，換成痛苦的咳嗽。

「好了，你得多休息。」火心勸她。他也知道這件事。在碎尾協助虎爪的無賴貓群攻擊雷族之後，火心親眼看到她餵那隻忘恩負義的貓吃有毒的漿果，只是他始終守口如瓶。他看見那位殘暴的戰士死在他母親的懷中，也聽到黃牙對那位冷酷無情的公貓透露她真正的身分。「我去幫妳拿些水來。」他提議。

不過黃牙緩緩搖頭。「現在水對我來說沒什麼用了，」她的聲音嘶啞，「我想告訴你真相，免得我——」

「妳不會死的！」火心喘著氣說，心頭一陣刺痛，「告訴我要怎麼幫妳。」

「別浪費時間，」黃牙咳得很厲害，「不管你做什麼我都會死，不過我不怕。你聽我說就對了。」

火心想懇求她別說話，省點力氣活久一點，不過即使在這節骨眼上，他依然對她畢恭畢敬、百依百順。

「我希望你是我的兒子，不過我生不出像你這樣的孩子。星族賜給我碎尾來懲罰我。」

「妳有什麼需要被懲罰的？」火心抗議，「妳和藍星一樣睿智。」

「我殺了我自己的親生骨肉。」

「他罪有應得！」

「可是我是他的母親，」黃牙低聲說，「隨便星族怎麼審判我。我已經有心理準備了。」

火心不知該說什麼，只是點頭，開始慌亂地舔著她的毛，彷彿他對這隻老母貓的愛可以使她在這座森林中多活一陣子。

「火心。」黃牙呼喚。

火心停下來。「什麼事？」

「謝謝你帶我到雷族來。告訴藍星，我一直很感激她讓我留在這裡。這裡是很好的安息之地。我只是很遺憾，無緣親眼見到你履行星族為你安排的命運。」老巫醫的聲音漸漸微弱，腰側因為想用力把氣吸進被濃煙嗆傷的肺部而鼓起。

「黃牙，」火心哀求，「別死！」

黃牙痛苦的喘氣令他痛心，但他知道自己也無能為力。「別擔心星族，他們會了解碎尾的事，」他悲傷地保證，「妳會因為對族貓效忠以及無盡的勇氣，而受到戰士祖靈的敬重。有很多貓因為妳而起死回生。煤皮發生意外時若不是妳細心呵護，她將難逃一死。還有當綠咳症蔓延時，妳夜以繼日不辭辛勞……」

火心說個不停，他沒辦法停下來，即使他知道老巫醫已經漸漸停止呼吸，往生命的終點走去。黃牙死了。

# 第二十八章

火心溫柔地舔了舔黃牙的眼皮，讓巫醫最後一次閤上眼睛。他將頭垂到她的肩上，感受她的體溫漸漸從她的身體消失。

他不知道自己躺了多久，獨自在陰暗的窩裡聆聽自己的心跳。有那麼一瞬間，火心以為聞到斑葉熟悉的氣味，隨著夾帶冷雨的微風飄進來。她是來帶黃牙去找星族的嗎？火心思索著這令人安心的想法，他覺得睡意如濃雲般充斥著他的心。

「她和我們在一起會很安全。」斑葉親切的喵聲拂過他的耳毛，火心抬頭環顧四周。

「火心？」灰紋在窩外叫道。火心掙扎著坐起身來。

「我埋好半尾了。」灰毛戰士說。

「黃牙死了，」火心低聲地說。他空曠黯淡的喵聲在窩壁間迴盪，「我找到她時，她還活著，不過後來死了。」

「她有什麼遺言嗎？」

火心閉上眼睛。他絕對不會向任何貓透露黃牙悲慘的故事，即使是他的至友。「只說……她感謝藍星讓她住在雷族。」

灰紋走進黃牙的窩裡，俯身舔拭老巫醫的臉頰。「我離開時，從沒想到再也不能和她說到話。」他喃喃說著，聲音哀傷而哽咽，「我們是不是要埋葬她？」

「不，」火心堅決地說，忽然清醒過來。他想起斑葉的話：**她和我們在一起會很安全的。**「她既是巫醫也是戰士，我們要替她徹夜守靈，破曉時再埋葬她。」

「可是我們必須回河族營地，告訴其他貓這裡的情況。」灰紋提醒他。

「那我就今晚回來替她守靈。」火心回答。

兩隻貓默默走過滿目瘡痍的森林。他們步入河族營地時，午後灰濛濛的陽光已漸消逝。貓群三三兩兩地躺在空地邊緣，用完晚餐正在聊天。雷族貓也蹲踞在一側。火心與灰紋一出現，煤皮立刻吃力地站起身，一跛一跛地朝他們走過去。

和白風暴並肩躺著的藍星，這時也站了起來。她超越煤皮，先到達回營戰士的身旁，眼中燃起急切的希望。「有沒有找到半尾和黃牙？」

火心看到煤皮裹足不前，耳朵豎起，和族長一樣急著想聽到消息。「他們都死了。」他回答。他看到煤皮幾乎要昏過去，再度心酸了起來。嬌小的煤皮搖搖晃晃地往後退，淚眼汪汪。

火心想走向她，但藍星擋在他前面。雷族族長的藍色眼睛並未露出痛苦，反倒顯得嚴厲冷峻；火心背上起了一陣寒顫。

「斑葉告訴我，火會拯救雷族！」她說，「結果火卻毀了我們。」

「不。」火心開口反駁，一時卻找不出適當的話來安慰他的族長。他的目光隨著煤皮蹣跚走回其他貓。沙暴趕過來緊靠著煤皮，撐住巫醫瘦小的灰色身軀，讓火心鬆了一口氣。火心再度看著藍星，但她面無表情，火心的心繼續往下沉。

「雷族今晚回營。」她語氣冷冰地下令。

「可是樹林空蕩蕩的，營地全毀了！」灰紋抗議。

「無所謂。在這裡也是借住，我們應該回去自己的土地。」藍星嚴厲地說。

「那我護送你們。」灰紋自告奮勇地說。

火心瞄了朋友一眼，忽然領悟到他充滿渴望的眼神。灰紋想要回家。這個領悟像流星照亮夜空般地在火心腦中閃現。火心滿懷期待地看著藍星。她一定也看得出來灰紋想回到雷族吧？

「我們為何需要護送？」藍星瞇著眼睛追問。

「唔，或許我可以協助你們重建家園，」灰紋猶豫地提議，「或許可以待一陣子……」他看到藍星目露怒光，不敢再說下去。

「你想回到雷族？」藍星生氣地說，「那，不行！」

火心驚訝地望著她。

「既然當初選擇照顧小貓，而非效忠族民，」族長咆哮，「現在就必須遵守你的決定。」

灰紋畏縮了。火心訝異地看著老邁的族長轉身朝族貓吆喝：「準備上路。我們要回家！」

族長定定望著空地邊緣、貓群外的某個地方。霧足與石毛就站在那兒，看著雷族貓。火心看到藍星在凝視自己的親生骨肉時，眼中閃過一絲哀愁。藍星比其他貓都清楚，夾在族群與骨肉間有多煎熬。她選擇效忠雷族而捨棄了子女，這對她造成的傷害，比任何敵人更重。

火心恍然大悟，了解她為什麼對灰紋的要求有那樣的反應。她不是在生這位灰毛戰士的氣，而是在氣她自己。她仍然懊悔多年前遺棄自己的子女。她現在這麼做，也是在想幫助灰紋不要重蹈她的覆轍。

在愈來愈深的夜色中，雷族貓焦躁地聚成一圈，藍星朝曲星走去。

火心轉身舔灰紋的肩膀。「藍星說這些話有她的苦衷，」他低聲地說，「她現在也很難受，不過她會復元的。或許到時候你就可以回家了。」

灰紋抬頭，充滿期待地望向火心。「你真的這麼想？」

「是的。」火心回答，他在心中向星族祈禱那會是事實。

火心匆匆跟在藍星身後，正好聽到雷族族長為河族的鼎力相助，向曲星表達正式的謝意。豹毛站在他們身旁，冷漠地看著雷族的貓群。

「雷族欠你們一份情。」藍星說完，點頭致意。

火心看到豹毛瞇起眼睛，翠綠色的目光閃爍著，腳掌警覺地繃緊。河族會為這份恩惠索取什麼樣的報酬？他暗忖。他很清楚豹毛，懷疑她會要求什麼回報。

火心跟著藍星大步走到雷族前方，帶領他們離開河族營地。火心回頭，看見灰紋孤伶伶地站在陰影中，痛苦地看著昔日的族貓漸行漸遠。

ᚋᚋᚋ

火心默默地嘆了口氣，長老小耳在河邊再度裹足不前，因為雨水使得水位上升；不過暗紋與白風暴早已過河，在對岸的淺水處等著。蕨掌努力讓自己細小的灰頭維持在水面上，塵皮游到她身旁戒護她。沙暴與煤皮一起過河。自從火心帶著黃牙的噩耗回來後，那位薑黃色的戰士就沒有離開過巫醫的身旁。

「快一點！」藍星下令，不耐煩地朝小耳斥喝。

聽見族長嚴厲的語氣，那隻灰色的公貓嚇得轉過頭來，接著便躍入黑暗的河水中。火心渾身緊繃，準備撲過去救他，不過他白操心了。長尾與鼠毛已經在那個死命打水的長老兩側，以他們強有力的肩膀撐起他。

藍星跳入河中，輕鬆地朝對岸游去，她的身體不再無力，彷彿大火已洗去了她的虛弱，讓她浴火重生，再度強壯起來。火心下水跟在她身旁。樹林上方的雲層已漸漸消散，火心走上岸，一陣清風吹過他濕淋淋的毛，讓他感受到一陣涼意。他走向煤皮，彎下身去舔她的頭。沙暴瞄了他一眼，眼神與他一樣感傷，其他族貓則站在岸邊，驚慌無語地看著森林。即使在微弱的月光下，仍可明顯看出遍地荒涼，樹木光禿，樹葉與蕨叢的濃郁香氣全被燒焦的林木及地表的苦臭味所取代。

但藍星似乎對這一切視若無睹。她沒有停下來，反而大步走過其他的貓，朝通往陽光岩及回家小徑的那道斜坡前進。她的族貓別無選擇，只能緊跟著他們的族長。

「好像是兩個不同的地方。」沙暴低語，火心點頭同意。

「雲掌，」火心越過前方的貓群，走到他的見習生身旁，「謝謝你聽我的話留在河族的營地裡。」

「這沒什麼。」雲掌聳聳肩。

「長老們的情況如何？」

「他們要過一陣子才能從半尾及斑皮過世的傷痛裡走出來。」雲掌壓低聲音說，「不過你不在時，我已設法讓他們吃了一些新鮮的獵物。他們得保持體力，不管有多哀傷。」

「做得好。這麼做是對的。」火心告訴他。火心對自己的見習生出人意料地善解人意感到自豪。

在這片風景當中，峽谷彷彿一個赤裸裸的傷口。沙暴停下腳步在邊緣探視，火心可以看出她在發抖。其實火心也是，雖然他的毛在過河後就乾了。全族緩緩地走下陡峭的斜坡，跟著藍星走入營地。貓群在空地內無語地望著這片原本是家園、如今卻空蕩蕩、燻得焦黑的廢墟。

「帶我去看黃牙的屍體！」藍星朝火心尖聲喵叫，劃破了原本的沉寂。

火心的毛豎了起來。眼前的這位不是最近幾個月來、他極力想保護的柔弱族長，也不是曾歡迎他入族、且擔任他導師的那個睿智又親切的族長。他開始朝黃牙的巢穴走去，藍星跟著。火心轉頭看，發現煤皮也一跛一跛地跟在雷族族長身後。

「她在她的窩裡。」他說，站在入口。藍星悄悄走向陰影，進入那塊岩石中。

煤皮坐下來等著。

「妳不進去？」火心問。

「我等一下再去追悼，」煤皮告訴火心，「我想藍星現在需要我們。」

火心沒想到煤皮這麼沉著、冷靜。他望著她的眼睛。她的眼神因為哀戚而不尋常的明亮，不過她朝他眨眼時似乎又很平靜。火心也朝她眨眼，感謝她在面對這接二連三的打擊時所展現的堅強。

黃牙的窩內傳來一聲淒厲的哀嚎。藍星踉蹌地走出來，狂亂地轉頭，瞪著四周燻得焦黑的樹林。「星族怎麼可以做出這種事？他們毫無悲憫之心嗎？」她生氣地說，「我再也不去月亮石了！從現在開始，我作我的夢。星族已向雷族宣戰，我永遠不會原諒他們。」

火心目瞪口呆地望著他的族長。他注意到煤皮悄悄走進黃牙的窩，猜想她進去追悼她的老朋友；不過沒多久她就出來了，叼著一樣東西，放在藍星身旁。

「把這吃下，藍星，」她勸道，「這可以療傷止痛。」

「她受傷了嗎？」火心問。

煤皮轉向火心，壓低聲音。「算是。不過她的傷是肉眼看不見的。」她眨眨眼，「這些罌粟籽可以讓她平靜下來，讓她的心有時間休養。」她再次轉身看著藍星，又小聲說了一句：「吃吧，拜託。」

藍星低頭順從地舔食那些黑色的小種籽。

「來。」煤皮親切地招呼，帶領族長離去。

火心對煤皮的鎮定感到十分訝異。黃牙一定會以她的見習生為榮。他走進黃牙的窩中，咬住黃牙的頸背，叼起她皺縮、燻得烏黑的屍體，把它移到月光下的空地，安置妥當，讓黃牙得以像活著時那樣有尊嚴地安息。火心處理完這一切，彎下身最後一次舔他的老朋友。「今晚妳將最後一次睡在星空下。」他低聲說，然後在她身旁坐定，執行為她守靈的承諾。

⚡⚡⚡

缺了一角的月亮開始沉落，地平線露出乳白與粉紅的微光，照在燻得烏黑的樹梢。煤皮過來和火心一起守靈。火心站起身舒展筋骨，望著已面目全非的空地。

「不要太為森林悲傷，」他身旁那隻灰貓小聲地說，「這兒很快就會恢復生機，而且因為歷經磨難而更加強壯，就像是骨頭斷掉痊癒後，會比原來更堅強。」

她的話安撫了火心。他感激地朝她點頭，然後去找其他貓。

鼠毛坐在藍星的窩外警戒。

「是煤皮的命令，」白風暴解釋，從陰影中走了出來。這位戰士的毛上仍沾著煙塵，眼睛也因為煙燻及疲憊而泛紅。「她說藍星病了，需要看顧。」

「好，」火心說，「其他的貓情況如何？」

「大都沒睡飽，一找到夠乾的土地就躺下來了。」

「我們應該派出一支黎明巡邏隊，」火心說出他的想法，「虎爪很可能會趁火打劫。」

「你想派誰？」白風暴問道。

「暗紋似乎是最適合的戰士，不過我們還需要他來幫忙重建家園。」火心嘴裡雖然這麼說，但他知道自己說的不全然是事實。他要將那位暗毛虎斑戰士留在他看得見的地方。「我希望你也能留在這裡，如果可以的話。」白風暴點頭同意，火心繼續說：「我們必須將情況告訴其他的貓。」

「藍星在睡覺。我們應該叫醒她嗎？」白風暴問，憂心地皺著眉。

火心搖頭。「不，讓她休息吧。我來向族貓說明。」

他躍上高聳岩，發出慣常的召喚語。在他下方，族裡的貓全睡眼惺忪地從他們殘破的窩中走出來；他們看到火心站在族長平時致詞的地方，尾巴及耳朵全訝異地豎了起來。

「我們必須重建家園，」他們在他面前聚攏後，他說，「我知道現在看起來一團亂，不過正值綠葉季的高峰，森林很快就會恢復原貌，而且因為磨難而更加強壯。」他眨眨眼引用煤皮的話。

「為什麼不是藍星來告訴我們？」暗紋在隊伍後面向火心提出挑戰，讓火心愣了一下。

「藍星太累了，」火心告訴他，「煤皮讓她服用罌粟籽，好讓她休息並康復。」底下傳來貓群焦慮的私語聲。

「她休息得愈久，就恢復得愈快，」火心要他們安心，「就像森林一樣。」

「森林已經什麼都沒有了，」斑臉煩躁地說，「獵物都逃命去了，不然就是葬身火窟。我們要吃什麼？」她焦慮地望向灰掌及蕨掌，臉上流露出母親的關切，雖然她的小貓都已離開育兒室了。

「獵物會回來的，」火心向她保證，「我們必須像往常一樣狩獵，如果為了找到新鮮獵物必須稍微走遠一點，那我們就走遠一點。」空地傳來附和的呢喃聲，火心終於有點信心。

「長尾、鼠毛、刺掌、還有塵皮——你們負責黎明的巡邏。」四隻貓抬頭看著火心並點點頭，沒有提出異議。「疾掌，你可以取代鼠毛擔任警戒，確保藍星不會受到干擾。其餘的開始重整家園。白風暴會組織一支隊伍去收集材料。暗紋，你可以監督營地牆壁的重建工作。」

「我要怎麼做？」暗紋反問，「蕨叢全都燒光了。」

「有什麼就用什麼，」火心回答，「不過要確定夠堅固。我們不能忘記虎爪的威脅，必須保持警戒。所有的小貓都得留在營地裡；見習生必須有戰士陪同才能外出。」火心俯視沉默的族貓，「大家同意嗎？」

群貓傳來大聲的喵叫。「同意！」他們叫道。

「好，」火心說，「我們開始吧！」

貓群開始由高聳岩離開，快速地穿梭、聚集在白風暴與暗紋的身前，聽取他們的指示。

火心從高聳岩跳下來，走向沙暴。「我們還需要一組貓來埋葬黃牙。」

「你沒有提到她死了。」沙暴指出，綠色的眼睛顯得困惑。

「也沒提半尾！」雲掌的喵聲從火心身旁傳來，火心朝他望去，那位年輕的見習生帶著譴責的語氣。

「全族都知道他們死了，」火心解釋，覺得渾身不自在，「應該由藍星以適當的措詞向他們致敬。她可以在身體好一點時再做。」

「要是她沒有康復呢？」沙暴鼓起勇氣問。

「她會康復的！」火心果斷地說。沙暴明顯地畏縮了一下，他不禁暗罵自己。她只是表達全族的憂慮罷了。如果藍星真的不再理會星族的儀式，黃牙與半尾就永遠聽不到送他們上銀毛星的悼詞了。

火心覺得信心又消失了。要是森林不能在禿葉季前恢復原貌，該怎麼辦？要是他們找不到足夠的新鮮獵物餵養全族，又該怎麼辦？要是被虎爪攻擊呢？「如果藍星沒有好轉，我不知道會發生什麼事。」他小聲地說。

沙暴眼神明亮。「藍星指派你當她的副手，她期待你知道該怎麼做！」

她的話有如帶刺的冰雹重擊火心。「將妳的爪子收起來，沙暴！」他生氣地說，「難道妳看不出來我已經盡了全力？別再批評我，去召集見習生埋葬黃牙吧。」他瞪著雲掌，「你也可以一起去。但別惹事。」他補上一句。

他轉身，離開那兩隻滿臉詫異的貓，再一次走過空地。他知道自己的語氣不夠厚道，但他們問了他不準備回答的問題，一個令人太過膽顫心驚的問題，他甚至不敢去想那代表什麼。

要是藍星永遠無法康復呢？

# 第二十九章

接下來幾天天色仍是灰濛濛的，濃雲密布，不過陣雨並沒阻礙營地的重建工作。事實上火心歡迎雨水的洗滌，因為那可以將灰燼沖刷到土壤中，協助森林恢復生機。

不過今天早晨陽光普照，雲層已從地平線消散。今晚的大集會將會萬里無雲。火心感傷地想著，期待烏雲可以蔽月，這樣大集會便會取消了。藍星與她原來的模樣仍有很大的差距，只有在白風暴勸她去查看整修進度時，她才會由她的窩現身。貓群工作時，雷族族長只是茫然地朝他們點點頭，然後就步履蹣跚地回到她安全的巢穴。火心懷疑她是否記得今晚就要舉行大集會。或許他應該去確認一下。

他繞過空地邊緣，對全族到目前為止的重建進度感到驕傲。營地已經看得出原本的樣子了。長老的橡樹樹幹被燻黑，不過仍然完好，只有糾結的樹枝被燒毀。刺藤叢裡的育兒室，可提供庇護的樹葉只剩一團梗莖，不過已經用森林中損傷較輕微地區的枝椏仔細修補完畢。至於營地的牆壁，則用貓群所能找到的最堅固的樹枝打造，雖然沒能取代原本環繞營地的濃密蕨叢屏障。這點他們只得等森林恢復過來了。

火心聽到育兒室後方傳來一陣挖刮聲。隔著補好的牆，他看到一個熟悉的白影。「雲掌！」他叫道。

那個見習生從刺藤叢後現身，口中塞滿了打算用來修補育兒室牆壁的細枝。火心眨眼表示歡迎。不只他注意到這幾天雲掌有多麼賣力地重建營地。這位白色見習生對族裡的忠誠已經得到肯定。火心懷疑是否非要透過像大火這般的重大事件，才能讓雲掌了解忠誠的真諦。這隻年輕的貓不發一語地站在他面前，毛貼平，滿身灰燼與污泥，眼神緊繃且疲憊。

「去休息吧，」火心親切地下令，「你應該休息一下。」

雲掌將他口中的那束細枝放下。「我先把事情做完再說。」

「等一下再做也沒關係。」

「可是只剩一點了。」雲掌堅持。

「可是你看起來很糟，」火心也堅持，「休息一下吧。」

「是，火心。」他轉身準備離去，然後突然感傷地瞄了小耳與花尾、獨眼坐的那棵倒樹，「長老窩看起來空空的。」他說。

「斑皮和半尾已經與星族同在了，」火心提醒他，「他們今晚就會從銀毛星群看著你。」

想到藍星拒絕為罹難的族貓舉行追悼會，他還覺得遺憾。

「我不會將他們交給星族，」她曾經不假辭色地告訴火心，「我們的戰士祖靈不配與雷族貓為伍。」因此是由白風暴致悼詞，送黃牙與半尾升天與他們的老友相聚，以安撫焦慮的族貓；就像他在河族營地替斑皮致悼詞一樣。

雲掌點點頭，看起來似乎不大同意的樣子。火心知道那個見習生仍很難相信，銀毛星群的光束代表戰士祖靈在俯瞰他們昔日的狩獵場。「去休息吧。」他再說一次。

於是那隻年輕的貓拖著疲憊的步伐，走向見習生們聚在一起進食及聊天的焦黑殘株。亮掌匆匆走過空地迎接她的朋友，雲掌親切地以鼻子和她磨蹭。不過那個白色見習生的眼皮已經快張不開了，他的寒暄也被一個大呵欠給打斷。他躺下來，把頭靠在地上，閉上瘦痛的雙眼。亮掌蹲伏在他身旁，開始溫柔地舔拭雲掌髒污的毛。火心看著他們，回想起他與灰紋的情誼，頓時感到一陣孤單。

他再度朝藍星的窩走去。長尾坐在外頭，火心經過時他點頭致意。火心在入口處停下。那片地衣簾幕已被燒得精光，石頭也被燻黑。他輕輕地打了聲招呼，然後走進去。少了地衣遮掩，陽光與風全都一股腦灌進來，藍星將她的床鋪拖到通風的後方陰影之下。

煤皮坐在族長蜷縮的身影旁，推給她一堆草藥。「這可以讓妳覺得舒服些。」她力勸。

「我覺得現在很好啊。」藍星果斷地回答，眼睛直盯著沙面。

「那我把它們留在這裡。或許妳可以晚一點再吃。」煤皮起身，一跛一跛地走出族長窩。

「情況如何？」火心低聲問。

「她很固執。」煤皮回答，匆匆經過火心，走了出去。

火心小心翼翼地接近年邁的族長。藍星的反應讓他感到更陌生，她將自己鎖在一個恐懼與猜忌的天地裡，不只對虎爪，也不信任星族的所有祖靈。「藍星，」他試探性地開口，點頭致意，「今晚要舉行大集會。妳決定好要派誰參加了嗎？」

「大集會？」藍星鄙夷地說，「由你決定派誰去。我不去。我沒有理由再向星族致敬。」她說，一團灰燼從門戶洞開的入口飄了進來，讓她一陣猛咳，中止談話。

火心手足無措地看著族長脆弱的軀體飽受痙攣折磨。藍星是族長！是她教導他星族的一切，以及戰士祖靈如何守護森林；火心不相信她會排斥她曾一輩子信仰的事情。

「妳——妳不必向星族致敬，」他終於結結巴巴地說出口，「只要代表雷族出席即可。他們現在需要妳的支持。」

藍星盯著他好一陣子。「我的小貓也需要過我，不過我將他們交給了別族，」她低聲說，「為什麼？因為星族告訴我，我會有不同的命運。就是這種命運？被叛徒攻擊？眼睜睜看著族貓死亡？星族錯了。太不值得了。」

火心覺得血液全結凍了。他轉身，茫茫然走出族長窩。沙暴已經取代長尾在外頭值班。火心滿懷希望地看著那位淡薑黃色的戰士，但她顯然沒有忘記他先前那一席嚴厲的話，因為她眼睛直盯著她的腳掌，任他走過不發一語。

正感到不安，火心便瞧見白風暴帶著中午的巡邏隊快步回到營地。他用尾巴朝那位白毛戰士揮了揮，白風暴會意地朝他走來，其他巡邏隊員則解散，各自去找食物及可以休息的地方。

「藍星身體不適，不能參加大集會。」火心在白風暴走近時說。

那位年邁的戰士搖搖頭，似乎對這個消息不感到意外。「以前沒什麼事可以阻止藍星參加大集會的。」他淡然表示。

「無論如何還是得帶隊過去，」火心告訴他，「其他族想必也都對虎爪提高警覺了。他那幫無賴貓對所有貓族來說都是威脅。」

白風暴點點頭。「我們可以告訴他們藍星生病了，我想，」他建議，「不過如果讓外界知道我們的族長身體羸弱，或許是自找麻煩。」

「如果不去或許更糟，」火心指出，「其他族會曉得森林失火的事。我們必須盡可能表現得堅強。」

「風族顯然還很不高興。」白風暴同意。

「沙暴、雲掌和我在他們的地盤內與他們打鬥，而且打贏了，這件事對我們不利，」火心承認，「也要把河族考慮進去。」

白風暴好奇地看著他。「可是他們在大火時幫助我們。」

「我知道，」火心回答，「不過我仍忍不住要懷疑，豹毛是否會要求什麼回報。」

「我們拿不出什麼來回報他們。」

「我們有陽光岩，」火心回答，「河族曾毫不掩飾他們對這個地區的興趣。可是現在我們需要利用地盤內的每一處土地來狩獵。」

「至少影族因為疫情而虛弱，」白風暴說，「暫時不會攻打我們。」

「沒錯，」火心同意，也對他們必須利用別族的苦難自保而感到愧疚。「事實上，有關虎爪的消息或許會對我們有利。」白風暴困惑地望著他，火心繼續說下去：「如果我可以說服其他族，他對我們和大家同樣都有威脅，他們或許願意全力保護自己的邊界。」

白風暴緩緩點頭。「我們也只能衷心期望在我們休養生息期間，他們不會闖入我們的地盤。你說得對，火心。我們必須去參加大集會，即使藍星不能同行。」他的藍眼睛與火心的交會，他知道他們心中想的是同一件事。藍星如果想去其實可以去——但她選擇不去。

夕陽西下，貓群開始從他們所捕獲的一小堆新鮮獵物裡揀取食物。火心挑了一隻小鼩鼱，帶到蕁麻叢，三兩口就囫圇吞下肚。幾天來全族都吃不飽。獵物雖然開始回來了，不過回來得很慢，火心知道他們在獵捕時必須更加注意。森林也得有機會休養生息，他們才能再度飽餐。

在貓群吃完份量不多的一餐後，火心站起來走過空地，躍上高聳岩，他感覺全族的目光都跟著他。無需召集——在薄暮的微光中，他們早就帶著困惑的眼神聚集在下方了。

「藍星不參加這一次的大集會。」他宣布。

貓群中傳出驚慌的喵聲，火心看到白風暴穿梭其間，安撫他們。族貓對族長的神智狀況能猜到多少？他們在河族時，合力保護藍星免於受到窺探。然而在他們自己的營地，她的虛弱令眾貓感到脆弱與惶恐。

虎爪的小虎斑貓坐在育兒室外面，抬著頭，以圓滾滾、好奇的眼睛看著高聳岩。有一瞬間，火心被那雙黃色的眼睛給迷惑了，腦子裡不斷浮現虎爪的身影。

「那表示雷族不參加了嗎？」火心的思緒被暗紋的聲音給喚了回來，那位條紋戰士擠過貓群來到前頭，「畢竟，沒有族長算什麼族？」

暗紋不祥的眼神是火心想像出來的。「雷族今晚會前往四喬木，」他對全族宣布，「我們必須向其他族展示，我們即使遭逢大火，還是很堅強。」他看到大夥兒同意地點頭。見習生們動來動去，激動地互相看著，他們太年輕，無法了解在沒有族長的情況下參與大集會的嚴重性，也因為期望自己能獲選而心浮氣躁。

「我們絕對不能被看出任何弱點，為了藍星，也為了全族，」火心繼續說，「記住，我們是雷族！」他吶喊出最後這句話，並對自己強烈的信念感到驚訝。全族的反應是：挺直背脊，舔拭沾了灰燼的毛，以及撫平燒焦了的頰鬚。

「我會帶暗紋、鼠毛、沙暴、白風暴、灰掌及雲掌同行。」

「剩下的夠保護營地嗎？」暗紋質問。

「虎爪知道要舉行大集會，」長尾補充，「如果他利用這個機會發動攻擊呢？」

「我們不能留下比平常更多的貓。如果我們在大集會時顯得勢單力薄，更可能遭到其他貓族的攻擊。」火心堅持。「他說得對，」鼠毛同意，「我們不能讓別族看出我們的虛弱。」

「河族早就知道大火燒毀了我們的營地，」柳皮補充，「我們必須告訴他們，我們就跟以前一樣堅強。」

「這麼說大家都同意了？」火心問，「長尾、塵皮、霜毛、斑臉、還有蕨毛，負責守護營地。長老們、貓后們，你們和他們在一起會很安全，我們會盡快回來。」

他聆聽底下交頭接耳的聲音，看著一雙雙抬眼望著他的眼睛。許多貓紛紛開始點頭，他不禁鬆了一口氣。「好。」說完便從岩石跳了下來。

被火心挑上與他同行的戰士及見習生，已在入口聚成一圈，不耐煩地甩動尾巴。他們之中有一道熟悉的白色長毛身影。這是雲掌首次參與大集會。打從這隻小貓入族開始，火心就一直在期盼這一刻。他還記得自己第一次參加大集會，在強壯戰士們的環繞下飛奔下斜坡，前往四喬木。他看了看雲掌將跟隨的那幾隻被煙燻黑的餓貓，不免大失所望。然而火心可以感覺到他們的興奮以及蓄積的精力仍不輸以往。沙暴以前掌拍打地面；火心匆匆走向他們時，鼠毛的眼睛在暮色中閃著光芒。

「長尾，」他說，在那位暗黑色條紋戰士身旁停了一會兒，「你將是營地裡的資深戰士，好好保衛家園。」長尾向火心點頭。「他們會很安全的，我保證。」他那副恭敬的神情讓火心感到滿意，但暗紋從營地入口投過來的揶揄眼神又澆了火心一盆冷水。那位戰士彷彿可以看穿火心表面的信心、看到他內心的忐忑不安。火心走過沙暴時看了看她。她定定地望著火心。**藍星指派你當她的副手。她期待你知道該怎麼做！**她充滿挑戰意味的話，原本像毒蛇螫咬那樣令他痛心，但此時卻忽然使他精神一振。他帶隊走出營地時，還挑釁地瞪了暗紋一眼。

貓群默不作聲地衝過森林，焚毀的樹林伸入漆黑的夜空，彷彿扭曲的爪子。火心覺得自己的腳掌陷進了泥灰中，又濕又黏，不過空氣中倒是瀰漫著鮮綠嫩芽從灰燼中冒出來的生氣。

他回頭瞄了一眼。雲掌跟得很緊；沙暴跑上前，逐漸接近，直到與他並肩齊步。

「你在高聳岩時說得很好。」她喘息著說。

「謝了。」火心回答。他們爬上一座陡峭的小丘後，他拉開距離，不過當他抵達丘頂時，沙暴又追了上來。「我……我對我談到藍星時說的話感到抱歉，」她平靜地說，「我只是擔心。營地看起來很棒，若就……」

「就我是副族長而言？」火心酸溜溜地表示。

「就毀損得這麼嚴重來說。」沙暴說完，火心的耳朵扭動著，「藍星想必很以你為榮。」她繼續說，火心覺得心虛——他不認為藍星注意到他的表現，不過他很感激沙暴說這些話。

「謝了。」他又喵了一次。當他們跑下小丘的另一側時，他轉頭看向那位戰士柔和的翠綠眼眸，「我很想念妳，沙暴——」他開口。

他的話被他們身後強健的腳步聲打斷，暗紋喊著：「那你打算向其他族說些什麼？」

火心還沒回答，前方隱然浮現一棵傾倒的樹木。他騰空躍起，不過被一根樹枝絆到腳掌，落地時踉蹌了一下。其他貓快步超越他，不過火心一落後，他們就本能地放慢腳步。

「你還好吧？」暗紋在火心追上來時問道。這位條紋戰士的眼睛在月光下閃閃發光。

「嗯，很好。」火心淡淡地回答，企圖隱藏腳掌痛的事實。

他們抵達通往四喬木的斜坡頂了，火心的腳掌仍然很痛。他停下來喘口氣，趁著他們與其他族會合前先整理他的思緒。下方的山谷並沒有被火侵襲，四棵大橡樹毫髮無傷地伸向星空。

火心瞄了在他身旁等候的貓一眼，他們尾巴扭動著，耳朵也期盼地豎直，顯然相信火心可以代替藍星參加大集會，並說服其他族，雷族沒有因為最近的劇變而變軟弱。他必須證明自己值得信任。他甩甩尾巴，向他們示意，就如同過去族長藍星做的那樣，然後朝巨岩飛奔過去。

# 第三十章

空地的空氣中有風族和河族的濃烈氣味。火心緊張起來。再過片刻，他就得站在巨岩上向貓群致詞了。沒有影族的蹤影。難道疫情已經嚴重到讓他們無法參加大集會了？火心為白喉心痛，也因此想起了虎爪，以及這隻大貓在轟雷路邊浮現時年輕戰士眼中的驚恐。他忽然迫不及待地想登上巨岩，警告其他貓族那位深色戰士在森林中出沒的事。

「火心！」一鬚跳到火心身旁。他對一鬚親切的呼嚕聲感到訝異。上次他看到的風族貓，是泥爪憤怒尖叫著鑽進石南叢裡。不過一鬚顯然沒忘記火心帶領風族重返家園的事。兩位戰士在那趟旅程中培養出濃厚的交情，彼此都仍很珍惜它。

「嗨，一鬚，」火心和那隻棕色虎斑貓打招呼，「最好別讓泥爪看到你在跟我說話，不管是不是在休戰期間。我們上次見面時可不大愉快。」

「泥爪以捍衛他的地盤為榮。」一鬚不自在地挪動身體。他顯然也聽說風族地盤內發生了兩起攻擊雷族貓的事件。

「或許吧，」火心承認，「不過那不是拒絕藍星前往高岩山的理由。」他發現自己其實很期望藍星能到月亮石向星族透露心事。如果她當時能獲得某種保證，相信她的戰士祖靈沒有背棄她，或許今天的情況會很不一樣。

「高星聽到那件事時不大高興。即使你們庇護碎尾，也不應該——」

「碎尾早就死了。」火心打岔，看到一鬚的耳朵不自在地扭動時，他不禁對自己的口氣感到懊悔。「抱歉，一鬚，」他溫和地說，「能再見到你真好。你好嗎？」

「很好，」一鬚回答，看來鬆了一口氣，「我聽說森林大火的事。我知道對一個族來說，被迫離開家園有多麼悲慘。」他同情地望著火心的眼睛。

「我們已經回到營地盡力重建。不久森林就會恢復原狀了。」火心刻意說得信心十足。

「聽你這麼說我就放心了，」一鬚說，「你知道，我覺得我們彷彿從來沒有離開過自己的營地似的。今年的綠葉季有好多小貓誕生，晨花的孩子也以見習生的身分來參加大集會——那是他的第一次。」火心記得他曾在雨中幫忙將一團濕淋淋的小毛球從兩腳獸的地盤帶出來，送回風族的家園。他循著一鬚的目光望向空地對面的一隻年輕褐色公貓。那個見習生雖然和他的族貓一樣瘦小，但在密密的短毛下，可以看出他肌肉發達，身體很結實。

火心注意到一鬚突然點頭。他轉身看到高星正朝他們走來。這位風族族長瞇起眼望向火心。「我們最近常常看到你，火心，」他表示，「你曾帶我們回家，但那並不表示你能擅自在我們的地盤內走動。」

「我也得到這種警告了。」火心回答。他強迫自己保持冷靜，不要讓口氣透露出他對藍星遭到驅離的憤慨——畢竟，大集會是在休戰的前提下召開的，而眼前這位是他們一起穿越兩腳獸地盤時，受他尊敬的戰士。不過，火心也毫不膽怯地回應這位黑白貓族長的眼神，並堅定地說：「然而，我必須優先考慮我們雷族的需要。」

高星炯炯有神地回看他，然後輕輕點頭。「口氣像個真正的戰士。我跟你相處過，當藍星任命你當她的副族長時，我並不意外。」風族族長環顧空地後補上一句，「有些貓認為少不更事的貓永遠無法承擔重責大任，我卻不這樣想。」

火心有點錯愕。他沒料到風族族長這麼肯定他。他極力忍住開心的呼嚕聲，只是點點頭。

「藍星呢？」高星問，「我沒看到她。」他說得若無其事，眼神卻非常好奇。

「她身體不適，不便遠行。」火心淡淡地回答。

「她在火災中受傷了？」

「不嚴重，她會康復的。」火心說，真心希望自己說的是事實。

一鬚在他身旁盯著上方。火心循著他的目光望去，看向山谷另一邊的斜坡。三隻影族貓正衝進空地。鼻涕蟲帶隊。火心認出那隻灰白相間的巫醫後面的兩位戰士之一，讓他安心了一些。是小雲，他顯然已經康復了——多虧煤皮。

影族戰士在巨岩前停下，其他族的貓則紛紛退開。他們生病的消息顯然已經傳遍森林。

「沒有關係，」鼻涕蟲喘著氣說，彷彿看穿他們的心思，「影族已經擺脫疾病了。我是奉命先過來請你們等一下再開始舉行會議。影族的族長正在路上。」

「夜星怎麼這麼晚才過來？」高星在火心身旁叫道。

「夜星死了。」鼻涕蟲毫不隱瞞地說。

其他貓的詫異聲，有如微風吹過樹梢般擴散開來，火心眨眨眼。影族族長怎麼會死了？他最近才獲得九條命啊。好可怕的疾病！怪不得小雲與白喉不敢回他們的營地。

「那麼是由煤毛代替出席嗎？」白風暴叫道，他指的是影族的副族長。

鼻涕蟲看著他的腳掌。「煤毛是最早病故的一批。」

「那你們的新任族長是誰？」曲星追問，從巨岩另一側的陰影中現身。

鼻涕蟲看著河族族長。「等一下你們就知道了，」他承諾，「他很快就到。」

「失陪了，」火心向高星及一鬚低聲說道，「我必須找鼻涕蟲談談。」

火心走到影族巫醫站立的地方，戰士與見習生全圍在一旁，急著想知道影族的新任族長是誰。他不知道那隻老貓聽到黃牙的死訊後會有什麼反應。鼻涕蟲最近見多了生離死別，或許這件事對他來說沒什麼大不了的，不過火心覺得，自己應該在登上巨岩正式宣布這個消息前，先跟他說一聲。畢竟，黃牙在影族時曾訓練過鼻涕蟲，兩隻貓想必曾經非常親密，只不過不久後碎尾就將黃牙趕出了影族。

火心甩了甩尾巴，對影族巫醫示意。鼻涕蟲跟著火心走到一棵橡樹下較安靜的位置。能夠離開那些追根究柢的臉孔，他似乎鬆了一口氣。「什麼事？」他問。

「黃牙死了。」火心溫和地說，再度感到一陣悲慟。

鼻涕蟲眼神哀戚。這隻灰白相間的公貓垂下頭，火心繼續說道：「她在森林大火時為了救一隻族貓而罹難。星族會對她的勇敢致敬。」鼻涕蟲沒有回答，只是緩緩地搖頭。火心悲傷得喉嚨一陣緊繃，不過他不能太過哀傷。他用鼻子觸碰那隻公貓的頭安慰他，然後快步離去。

其他貓開始交頭接耳，喵聲愈來愈大。「我們不能再等下去了！」火心聽到河族戰士對他身旁的貓發牢騷，「月亮快西沉了。」

「這位新族長如果要遲到，那是他的問題。」鼠毛同意。火心知道她急著想召開會議及回到營地的真正原因。虎爪仍在森林裡遊蕩，沒有一族能夠高枕無憂。

他看到一個黑白色的身影掠過空地中央，只見高星躍上巨岩。他顯然已經決定不等影族族長了。曲星也開始朝那顆岩石走去。火心打起精神，準備首度以代理族長的身分參加大集會。他迫不及待想警告其他貓群這個潛伏在樹林中的威脅。

「祝你好運。」火心感覺沙暴的呼吸吹動了他耳朵的毛。他轉過身，用口鼻親切地觸碰她溫暖的面頰，他知道他們之間的不愉快已經過了。他穿過貓群，朝巨岩走去。

一陣吆喝從火心身後的斜坡傳來，讓他停下腳步。「他到了！」

火心轉身看到暗紋在他身旁伸長了脖子，其他貓則紛紛以後腿站直，觀望那位行經貓群的影族新任族長；他們的視線也被彼此擋住了。這時暗紋的耳朵突然驚訝地豎直。這位條紋戰士仰頭望向巨岩，難掩興奮的眼神。火心轉頭看是誰引起他的族貓這麼大的反應。

在冷冽的月光下，火心看到躍上岩石，站在高星身旁的那隻貓：強壯的肩膀及寬大的頭顱。與這副身材相較，其他族長都顯得柔弱。火心打了個寒顫。影族的新族長竟然是虎爪！

國家圖書館出版品預編目資料

貓戰士首部曲 4，風暴將臨 / 艾琳・杭特（Erin Hunter）
著；蔡梵谷譯 . -- 三版 . -- 臺中市：晨星，2021.12
面；　公分 . --（Warriors；4）
十週年紀念版

譯自：Rising storm
ISBN 978-626-7009-95-6（平裝）

873.59　　　　110016031

貓戰士十週年紀念版首部曲之Ⅳ

# 風暴將臨 Rising Storm

| | |
|---|---|
| 作者 | 艾琳・杭特（Erin Hunter） |
| 譯者 | 蔡梵谷 |
| 責任編輯 | 陳涵紀 |
| 協力編輯 | 呂曉婕、謝宜真 |
| 文字編輯 | 游紫玲、曾怡菁、郭玟君、程研寧、陳彥琪、蔡雅莉 |
| 封面繪圖 | 十二嵐 |
| 封面設計 | 言忍巾貞工作室 |
| 創辦人 | 陳銘民 |
| 發行所 | 晨星出版有限公司<br>407台中市西屯區工業30路1號1樓<br>TEL：04-23595820　FAX：04-23550581<br>行政院新聞局局版台業字第2500號 |
| 法律顧問 | 陳思成律師 |
| 初版 | 西元2008年11月30日 |
| 三版 | 西元2024年02月29日（四刷） |
| 讀者訂購專線 | TEL：（02）23672044 /（04）23595819#212 |
| 讀者傳真專線 | FAX：（02）23635741 /（04）23595493 |
| 讀者專用信箱 | service@morningstar.com.tw |
| 網路書店 | http://www.morningstar.com.tw |
| 郵政劃撥 | 15060393（知己圖書股份有限公司） |
| 印刷 | 上好印刷股份有限公司 |

**定價250元**

（缺頁或破損的書，請寄回更換）

ISBN 978-626-7009-95-6